Corinna Gieseler

Die fantastischen Abenteuer der Christmas Company

Corinna Gieseler,
1962 in Flensburg geboren, arbeitete lange Zeit als freie Kinder- und Jugendbuchlektorin, bevor sie anfing, Kinderbücher zu schreiben. Die Grundidee zur *Christmas Company* entstand bereits vor 20 Jahren. Doch erst vor Kurzem traf die Autorin auf einen Julenisse, der ihr Stift und Papier anreichte. Als Dank dafür erhielt der Nisse selbstverständlich seinen traditionellen Milchreis.

Corinna Gieseler

Die fantastischen Abenteuer der Christmas Company

Mit Vignetten von Max Meinzold

HUMMEL
BURG

Bibliografische Information der Deutschen Nationalbibliothek:
Die Deutsche Nationalbibliothek verzeichnet diese Publikation in der Deutschen Nationalbibliografie. Detaillierte bibliografische Daten sind im Internet auf www.dnb.d-nb.de abrufbar.

MIX
Papier aus verantwortungsvollen Quellen
FSC® C111262
FSC
www.fsc.org

Quellenangabe:

Die Schlussworte des Werkes »Moby-Dick« von Herman Melville auf der Seite 56 stammen aus:
Melville, Herman: Moby-Dick oder Der Wal. Herausgegeben von Daniel Nöske. Aus dem amerikanischen Englisch übersetzt von Matthias Jendis. München 2017. S. 864.

Der Beschwörungszauber der Befana auf den Seiten 210, 211 stammt aus:
Leland, Charles Godfrey: Etruscan Roman Remains in Popular Tradition. Published by Pantianos Classics. First published in 1892. Wiederabdruck. S. 253–254.

1 2 3 4 5 E D C B A

Imprint der Ravensburger Verlag GmbH
Cover- und Innenillustration: Max Meinzold
Covertypografie: Max Meinzold

Hummelburg Verlag
Imprint der Ravensburger Verlag GmbH
Postfach 2460, 88194 Ravensburg

Printed in Germany
ISBN 978-3-7478-0003-4

www.hummelburg.de

1

Am sechsten Dezember um sechzehn Uhr klingelte das selten benutzte Festnetztelefon von Familie Asmussen.

»Tack – tack – tack!«

Fredas Finger hämmerte wie ein übereifriger Specht auf das Display ihres Handys ein. »Jetzt hab ich euch!«

Eine triumphierende Fanfare ertönte. Eigentlich sollte Freda Hausaufgaben machen, sechs Arbeitsblätter zum Thema *Tiere im Wattenmeer*, die schon seit zwei Wochen auf ihrem Schreibtisch herumlagen. Das hatte sie jedenfalls ihrer Mutter versprochen.

In Wahrheit aber war sie schon eine ganze Weile in dem Computerspiel *Snowdrift* unterwegs. Dort sammelte sie Feuerholz und Frostbeeren und jagte die gefräßigen kleinen Lemminge, die immer wieder ihre Vorräte klauten. Gerade hatte sie zum ersten Mal den Kristallpalast der Eiskönigin erreicht, ein super Rekord!

Freda wandte widerwillig den Blick vom Bildschirm und lauschte.

Wer konnte das sein? Mama arbeitete noch, in den Adventswochen herrschte Hochbetrieb in ihrem vollgestopften kleinen Geschenkeladen. Außerdem nahm sie meistens das Handy. Und Oma und Opa hatten schon mittags ihr Nikolausgeschenk vorbeigebracht.

Der unbekannte Störenfried war offensichtlich hartnäckig. Wieder und wieder dudelte das Telefon seine nervige Melodie. Keine Chance, Freda musste ihr Spiel unterbrechen.

Mit einer Grimasse rutschte sie vom Stuhl.

»Ist ja gut, ist ja gut, ich komm ja schon!«, rief sie, während sie auf Socken durch den Flur rutschte. Sie fegte an ein paar Kisten voll übrig gebliebener Schaufensterdeko vorbei, stieß sich den kleinen Zeh an einem Korb unsortierter Wäsche und schlitterte um die Kurve ins Wohnzimmer. Heftig riss sie den Apparat von der Kommode. Aber sie hatte sich zu spät aufgerafft. Nur das Tuten des Besetztzeichens war noch zu hören. Der Anrufer hatte aufgegeben.

»Mist! Deswegen hab ich meinen schönen Score verloren«, murmelte Freda. Ärgerlich knallte sie das Telefon zurück in die Ladestation. Die Lust weiterzuspielen war ihr irgendwie vergangen. Über Wattwürmer und Quallen schreiben wollte sie gerade aber auch nicht. Stattdessen ging sie in die Küche, um noch ein Vanillehörnchen aus Omas großzügiger Nikolaustüte zu mopsen. Dort vergaß sie dann sofort alles, denn Mr Livingstone betrat den Raum.

So ging es vielen, die mit Mr Livingstone zusammentrafen, denn er war ein ungewöhnlich kräftiger schwarzer Kater mit bernsteingelben Augen und eine ganz besondere Persönlichkeit: ein erfahrener Weltreisender, wie Fredas Vater immer sagte, und unglaublich schlau. Unglaublich dreist und ein verflohter Streuner, behauptete dagegen Frau von Potzendiek aus dem zweiten Stock.

Das Letzte stimmte, regelmäßig verschwand Mr Livingstone zu geheimen Ausflügen. Er tauchte aber immer wieder auf, wenn auch manchmal schrecklich mager und erschöpft, genau wie vor mehr als hundert Jahren der berühmte englische Afrikaforscher David Livingstone – und eben deshalb trug er diesen Namen.

Mr Livingstone steuerte den Kühlschrank an und miaute klagend.

»Nix da, ich hab dich schon gefüttert«, nuschelte Freda, den Mund voller Kekskrümel. »Lass uns ein bisschen auf dem Sofa chillen.« Sie hob den Kater auf den Arm und trug ihn ins Wohnzimmer.

Dort war es im Gegensatz zu der Menge Dekomaterial im Flur erstaunlich wenig weihnachtlich geschmückt. Nur zwei schief hangende Lichterketten an den weißen Sprossenfenstern erinnerten daran, welche Jahreszeit war. Ihr mattes Licht beleuchtete eine ungewöhnliche Einrichtung. Sie bestand aus asiatischen Lackmöbeln, grimmigen afrikanischen Holzmasken, glasierten Tonschalen voll schimmernder Südseemuscheln und seltenen, aus Leder, Fell und Holz hergestellten Musikinstrumenten. Über der Sitzecke hing mit geblähten rot-weiß gestreiften Segeln das Holzmodell eines Wikingerschiffs von der Decke.

Freda plumpste mit dem Kater auf das breite Ledersofa und kuschelte sich in die Kissen. Doch Mr Livingstone schien heute keine Ruhe zu finden. Nervös balancierte er auf Fredas Schoß herum, die spitzen Ohren den Fensterscheiben zugewandt, gegen die Regen prasselte. Vom Hafen her hupte lang gezogen ein Schiffshorn, es klang nach Abschied und Aufbruch.

»Sei froh, dass Papa dich damals zwischen den Containern aufgesammelt hat«, sagte Freda, während sie über sein weiches Fell strich. »Sonst würdest du jetzt da draußen klatschnass die Mülltonnen absuchen.«

Sie schüttelte ein paar Katzenhaare von den Fingern. Ja, Kapitän Tom Asmussen hatte ein Herz für Abenteurer. Er war ja selbst auf einem Kreuzfahrtschiff unterwegs. Nur selten kam er nach Hause, aber wenn, dann verteilte er kratzige Küsse und Geschenke und platzte vor Ideen für irgendwelche Ausflüge mit seiner Familie. An solchen Tagen wünschte Freda sich, dass es ewig so weiterginge.

Tat es aber nicht. Der nächste Reisetermin der Reederei kam todsicher und er zog Kapitän Asmussen wie mit einem Riesenmagneten wieder hinaus aufs Meer.

Früher hatte Freda das ganz normal gefunden. Erst an ihrem neunten Geburtstag (natürlich ohne Papa) hatte sie das erste Mal überlegt, wie Mama das eigentlich aushielt. Und nun studierte auch ihr großer Bruder Liam auf der Seemannsschule! Vielleicht verkroch sich Freda deshalb am liebsten in den sicheren vier Wänden.

»Sag mal, wirst du etwa so ein blasser Computer-Nerd mit Hornbrille?«, hatte Liam neulich gefragt und in Fredas runden Po gezwickt. »Wünsch dir vom Weihnachtsmann lieber ein neues Fahrrad oder ein Kajak.«

Ein Boot, damit noch einer von ihnen auf dem Meer verschwand?

Nee, danke! Freda gab dem alten Globus, der auf der Fensterbank neben ihr stand, einen ärgerlichen Schubs.

In diesem Moment bohrte der Kater ohne Warnung seine Krallen in ihre Oberschenkel.

»Aua!«, schrie Freda. Mit schmerzverzerrtem Gesicht schoss sie vom Sofa hoch. »Hey, spinnst du?«

Unsanft abgeschüttelt landete Mr Livingstone auf dem Boden. Sofort sprang er wieder auf und jagte quer durchs Zimmer zu dem Regal, auf dem Fredas Vater besondere Erinnerungsstücke aufbewahrte. Neben Fotos von seiner ersten großen Fahrt nach Singapur hingen dort auch eine wertvolle Schiffsuhr und ein glänzendes Messingbarometer an der Wand. Fauchend blieb der Kater davor stehen.

Freda wollte keinen weiteren Kratzer riskieren, aber Mr Livingstone benahm sich so komisch, dass sie neugierig näher kam. Dann sah sie es auch: Beide Geräte spielten total verrückt. Die Uhr lief rückwärts, die Barometernadel pendelte in einem Höllentempo zwischen Hoch- und Tiefanzeige!

Unschlüssig wartete sie, ob sich das Problem vielleicht von selbst löste, aber den Gefallen tat es ihr nicht. Sie klopfte mit dem Finger gegen die Schutzgläser. Vielleicht musste man einfach nur die Batterien auswechseln.

Bevor sie eine Entscheidung treffen konnte, klingelte schon wieder das verflixte Festnetztelefon auf der Kommode. Diesmal war Freda beim zweiten Läuten dran.

»Hallo, hier ist Frederizia Asmussen«, meldete sie sich.

Die tiefe Männerstimme klang freundlich-bestimmt.

»Guten Tag. Ich möchte gern Mr Livingstone sprechen.«

Freda blieb die Luft weg.

»Aber … das geht nicht! Mr Livingstone ist ein … ist mein Kater«, stotterte sie nach einer Pause verwirrt.

»Jaja, weiß ich doch, gib mir jetzt sofort Mr Livingstone«, drängte der Anrufer, plötzlich sehr ungehalten.

Freda schluckte und überlegte, ob das einer von diesen Spaßanrufen des regionalen Radiosenders war. Im selben Moment spürte sie, dass ihr der Apparat aus der Hand genommen wurde. Als sie aufblickte, sah sie – es war der Kater!

»Livingstone hier, was gibts?«, sagte er, ohne auf Freda zu achten. »Was? Wann ist das passiert? Klar, dass er wütend ist! Und nun?«

Er lauschte eine ganze Weile aufmerksam dem langen Bericht vom anderen Ende der Leitung. Schließlich sagte er knapp: »Ihr habt Glück, zufällig kenne ich da jemanden. Bis später!«

Ein Pfotendruck, das Telefon war ausgeschaltet. Sekundenlang schauten sich Mädchen und Kater stumm in die Augen.

»Was guckst du denn so?«, sagte Mr Livingstone schließlich gelangweilt, während er sich ein Stäubchen von der Brust putzte. »Noch nie einen Kater telefonieren gesehen?«

»Du … kannst sprechen …«, krächzte Freda. In ihren Ohren dröhnte es.

»Richtig bemerkt.« Mr Livingstone sprang federnd von der Kommode und marschierte einfach aus dem Zimmer.

Freda fiel nichts Schlaues ein, was sie noch dazu sagen könnte. Wie ein braves, dummes Schäfchen trottete sie hinterher.

Im Flur kratzte Mr Livingstone an der früher einmal weiß lackierten Haustür.

»Etwas mehr Tempo bitte, wir haben schließlich nicht den ganzen Tag Zeit«, befahl er streng.

»Äh, was? Zeit wozu?«, wollte Freda wissen, die ihm ganz automatisch öffnete – schließlich trieb sich Mr Livingstone jeden Tag allein draußen herum.

»Nun komm schon!«, fauchte der Kater und schoss durch den schmalen Spalt davon. Freda blieb gar nichts anderes übrig, als ihm nachzurennen. Sie konnte gerade noch in ihre alten Lieblingssneakers schlüpfen und irgendein Sweatshirt aus dem Wäschekorb angeln – wie sich später herausstellte, eine absolut schlechte Wahl. Während sie die Tür ins Schloss warf und ein paar Stufen auf einmal hinuntersprang, fiel ihr blitzartig ein, dass sie den Hausschlüssel drinnen vergessen hatte und nun ihre Mutter im Laden anrufen musste.

Ein Stockwerk tiefer begriff sie, dass das nicht funktionieren würde. Ihr Handy lag immer noch zwischen den Schulbüchern auf dem Schreibtisch!

Verdammte Axt, was war denn heute bloß los?

Fast wäre Freda im Erdgeschoss mit Frau von Potzendiek zusammengestoßen. Sie war stark parfümiert und trug schwarzen Pelz, genau wie ihr schnaufender Mops. An ihrem dünn gehungerten Arm baumelten teuer aussehende Geschenktüten.

»Geht das vielleicht auch höflicher?«, giftete sie, als Freda ohne zu grüßen vorbeirannte.

Aber die Potzendiek war nun wirklich Fredas kleinstes Problem.

2

Mr Livingstone hatte es so eilig, dass sich Freda auf der Straße anstrengen musste, um ihn zwischen all den Fußgängern, Fahrrädern und Autos nicht aus den Augen zu verlieren. Der Kater schien genau zu wissen, wohin er wollte. Erst lief er die Heiner-Hegebrecht-Allee entlang, überquerte korrekt während einer Grünphase die dreispurige Kreuzung und hielt dann auf die nächste Bushaltestelle zu.

Hoffentlich muss ich nicht mit ihm schwarzfahren, dachte Freda, während sie im Slalom dampfenden Hundehäufchen und hektischen Geschenkejägern auswich. Erleichtert bemerkte sie, dass Mr Livingstone an der wartenden Linie 12 vorbeilief und in die übervolle Fußgängerzone des Stadtteils abbog. Am Eingang des dort errichteten Weihnachtsmarktes verringerte er endlich sein Tempo. Vor einem dicht umlagerten Punschstand holte Freda ihn ein. Höchste Zeit, die Seitenstiche brachten sie fast um.

»Verrat mir doch mal, was eigentlich los ist!«, japste sie über den Kater gebeugt.

Eine Gruppe nicht mehr ganz standfester junger Männer mit billigen Nikolausmützen auf den Köpfen ließ verdutzt die dampfenden Becher sinken und lachte grölend. Freda wurde knallrot. Zugegeben, es war auch völlig irre, so mit einer Katze zu reden!

Mr Livingstone antwortete zum Glück nicht. Geschmeidig wie ein Profi-Einbrecher drückte er sich zwischen zwei Holzbuden hindurch, in denen Spielzeug verkauft wurde. Freda sprintete hinterher und sah gerade noch, wie er dahinter in die offen stehende Tür eines unscheinbaren Geschäfts hineinsprang.

Schuhreparaturen Öskurut stand auf dem Schild an der mit Graffiti besprühten Fassade.

Außer Atem trat Freda in den Laden, in dem es nach Leder und Gummi roch.

Ein alter kahlköpfiger Mann in einer abgenutzten braunen Lederschürze bearbeitete an der Werkbank hinter dem Tresen einen eleganten Damenstiefel.

»Willst du etwas abholen?«, fragte er freundlich.

Freda schüttelte den Kopf.

»Nein, ich suche meinen Kater«, stieß sie hervor. »Haben Sie ihn gesehen?«

Der Mann sah sie nachdenklich an.

»Ah, du meinst Mr Livingstone«, sagte er, während er bedächtig Kleber auf den Stiefelabsatz strich. »Jaja, der war eben hier. Er trifft sich mit dem Eisbären, wegen der Krisensitzung. Geh ruhig durch.«

Mit tropfendem Pinsel deutete er auf eine Wandöffnung im dämmerigen hinteren Teil des Ladens.

Ein unangenehmes Schwindelgefühl überfiel Freda, sodass sie sich kurz am Tresen festhalten musste. Wieso kannte der Schuster Mr Livingstones Namen? Und was redete er da für einen Quatsch über Eisbären? War der alte Mann vielleicht verwirrt, so wie der Opa von ihrer Freundin Juli, der seine Hausschlüssel in den Kühlschrank legte?

Freda machte einen Schritt zurück, aber ihr Blick klebte noch immer an der verheißungsvollen Wandöffnung.

Nein, dieser Herr Öskurut sah eigentlich ganz normal aus, überlegte sie. Und wenn sie jetzt nicht hinterherflitzte, würde sie nie erfahren, was hier lief!

»Danke schön, ich geh ihn dann mal suchen«, sagte sie so cool wie möglich und trat in den schmalen Gang hinein.

Schon nach wenigen Augenblicken hatte Freda das Gefühl, sehr weit weg zu sein. Rechts und links neben ihr erstreckten sich lange Regalreihen, die bis zur Decke mit allem möglichen Krimskrams vollgestopft waren. Schachteln, Kisten, Werkzeuge, Kabel, Nägel und Schrauben. Aber auch Stoffrollen, Bastelmaterial und zerknautschte halb aufgebrauchte Farbtuben, unbekannte ölige Motorteile, kaputte Spielsachen und Sportgeräte, sogar ein algengrünes Fischernetz mit ein paar Seesternmumien und einen rostigen Anker entdeckte sie. Irgendwie eine seltsame Sammlung für eine Schusterwerkstatt.

Freda blieb keine Zeit, darüber nachzudenken, denn sie war am Ende des Ganges vor einer viereckigen Aussparung im rissigen Fußboden angekommen. Eine Metalltreppe führte dort in einen schwach beleuchteten Schacht hinunter. Hastig kniete sie sich hin, um hineinzuspähen, und entdeckte ganz unten etwas Kleines, das sich bewegte.

»Hey, Mr Livingstone, das war echt unfair, mich so abzuhängen!«, rief sie. Es hallte schaurig wie in einer Gebirgshöhle, aber es kam keine Antwort.

Freda drehte sich um. Das Gesicht den Stufen zugewandt, stieg sie tiefer und tiefer in die geheimnisvolle Unterwelt, wobei sie darauf achtete, nicht auszurutschen. Endlich hatte sie festen Boden unter den Füßen. Der Raum, in dem sie sich befand, war ein vollgestellter, muffig riechender Keller.

Der Kater wartete auf einer umgedrehten Obstkiste.

»Mach mal hier diese Tür auf!«, überfiel er Freda gleich mit einem Auftrag.

Ahnungslos trat Freda vor die schimmelfeuchte Ziegelwand, auf die der Kater zeigte. Bei der Tür handelte es sich um eine harmlose grau lackierte Kellertür mit einem weißen Plastikgriff. Nur in den Ritzen glitzerte es seltsam.

Langsam drückte Freda die Klinke hinunter. Sie musste sich mit ihrem ganzen Gewicht gegen die Tür stemmen, und als sie sie endlich geöffnet hatte, brach die Hölle los. Eine gewaltige Windbö schleuderte ihr eine nasse Ladung Schneeflocken ins Gesicht, fetzte ihr die Klinke aus der Hand und ließ das Türblatt kreischend in den Angeln schwingen. Mit einem Satz sprang Mr Livingstone vor ihr hinaus ins Freie, Freda stolperte blind hinterher, gleichzeitig donnerte es so ohrenbetäubend, dass die Erde unter ihren Füßen bebte und sie laut aufschrie.

Und dann – spürte Freda ihre Füße nicht mehr. Sie waren innerhalb von Sekunden eiskalt geworden, so wie ihre Nase, ihre Ohren und ihre Hände. Auch mit den Augen stimmte irgendetwas nicht, denn sie sah überhaupt nichts. Als sie sich nach ein paar Minuten an die grauschwarze Dunkelheit gewöhnt hatte, erkannte sie, dass sie mitten auf einem endlosen Schneefeld stand. Keine Spur mehr von der Tür, durch die sie gekommen waren!

Zitternd schlang sie die Arme um ihren Körper und sah sich nach dem Kater um.

»Wo sind wir hier?«, fragte sie.

»Schnell zum Treffpunkt!«, rief Mr Livingstone, der nur ein paar Meter entfernt über den gefrorenen Boden huschte.

Offenbar meinte er die Stange, die aus einem baumhoch aufgetürmten Schneehügel ragte. Ungeschickt schlitterte Freda in ihren nutzlosen Turnschuhen hinüber. Aus der Nähe erkannte sie, dass es sich um einen hölzernen Wegweiser handelte.

Auf dem rechten Pfeil las sie die mit Reflektorfarbe aufgemalte, etwas verblichene Aufschrift: *Nordpol, 15 km.* Auf dem linken Pfeil stand *Christmas Company, 3 km.*

Zum zweiten Mal an diesem Tag wurde Freda schwindelig.

»Nordpol«, wiederholte sie schwach. »Das … das ist nicht wahr, oder? Und was bedeutet das andere, Dingsda Company?«

Der Kater reagierte nicht. Mit großen Sprüngen, die Krallen wie Steigeisen benutzend, kletterte er den steilen Eishügel hinauf. Überrascht beobachtete Freda diese völlig sinnlose Aktion. Mr Livingstone musste durch den Kälteschock wahnsinnig geworden sein!

Ein frostiger Windstoß pfiff ihr rasiermesserscharf um die Ohren. Sie zog die Kapuze des dünnen Sweatshirts über ihren Kopf, aber es half nicht viel.

»Katzenkacke«, sagte sie zu sich selbst. »Ich hab nicht mal mein Handy dabei.«

»Das nützt dir hier sowieso nichts«, erklärte Mr Livingstone rätselhaft von der Spitze seines Aussichtsturms herab. »Beobachte lieber mal die Umgebung, Dummie!«

»Und wozu?«, fragte Freda beleidigt. Sie war es nicht gewohnt, von ihrem Haustier Anweisungen zu erhalten. »Hier ist doch niemand außer uns.«

Halbherzig warf sie einen Blick in die Runde. Wie sie gedacht hatte – hier gab es nur Schnee, Schnee und noch mehr Schnee, bis zum Horizont. Kein Mensch weit und breit, nicht einmal Lemminge, so wie in ihrem *Snowdrift*-Spiel. Sie würden beide in der Einöde erfrieren!

Plötzlich bemerkte Freda in der Ferne undeutlich einen leuchtenden Punkt. Sie kniff die Augen zusammen. Der Punkt wurde heller und bewegte sich sehr schnell in ihre Richtung.

»Da kommt jemand!«, schrie sie erleichtert. Wie ein gestrandeter Schiffbrüchiger begann sie wild die Arme zu schwenken und zu rufen. »Hilfe! Hier sind wir! Hil – fe!«

Mr Livingstone schien über Fredas Entdeckung nicht besonders erstaunt zu sein. Er rutschte auf dem Bauch den Hügel hinunter und setzte sich still neben seine herumhüpfende Besitzerin.

Als das Fahrzeug aber endlich in Rufweite kam, blieben Freda die Hilfeschreie im Hals stecken. Sechs braun-weiße Rentiere trabten ihr entgegen, an deren Ledergeschirr kleine Glöckchen bimmelten. Sie zogen einen großen altmodischen Holzschlitten mit geschwungenen Kufen und zwei großen Laternen rechts und links am Bock, auf dem ein riesiger Eisbär saß. *Christmas Company,* lautete das blinkende Logo auf seiner Baseballcap.

Der Bär brachte den Schlitten exakt vor dem Wegweiser zum Stehen.

Freda spürte mit einem Mal weder Kälte noch Wind, nur ihr Herz hämmerte in ihrer Brust. Das Tier war gewaltig groß, sein massiger Körper überragte sie sogar im Sitzen um mehrere Köpfe. Die kolbenförmige Schnauze, gespickt mit langen scharfen Reißzähnen, hob sich witternd in ihre Richtung.

»Was machen wir jetzt?«, flüsterte Freda, heiser vor Angst.

»Aha, Halsschmerzen!«, brummte der Eisbär in gemütlichem Bass und hielt ihr eine geöffnete Tüte Hustenbonbons entgegen. »Bitte, greif zu.«

Freda brachte nur noch ein hohles Ächzen heraus. Mit weit aufgerissenen Augen starrte sie auf die von der haarigen Bärentatze umschlossene knisternde Tüte, als sei es eine Bombe.

»Ach, lass das, Bruno, erklär mir lieber, warum du so spät kommst«, winkte Mr Livingstone ab. Geschäftig sprang er auf den Schlitten, wo er begann, unter der mit Polstern bedeckten Sitzbank herumzukramen. »Das hier ist Freda, du weißt schon, und tiefgefroren wäre sie für den Chef ziemlich unbrauchbar.«

»Tut mir leid, der Motorschlitten, den ich eigentlich nehmen wollte, hatte eine Panne«, verteidigte sich der Eisbär, während er die Bonbontüte verstaute.

»Papperlapapp!«

Mr Livingstone hatte unter der Bank endlich gefunden, was er suchte, einen Stapel dicker Winterkleidung. Aufmunternd wedelte er mit Fausthandschuhen und einer roten Zipfelmütze vor Fredas Nase herum.

»Hier, das wird dich unterwegs warm halten«, sagte er.

Endlich erwachte Freda aus ihrer Schockstarre.

»Wir landen am Nordpol, und du willst, dass ich wie ein Wichtel verkleidet mit diesem Schlitten weiterfahre?«, rief sie ungläubig und stemmte die Arme in die Seiten.

Die sechs Rentiere hatten mit hängenden Köpfen vor sich hin geträumt. Jetzt glotzten sie empört das Mädchen an.

»Hast du etwas gegen Rentiere?«, blökte der Anführer angriffslustig.

Mr Livingstone bleckte die Zähne. »Halt dich da raus! Wir haben schon genug Probleme.«

Wie zur Bestätigung fauchte in diesem Augenblick ein Windstoß auf die kleine Gruppe herunter. Schneefahnen wirbelten auf. Freda duckte sich unwillkürlich, doch es gab keinen Schutz auf der freien Fläche. Von allen Seiten bissen tausend nadelspitze Kristalle in ihre ungeschützte Haut.

Jammernd schlug sie die Hände vors Gesicht. »Ah! Au!«

Der Kater zerrte ungestüm an Fredas Hosenbein.

»Steig ein, Frederizia! Bitte steig ein!«, drängte er. »Auf der Fahrt erklär ich dir alles.«

Willenlos ließ Freda sich in einen schweren Parka wickeln. Sie bekam kaum noch den Reißverschluss zu mit ihren kalten Händen. Der sonderbare sprechende Eisbär musste ihr tatsächlich helfen, Stiefel, Handschuhe und Schal anzuziehen. Ein paarmal kniff sie die Augen zu, wenn die feuchte Bärenschnauze zu nah kam, aber der pelzige Riese war erstaunlich geschickt mit seinen dicken Tatzen.

»Danke«, sagte sie, als er ihr zum Schluss sanft die Mütze überstreifte.

»Gern geschehen. Steht dir wirklich toll«, brummte Bruno gutmütig.

Freda war sich da nicht so sicher. Sie fühlte sich eingezwängt und lächerlich in all den dicken Sachen. Und sie hatte ein schrecklich mulmiges Gefühl, dass dies alles nicht gut ausgehen würde. Umständlich krabbelte sie neben dem Kater auf die Bank. Der Eisbär stieg vorn auf den Fahrerbock, nahm Zügel und Peitsche auf und schnalzte mit der Zunge.

»Na los! Vorwärts!«

Unter Glöckchengeklingel stemmten die Rentiere sich ins Geschirr. Die Kufen schrappten knirschend über den Boden, aber sobald die Rentiere in Trab fielen, kam der Schlitten ins Gleiten. Nach kurzer Zeit war er zu einem unscharfen Schatten in der trostlosen Weite geworden, zurück blieben nur Fredas alte Sneakers.

Tiefes Grollen unterbrach das eintönige Pfeifen des Windes. Wenige Meter vom Wegweiser entfernt glühten blutrote Kreise auf. Etwas Schweres brach durch die harsche Schneekruste, sog ein paarmal schnüffelnd und schmatzend Luft ein. Langsam folgte es den kaum noch sichtbaren Schlittenspuren.

Die Jagd hatte begonnen.

3

Freda hatte sich den Nordpol immer wie ein lustiges Winterparadies voller Tiere vorgestellt. Schon nach zehn Minuten Fahrt merkte sie, wie falsch das war. Die Gegend war geisterhaft leer und abweisend. Weichen Schnee gab es kaum, er wurde durch Sturmwind und Meerwellen betonhart zusammengepresst. Immer wieder musste der Eisbär die Rentiere um autogroße Eisblöcke oder gezackte, ineinander verkeilte Eisschollen herumlenken.

»Achtung, festhalten!«, brummte Bruno zum x-ten Mal.

Freda klammerte sich an ihren Sitz und der Schlitten rumpelte krachend über eine Bodenwelle.

Mr Livingstone räusperte sich energisch.

»Am besten erkläre ich dir jetzt kurz, worum es geht«, sagte er. »Also, wir sind auf dem Weg zum Weihnachtsmann. Er ist der Direktor der Christmas Company, das ist die Firma, die alle Kinder mit Geschenken versorgt. Er hat mich wegen eines Notfalls hergerufen, ich bin nämlich sein wichtigster Berater.«

»Aha«, sagte Freda verwirrt. »Für was denn? Katzenfutter?«

Der Eisbär schnaufte belustigt, auch die Rentiere grunzten und brachen plötzlich in übermütige Rodeosprünge aus. Mr Livingstone flutschte wie ein Spiegelei aus der Bratpfanne vom Sitz.

Mit schlechtem Gewissen half Freda dem auf dem Schlittenboden strampelnden Kater auf das Polster zurück.

»Sehr witzig!«, fauchte er verärgert und glättete seine Schnurrhaare. »Hör zu: In der Christmas Company findet gleich eine Krisensitzung statt. Wir beide gehen auch hin. Dort erfährst du dann alles Weitere. Tja, das wärs im Großen und Ganzen.«

Ruckartig richtete Freda sich auf.

»Du meinst, Kobolde und Engel basteln in der Werkstatt Geschenke und der Weihnachtsmann kontrolliert die Wunschzettel, damit jeder das Richtige kriegt?«, fragte sie entrüstet. »Echt, das kannst du einem Baby erzählen!«

»Unsinn, selbstverständlich sind wir schon vor Jahren auf Computer umgestiegen«, erwiderte Mr Livingstone ungeduldig. »Aber im Kern stimmt die alte Geschichte tatsächlich.«

Freda guckte, als hätte sie ihn gerade beim Butterabschlecken auf dem Frühstückstisch erwischt. Dann tippte sie langsam an ihre Stirn.

Der Kater seufzte leise. »Ich verstehe dich ja«, gab er zu. »Es klingt unglaublich.«

Freda vergrub stumm das Kinn im Kragen ihres Parkas, doch ihre Gedanken schossen durcheinander wie Ratten in einer Falle. Und wenn Mr Livingstone die Wahrheit sagte? Wenn sie wirklich am Nordpol gelandet waren?

Zaghaft strich sie mit dem dicken Fausthandschuh über die Schlittenwand. Ja, es war echtes, festes Holz, sie träumte nicht.

Auch diese leere Wildnis und den sprechenden Riesenbären vor ihr auf der Schlittenbank konnte man sich nicht einbilden, selbst wenn man tonnenweise Fantasie besaß!

In diesem Augenblick tauchte am dunklen Horizont ein goldener Streifen auf.

»Na bitte, da ist die Christmas Company!«, rief Mr Livingstone triumphierend.

Freda lehnte sich hinaus und spähte an Brunos breitem Rücken vorbei. Vom gelben Schein des aufgehenden Vollmondes bestrahlt lag eine Stadt aus niedrigen einstöckigen Häusern vor ihr auf dem Eis. Sie war wie durch einen kreisförmig angelegten Ringwall, ähnlich einer mittelalterlichen Stadtmauer, geschützt. Der Wall bestand jedoch nicht aus Steinen, sondern aus eng aneinandergereihten halbrunden Gebäuden, die an Fabrikhallen erinnerten. Blinkende Lichterketten führten von Dach zu Dach und sorgten für strahlende Helligkeit, aus den Schornsteinen dampften Rauchwolken. Immer wenn der Wind kurz nachließ, hörte Freda Fetzen bekannter Weihnachtsmusik, die aus unsichtbaren Lautsprechern herüberschallte.

»Wir haben sogar einen Flugplatz.«

Der Kater zeigte stolz auf eine abseitsliegende, glatt gefegte Eisfläche. Freda schirmte mit den Händen die Augen ab. Rund um ein flaches, würfelartiges Gebäude parkten mehrere große Propellermaschinen. Sie standen auf Kufen statt auf Rädern und waren mit starken Seilen am Boden verankert.

Der Schlitten bog in eine breite Eisallee ein, die auf das Stadttor zuführte und rechts und links von drei Meter hohen, dekorierten Schneemännern gesäumt wurde. Es waren mindestens hundert, eine mit Reisigbesen, Schaufeln, Kochtöpfen, Hüten, Schals und Sonnenbrillen ausgestattete Armee.

»Hallo, ihr Karottennasen!«, rief Freda, während der Schlitten langsam vorbeizog, und winkte wie die Queen nach beiden Seiten.

»Mit der Kalten Garde scherzt man nicht!«, grollte Bruno.

Freda keuchte überrascht. Die leblosen Kugelköpfe hatten sich ihr in perfekter Übereinstimmung zugewendet. Hundert gleiche Holzkohlenaugen starrten Freda ausdruckslos an. Sie blinzelte und strich sich ein paar vorüberwirbelnde Flocken vom Gesicht, aber als sie wieder klar sehen konnte, standen alle Schneemänner wie vorher unbewegt in einer Reihe.

»Was … war das?«, fragte Freda.

Mr Livingstone machte eine unbestimmte Pfotenbewegung.

Im selben Moment schnickte Brunos Peitschenschnur durch die Luft, die Rentiere sprangen vorwärts und trabten die letzten Meter durch einen kunstvoll aus durchsichtigem bläulichem Eis geschnitzten Torbogen in die Stadt hinein.

Innen war es mit der Stille schlagartig vorbei. Wendige kleine Motorschlitten schossen unter lautem Geknatter auf den schneebedeckten Straßen hin und her. Immer wieder überholten sie frech hupend Brunos schwerfälliges Holzgespann, dabei stießen sie aus dem Auspuff dichte Qualmwolken aus. Freda hob die Hand, um sich die Nase zuzuhalten, ließ sie aber gleich wieder sinken.

»Vanille!«, sagte sie überrascht.

Noch etwas anderes fiel ihr nach einer Weile auf: Ausschließlich Jungs lenkten diese Flitzer, alle ungefähr in ihrem Alter und mit der gleichen roten Mütze auf dem Kopf. Freda guckte in die erleuchteten Fenster der bunt gestrichenen einstöckigen Holzhäuser rechts und links. Überall gemütlich eingerichtete Zimmer, nirgends ein Erwachsener.

»Wohnen hier nur Kinder?«, fragte sie.

Mr Livingstone schüttelte den Kopf.

»Nein, kein einziges«, sagte er nachsichtig. »Das sind natürlich alles Weihnachtskobolde. Ah, hier ist übrigens unsere Bäckerei.«

Die Erklärung hätte er sich sparen können. Süßer Keksduft stieg Freda in die Nase, während sie minutenlang an einer riesigen Werkshalle vorbeifuhren. Die gerippten Stahlwände waren wie ein gigantischer Cupcake schichtweise in Kirschrosa, Grasgrün, Himmelblau und Liebesperlsilber verziert. Vor dem weit geöffneten Haupttor stapelten sich Türme voller Bäckerkisten, bis zum Rand mit Honigkuchen, Kokosmakronen, Mandelplätzchen, Schokotalern, Spekulatius und allen vorstellbaren Weihnachtsleckereien beladen. Ständig wurde von laut durcheinanderschreienden Koboldkolonnen neuer Nachschub herausgeschafft und von anderen auf bereitstehende Motorschlitten weiterverladen. Es waren kräftige Kerle mit weißen Zauselbärten, die zwischendurch ordentlich naschten, wie man an ihren mit Puderzucker bestäubten Jacken deutlich ablesen konnte. Freda guckte neidisch hinüber. Plötzlich tauchte aus dem Innern der Halle ein ehrwürdiger rotgesichtiger Kobold auf. Sein Backenbart reichte bis zu den Knien. Er trug eine weiße, doppelt geknöpfte Jacke, die über seinem Bauch spannte, und seinen kahlen Kopf bedeckte eine Kochmütze.

Mr Livingstone nickte grüßend.

»Schau an, der alte Crumble, unser Oberkonditor«, sagte er. »Wird auch Zeit, dass er seine Jungs mal kontrolliert.«

Crumble bemerkte Fredas sehnsüchtigen Blick und griff in die nächstbeste Kiste. Ein Zimtstern zischte durch die Luft, haarscharf am Kopf des Katers vorbei.

Geschickt fing sie ihn auf.

»Danke schön!«, rief sie, ehe sie den noch warmen Keks in den Mund schob.

»Tss!«, machte Mr Livingstone. »Frechheit!«

Sie ließen die quirlige Bäckerei hinter sich, auch einige kleinere Gebäude, aus denen Klopfen, Sägen und Hämmern zu hören war. An einer besonders breiten Lagerhalle wichen die Rentiere scharf nach rechts aus. Durch den Kaminschlot quoll dort unablässig eine blaue blasige Masse, die als breiter Strom die Wand hinunterlief, bis auf die Straße reichte und gefror. Gleichzeitig drangen aus dem Innern wütende Schreie.

Der Kater schnalzte bekümmert mit der Zunge.

»Dies ist die Spielzeug-Testabteilung«, erklärte er. »Wie es aussieht, wird Bertils vollautomatische Badeschaumkanone kein Erfolg werden.«

Fast hatten sie schon die Mitte der Stadt erreicht, als die Straße auf einem runden freien Platz endete. In seiner Mitte stand eine mit Lichtern und glänzend bunten Kugeln geschmückte Riesentanne. Bruno zog die Zügel an und verknotete sie vorn am Schlittenbock.

»Endstation Zentrale, alles aussteigen!«, verkündete er wie ein Touristenführer.

Freda legte den Kopf in den Nacken.

»Oh, Wahnsinn!«, flüsterte sie.

Das, was sie die ganze Zeit für den von Hausdächern verdeckten Vollmond gehalten hatte, war eigentlich die Zentrale der Christmas Company gewesen. Die leuchtende gläserne Kuppel des Gebäudes lag auf einem von rundbogigen Fenstern durchbrochenen vierstöckigen Sockel aus lavaschwarzem Stein, wie eine bewohnte Schneekugel. An einem Mast vor dem Haupteingang flatterte eine rote Fahne, auf der zwei gekreuzte Tannenbäume ein großes X bildeten.

Überwältigt kletterte Freda aus dem Schlitten. Während sie hinter Mr Livingstone vierundzwanzig Stufen hinaufstieg und danach durch das schwere Metallportal mit einem aufgeprägten goldenen Doppel-C in die Eingangshalle stolperte, fielen ihr fast die Augen aus dem Kopf.

Es war nicht nur der prächtige Innenraum mit dem schwarzweißen Rentiermuster im Steinfußboden und den zwei breiten, mit rotem Teppich bespannten Treppenaufgängen rechts und links, der sie umwarf.

Hier gab es tatsächlich Engel, in verschiedenen Größen und Altersstufen: niedliche stupsnasige Babyengel, aber auch kichernde Teenager in funkelnden Paillettenkleidern. Sie schwebten im Innern der Kuppel auf und ab, das leise Rauschen ihrer weißen Schwanenflügel wehte durch das ganze Gebäude. Unter ihnen polterten fluchend und drängelnd Hunderte Weihnachtskobolde in schlichten grünen Anzügen die Treppen hinauf und hinunter.

»Achtung, aus dem Weg!«

Freda sprang erschrocken zur Seite. Direkt hinter ihr schleppte eine Karawane von zehn knollennasigen Koboldmännern eine komplette Reitausrüstung durch die Halle, der Letzte trieb seine Kollegen mit einer Gerte vor sich her. Auf dem rechten Treppenaufgang stieß der Zug mit einem sommersprossigen Koboldjungen zusammen. Die Zunge zwischen den Zähnen, balancierte er einen Stapel verpackte Quadrocopter, während unter seiner linken Achsel eine Babypuppe im quietschrosa Strampelanzug klemmte, die langsam hinunterrutschte. Als er sie im letzten Moment festhielt, quäkte sie: »Mama, ich – muss – Pipi!«

»Halt die Klappe!«, fluchte er und Freda musste lachen.

Der Kater stupste sie an, damit sie weiterging, dabei fiel ihr auf, dass alle Mr Livingstone sehr höflich grüßten. Also schien er hier wirklich jemand Besonderes zu sein. Freda atmete tief durch und durchquerte die Halle. Auf der anderen Seite blieb der Kater vor einem von einer Tannengirlande umrahmten Fahrstuhl stehen.

»Der Konferenzsaal liegt im vierten Stock«, sagte er und drückte auf einen kleinen silbernen Stern an der Wand. Als sich die Aufzugtür mit einem leichten Klingelgeräusch öffnete, stand schon jemand drinnen – der Weihnachtsmann. Er hatte sein Gesicht in einem Taschentuch vergraben und putzte sich gerade die Nase.

Freda runzelte die Stirn. Das sollte der Weihnachtsmann sein? Merkwürdig. Wieso trug er zu seinem roten Mantel so komische karierte Hosen? Und dann diese Sherlock-Holmes-Schirmmütze und die Tabakspfeife in der Hand …

»Ah, Livingstone, *old friend, nice to meet you*«, sagte der Weihnachtsmann, der wieder aus seinem Taschentuch auftauchte. »Weißt du, warum wir alle hierher bestellt wurden? Ich steckte gerade in einem Kamin vom Buckingham-Palast, als die Nachricht kam. Ist das dein neuer Mitarbeiter?«

Er deutete mit dem Pfeifenstiel auf Freda, offensichtlich hielt er sie wegen der Zipfelmütze auch für einen Kobold.

»Darf ich vorstellen?«, wandte der Kater sich an Freda. »Sir Nicholas Christfield, der Delegierte aus Großbritannien. Und das hier ist Freda.«

Freda zog ihre Fäustlinge aus und schüttelte dem Mann wie betäubt die Hand. Sie begriff überhaupt nichts.

»Bin eben erst gelandet«, sagte Sir Christfield mit verschnupfter Stimme. »Die Reise war wie immer ent-setz-lich. Ich habe mir wieder eine Erkältung eingefangen, und überhaupt, mein Rücken verträgt das alles einfach nicht mehr. Diesmal werde ich meine Pensionierung beantragen.«

Er holte eine kleine Dose aus seiner Manteltasche, schüttete eine Handvoll bunter Pillen auf die Handfläche und schluckte sie auf einmal hinunter. Bevor Freda diese Information verdaut hatte, hielt der Fahrstuhl wieder und sie stiegen aus. Vor ihnen lag ein von Säulen getragener Vorraum mit einer geöffneten schwarzen Doppeltür.

Freda rammte die Hacken in den Teppich. Bis auf zwei sehr kleine herumflatternde Engel und ein blondes Model im Abendkleid und hochhackigen Pumps standen dort nur aufgeregte Weihnachtsmänner. Sie trugen noch verrücktere Kleidung als Sir Christfield. Manche hatten jedoch neben Geschenkesäcken auch stabile Besenruten dabei, die sie ab und zu heftig schüttelten.

»Komm, komm, keine Angst!«, sagte der Kater beruhigend. »Die sind alle völlig harmlos.«

Misstrauisch ging Freda neben ihm auf den Allergrößten zu. Er hatte eine braune Hautfarbe, dichte schwarze Locken und ein ansteckendes Lachen. Der typische weiße Bart fehlte, seine Beine bedeckte eine weite rot-gold gestreifte Haremshose.

»Das ist Bubu Caspar, einer der drei Heiligen Könige aus dem Morgenland«, flüsterte Mr Livingstone. »Er ist zuständig für die Geschenkverteilung rund ums Mittelmeer.«

Freda glaubte kein Wort, verbeugte sich aber vorsichtshalber genauso tief wie Bubu Caspar. Sofort wendete Mr Livingstone sich dem nächsten Weihnachtsmann zu, einem faltigen Hippie mit verspiegelter Pilotenbrille und grauem Pferdeschwanz. Freda sah, dass er zu seinem löchrigen Mantel sporenverzierte Cowboystiefel trug.

»Der amerikanische Delegierte«, zischte Mr Livingstone leise.

Laut sagte er: »Howdie, John Santa, läuft bei dir!«

John Santa gab Freda einen High Five und murmelte etwas Unverständliches, denn er hatte ein Kaugummi im Mund.

Verzweifelt suchte Freda nach einer passenden Antwort.

»Äh … yes, thank you!«, stotterte sie mit rotem Kopf. Es waren die einzigen Worte, die ihr einfielen, und sie kam sich schrecklich blöd vor. Zum Glück lotste sie der Kater gleich zum gut gelaunten Südseedelegierten im sommerbunten Hawaiihemd hinüber, und so ging es immer weiter. Nach zwanzig Begrüßungen taten Freda die Hände weh und sie hätte Mr Livingstone gerne gefragt, was denn dieser Delegiertenkram eigentlich bedeutete. In diesem Moment stieß ein mexikanischer Weihnachtsmann, fast ganz unter einem riesigen weißen Strohhut verschwunden, Freda mit seiner Gitarre in den Rücken. Kopfüber schoss sie nach vorn, rempelte gegen mehrere Unbekannte und landete hilflos eingeklemmt zwischen prallvollen Geschenkesäcken.

»Oh, diese lästigen Kobolde!«, nörgelte jemand irgendwo tief unter ihr.

Dann fühlte Freda, wie sie mit festem Griff um die Mitte gefasst und wieder auf die Füße gestellt wurde. Sie hustete und spuckte ein paar Jutefusseln aus. Ein rothaariger Koboldjunge, etwa so groß wie sie selbst, doch mit einer auffälligen Zahnlücke zwischen den Schneidezähnen und fellbedeckten Spitzohren, hatte sie gerettet. Neugierig schaute er Freda aus schrägen Brombeeraugen an, ehe er sie zur Seite schob und einen weiteren Delegierten unter den Säcken hervorzog. Der miesepetrig wirkende Weihnachtsmann trug eine gestreifte Warnweste mit aufgedruckten Verbotszeichen, eine Arbeitshose voller Werkzeug und an seinem Gürtel klimperte ein großes Schlüsselbund.

»Das war wieder eindeutig gegen die Sicherheitsvorschriften!«, schimpfte er, während er hastig eine verlorene Kneifzange aufhob. »Ich werde mich beim Chef über dich beschweren, Jonker!«

Der Kobold zwinkerte Freda verschwörerisch zu, schließlich hatte eigentlich sie den Sturz verursacht.

»Tu das ruhig, Hans-Niklas«, gab er zurück, ehe er im Gewühl verschwand. »Auf dein Gerede hört sowieso keiner.«

Der Weihnachtsmann schnappte nach Luft und ließ seinen Ärger an Freda aus.

»Steh hier nicht faul herum!«, fuhr er sie barsch an.

Erschrocken wich Freda vor dem mürrischen Kerl zurück. Wo steckte denn nur Mr Livingstone? Sie würde sich allein niemals zurechtfinden. Schnell schlüpfte sie durch die nächste Lücke aus der lauten, drängelnden Menge, lehnte sich an die Wand und beobachtete das Kommen und Gehen.

Es war einfach unglaublich! Weihnachtsmänner aus fast allen Ländern der Welt waren angereist und umarmten sich schulterklopfend wie alte Freunde. Auf den zweiten Blick waren manche allerdings auch nicht so beliebt. Ein vampirblasser Delegierter in eisblauem Umhang, der eine edelsteinverzierte Lanze umklammerte, schien eher ein verirrter Zauberer zu sein und wartete einsam in einer Ecke. Auch ein anderer Weihnachtsmann fiel Freda nach einiger Zeit auf. Sein Mantel war aus purpurrotem Samt und mit blitzenden Goldknöpfen versehen, der Hemdkragen bestand aus feiner weißer Spitze und an den Beinen trug er seidene Hosen. Die Art und Weise, wie er sich auf seinen zierlichen schwarzen Spazierstock stützte und ab und zu herablassend mit beringter Hand einem Kollegen zuwinkte, wirkte ziemlich eingebildet. Das gestylte blonde Model im Abendkleid hing wie Seetang an seinem Arm und himmelte ihn an.

Etwas kratzte an Fredas Hosenbein. Sie schaute hinunter.

»Das ist Père Noël, unser französischer Delegierter«, kicherte Mr Livingstone, der wieder neben ihr aufgetaucht war. »Er hält sich für den Sonnenkönig. Oh, Ende der Party, da drüben kommt der Chef.«

Freda drehte gespannt den Kopf. Der Mann, der jetzt aus dem Fahrstuhl stürmte, sah als Einziger so aus, wie sie sich den Weihnachtsmann immer vorgestellt hatte: roter pelzbesetzter Mantel, weißer Bart, Gürtel, Stiefel, mit allem Drum und Dran. Nur dass er furchtbar wütend war, störte etwas das Bild.

Nun blieb er stehen und augenblicklich verstummten alle Gespräche.

»Na endlich«, schnaubte er, als er den Kater entdeckte. Ungeduldig winkte er den beiden, näher zu treten. Lautlos wie ein Fischschwarm stoben alle Delegierten auseinander.

»Wen hat Mr Livingstone da dabei?«, tuschelten mehrere aufgeregt, als Freda durch die entstandene Gasse ging. »Ist das etwa ein Kind?«

Der mürrische Nörgler, den sie vorhin aus Versehen umgestoßen hatte, warf ihr einen bösen Blick zu.

»Das ist nicht erlaubt«, sagte er.

Freda guckte erschrocken auf den Boden. Mit einem Mal fand sie das alles nicht mehr lustig. Zögernd ging sie vorwärts. Wie begrüßte man den Weihnachtsmann überhaupt? Sollte sie vielleicht ein Gedicht aufsagen oder etwas singen?

Freda blieb stehen, nahm allen Mut zusammen und hob den Kopf.

Der Weihnachtsmann musterte sie streng durch seine runde Goldrandbrille. Von Nahem war sein Gesicht so runzlig wie hundert Jahre alte Eichenrinde, aber seine Augen unter den dichten weißen Brauen blitzten äußerst lebendig.

»So, so, du bist also Frederizia«, unterbrach er Fredas wilde Überlegungen. »Wer ich bin, ist wohl klar. Die einen nennen mich Nikolaus, die anderen Weihnachtsmann. Hier bin ich für die meisten einfach der Chef. Such dir was aus. Jetzt *presto* an die Arbeit! – Feli! Pom-Pom!«

Er klatschte energisch in die Hände. Zwei kleine pausbäckige Engel, die im Turbotempo über den Köpfen der Delegierten Fangen gespielt hatten, fassten sich brav an der Hand und schwebten näher. »Sorgt dafür, dass wir nicht gestört werden«, befahl er.

Die beiden nickten eifrig, scheuchten sämtliche Delegierten und auch Freda in den Konferenzsaal hinein und schlossen lautlos von außen die schwarze Flügeltür.

4

Der Weihnachtsmann verlor keine Zeit.

»Hiermit eröffne ich diese außerordentliche Sitzung der Christmas Company«, erklärte er, noch ehe alle richtig um den überlangen schwarzen Tisch in der Mitte des Saales Platz genommen hatten. »Christfield, leg die stinkende Pfeife weg, du übernimmst das Protokoll. Leider sind wir nicht vollzählig. Wie immer kommt die östliche Delegation zu spät und die Niederlande, Spanien und Italien sind auch noch nicht da.«

»Genau wie in Brüssel«, kicherte Sir Christfield, wurde jedoch nach einem Blick vom Chef sofort wieder ernst.

»Aber egal, die Zeit drängt«, fuhr der Weihnachtsmann fort. »Ich erkläre bis auf Weiteres für die Christmas Company den Ausnahmezustand. Dann schreib auf, dass wir einen Gast haben, Frederizia Amundsen.«

»Asmussen«, korrigierte Freda vom anderen Ende des Tisches. Sie hatte es langsam satt, von fremden Leuten herumgeschubst zu werden. Das Ganze war immerhin so etwas wie eine Entführung!

Der Chef blickte überrascht auf.

»Wie du meinst«, sagte er. »Livingstone, du bist für sie verantwortlich, solange sie sich hier aufhält.«

Der Kater, der mit halb geschlossenen Augen auf einem eigenen Stuhl neben Freda hockte, nickte ergeben. Neben ihm kritzelte Sir Christfield hastig die Anweisungen auf seinen Notizblock. Die übrigen Delegierten saßen vor Spannung vornübergebeugt auf den Sesselkanten.

Der Weihnachtsmann zog ein gefaltetes Blatt Papier aus seiner Manteltasche.

»Wie ihr ja schon wisst, stecken wir in der größten Klemme aller Zeiten«, fuhr er fort, während er den Zettel glatt strich. »In der letzten Nacht ist jemand in unseren Hauptcomputer eingedrungen. Man hat das Passwort unserer Geschenkeliste durch ein unbekanntes neues Wort ersetzt. Keine Ahnung, wer das war und warum, die Hacker haben uns aber eine Nachricht hinterlassen.«

Es war totenstill, als der Weihnachtsmann vorzulesen begann:

»Hört unsere Weissagung,
ihr jämmerlichen Wattebärte und Betrüger!
Bald verschlingt der Wolfsrachen des Dezembers
alles Licht. Keine Freude, kein Lachen soll sein,
nirgendwo!
Denn dies ist ein dunkler Weihnachtszauber:

Zwölf bilden unser Rätselwort,
Sturmwellen treiben es nie fort.

Zwei Wesen sinds, eine Gestalt,
und Käpt'n Ahab lässt das kalt.

Tod und Untergang der Christmas Company!

So haben wir beschlossen.«

Der Weihnachtsmann ließ den Zettel sinken. Im Saal brach auf der Stelle ein Tumult aus.

»Unglaublich, das ist ja furchtbar!« – »Eine Katastrophe!« – »Wie konnte das passieren?«, riefen alle durcheinander.

Bubu Caspar war aufgesprungen, sodass sein Stuhl polternd hinter ihm zu Boden fiel. John Santa verschluckte sich an seinem Kaugummi und bekam einen fürchterlichen Hustenanfall. Seine Sitznachbarn klopften ihm mit kräftigen Schlägen auf den Rücken, bis er ein weißes Klümpchen auf den Tisch spuckte.

»Was für eine Frechheit, uns zu bedrohen! Verbrecher, alles Verbrecher«, stöhnte Sir Christfield gequält und warf eine neue Ladung Pillen ein. »Das ist ein ganz klarer Fall für die Polizei.«

»Polizei – Unsinn!«, widersprach Mr Livingstone. »Du weißt genau, dass das nicht geht, Nicholas! Und wer ist hier überhaupt zuständig am Nordpol? Etwa Scotland Yard?«

Sir Christfield zuckte hilflos mit den Schultern.

»Wir brauchen einen Superhelden«, keuchte John Santa, noch immer rot im Gesicht.

Der mexikanische Delegierte auf der anderen Tischseite schwenkte begeistert seinen Strohhut.

»Ja! Aber wo finden wir den, *hombre*?«

Ein paar jüngere Delegierte aus Asien ganz am unteren Tischende steckten eifrig die Köpfe zusammen. Freda hörte sie mehrmals das Wort »Hollywood« wispern.

Père Noël presste mit geschlossenen Augen geziert ein weißes Spitzentaschentuch an seine Stirn.

»Bitte, das ist lächerlich«, näselte er. »Ich finde das Ganze ermüdend.«

»Dann mach doch Winterschlaf, du Schnarchnase!«, schrie Bubu Caspar und warf ein zweites Mal seinen Stuhl um.

Der Chef schlug mit der Faust auf den Tisch.

»Ruhe! Ruhe! So kommen wir nicht weiter«, unterbrach er das aufgeregte Gezeter. »Irgendwelche ernst zu nehmenden Vorschläge, was wir tun sollten? Livingstone?«

»Tja, ich habe nicht umsonst einen Gast mitgebracht«, sagte der Kater mit besonderer Betonung.

Alle Blicke richteten sich plötzlich auf Freda. Ihr wurde heiß in dem warmen Parka, den sie immer noch trug. Heftig zerrte sie den Reißverschluss auf.

»Wie ihr wisst, können wir keinen Computerfachmann herholen, aus den bekannten Gründen«, erklärte Mr Livingstone.

Die Delegierten nickten ernst.

»Also müssen wir das Rätsel selbst lösen«, fuhr der Kater fort. »Und ich glaube, dabei wird uns Freda eine große Unterstützung sein.«

»He, warte mal!«, sagte Freda erschrocken.

Aber von allen Seiten hörte sie schon zustimmendes Gemurmel, sogar Sir Christfields besorgte Miene hellte sich auf. Nur der mürrische Hans-Niklas hob die Hand.

»Nein, ich als verantwortlicher Sicherheitsberater schlage stattdessen vor …«, begann er wichtig.

Alle stöhnten leise.

»Jaja, deine Vorschläge kennen wir«, würgte der Chef ihn ab. »Nur, die helfen hier nichts.«

Nachdenklich sah er in die Glaskuppel hinauf und strich über seinen Bart.

»Gut, einen Versuch ist es wert«, sagte er schließlich laut. »Liebe Frederizia, unsere Spezialabteilungen und mein Büro stehen dir ab sofort zur Verfügung. Mr Livingstone wird dir alles zeigen. Brauchst du bei deiner Arbeit vielleicht etwas Popcorn oder Pommes frites mit … wie heißt das Zeug … Ketchup? Na egal, wir werden dich auf jede Weise unterstützen.«

Freda erkannte entsetzt, dass es jetzt allerhöchste Zeit war, aus diesem Irrsinn auszusteigen. Sie räusperte sich heftig, um den komischen Kloß im Hals loszuwerden, der dort plötzlich steckte.

»Also, ich würde ja wirklich gerne helfen …«, begann sie höflich. Das war ein schwerer Fehler.

»Na wunderbar!«, rief der Chef und rieb sich freudestrahlend die Hände. »Riesig nett von dir. Sobald du etwas entdeckt hast, meldest du dich. Das wärs fürs Erste. Die Sitzung ist geschlossen!«

Er schnappte sich den Zettel, sprang vom Sessel hoch und eilte mit schnellen Schritten zum Ausgang. Auch Sir Christfield raffte seinen Notizblock zusammen, schusselte hinterher und versuchte, seinen Pensionsantrag einzureichen. Bubu Caspar und John Santa verschwanden ebenfalls mit Père Noël und seiner davonstöckelnden Freundin durch die Flügeltür. Danach folgte der gesamte Rest der übrigen Delegierten, alle überglücklich, jemand anderem diese schwierige Aufgabe aufgehalst zu haben. Der große Konferenzsaal leerte sich in Nullkommanichts.

»Das ist einfach oberkrass!«, bekam Freda endlich heraus. »Sind die alle verrückt?«

Der Kater war auf die Tischplatte gesprungen und betrachtete in der polierten Fläche kritisch sein Spiegelbild.

»Ich bin dünn geworden«, stellte er fest, wobei er seinen Bauch betastete. »Lass uns etwas essen gehen.«

Feli und Pom-Pom, die an der geöffneten Tür warteten, hielten sich prustend die Hand vor den Mund.

Jetzt reichte es Freda wirklich. Entschlossen schob sie den Stuhl zurück und stand auf.

»Vergiss es, ich geh nicht mit«, erklärte sie mit fester Stimme. »Meine Mutter macht sich sowieso schon Wahnsinnssorgen. Die hat bestimmt die Polizei und die Seenotretter alarmiert. BRING MICH SOFORT NACH HAUSE!!!«

Mr Livingstone bleckte die Zähne. Die sternförmigen Lichtkegel aus der Deckenbeleuchtung des Saals malten ein Zackenmuster auf sein schwarzes Fell. Seine gelben Augen glühten feurig und einen Moment lang sah er tatsächlich ein wenig gefährlich aus.

»Hast du wirklich nicht begriffen, worum es geht, Frederizia?«, fragte er. »Weihnachten steht auf dem Spiel, überall auf der Welt, wo es gefeiert wird!«

Freda zog bockig die Nase hoch. »Na und? Was kann ich denn dafür?«

Der Kater zuckte zusammen, als habe er einen elektrischen Schlag bekommen.

»Oh, wenn das so ist …«, erwiderte er nach einer winzigen

Pause. »Da habe ich mich wohl geirrt … Vielleicht bist du doch nicht die Richtige.«

Freda hörte die Enttäuschung in Mr Livingstones Stimme, auch so etwas wie eine Spur Verachtung. Es war ein sonderbares und nicht sehr angenehmes Gefühl, von seinem Haustier verachtet zu werden.

»Na ja, ich meinte ja nur …«, verteidigte sie sich lahm.

Mit schnellen Schritten tigerte Mr Livingstone auf sie zu.

»Meinte, meinte!«, fauchte er verärgert. »Dies hier ist kein Spiel, das man einfach ausschalten kann, wenns eng wird. Dies ist absoluter Ernst! Aber bitte, verkriech dich ruhig in dein Schneckenhaus!«

Getroffen riss sich Freda die juckende Zipfelmütze vom Kopf.

»Du hättest mich ja vielleicht vorher fragen können.«

Mr Livingstone plumpste auf sein Hinterteil.

»Also wirklich!«, sagte er verblüfft. »Das ist doch gerade das Besondere an Abenteuern, dass man sie erlebt, ohne gefragt zu werden. So was steht nicht im Stundenplan! Wenn es dich beruhigt, das Problem mit deiner Mutter habe ich längst erledigt. Und noch etwas: Solange der Chef den Ausnahmezustand verkündet hat, bleibt DIE TÜR verschlossen. Nicht einmal ich kann sie öffnen.«

Freda schaute in das schwarze Katergesicht. Ganz langsam begriff sie, was dies bedeutete: Sie konnte nicht nach Hause zurück, wenn sie das Rätsel nicht löste. Und es würde am 24. Dezember keine Geschenke geben. Für niemanden. Weihnachten fiel komplett aus!

Nervös knabberte sie an ihrem Daumennagel. Eigentlich wusste keiner besser als sie, wie traurige Weihnachten aussahen. Seit es Hochsee-Satellitennetze für Handys gab, war es einfach, Papa am Heiligabend draußen auf dem Meer zu erreichen. Seine Stimme klang auch ganz nah, so als sei er im Zimmer nebenan und nicht mit zweitausend Urlaubern auf einem Kreuzfahrtschiff vor der Küste Panamas. Aber hinterher … kam die Bescherung.

Jedes Jahr sangen sie schön falsch »Alle Jahre wieder«, dabei wischte Mama sich heimlich die Tränen weg, aber Freda merkte es doch. Zum Glück gab es Liam, der doofe Osterhasenwitze erzählte und mit Oma free-style um den Tannenbaum tanzte. Und spätestens beim Päckchen-Auspacken und Spiele-Ausprobieren wurden alle lustiger. Aber wenn es dieses Jahr noch nicht einmal Geschenke gab … dann würde es so richtig schrecklich werden. Und zwar nicht nur für die Familie Asmussen …

Seufzend griff Freda nach der Wichtelmütze und stülpte sie sich nachlässig wieder über den Kopf.

»Okay, wenns denn sein muss«, sagte sie.

In diesem Moment knackte es über ihr in einem Lautsprecher an der Decke. Eine unbekannte Sprecherin quäkte: »*Alle mal herhören: La Cantina schließt in dreißig Minuten.*«

»Beeilung!«, kommandierte Mr Livingstone und sprang vom Tisch hinunter. In großen Sprüngen galoppierte er aus dem Saal. Wieder einmal blieb Freda nichts anderes übrig, als hinterherzurennen. Im Dauerlauf verließen sie die Zentrale und eilten durch einige Nebenstraßen bis zu einem blau gestrichenen Gästehaus, dessen Veranda über und über mit Lichterketten dekoriert war. Ein älteres Engelmädchen im kurzen bunten Wollkleid und kniehohen Stiefeln öffnete die Tür. In ihren blonden langen Haaren steckte ein Diadem aus rosa Tannenbaumkugeln, auf dem Arm trug sie einen schläfrigen Schneehasen.

»Willkommen in der Villa Lametta!«, begrüßte sie Freda und zwinkerte Mr L. zu. »Ich hab schon von dir gehört. Sollen wir einen kurzen Rundgang machen?«

Sie zupfte einen Zimmerschlüssel von der Hakenleiste des Flurs. Freda sah, dass ihre Flügel hinten aus einem Loch im Kleid ragten.

»Dafür haben wir keine Zeit, Alea«, maunzte der Kater kurz angebunden. »Zeig ihr nur, wo sie schläft.«

Drei weitere Schneehasen hoppelten hinter dem Empfangstresen hervor. Freda bückte sich, um sie zu streicheln, lächelte den netten Engel entschuldigend an und folgte ihm die knarrende Wendeltreppe hinauf.

Nachdem sie kurz ihr Zimmer besichtigt hatte (direkt unter dem Dach, mit einem Bullauge in der Wand), hetzte der Kater sie einige Querstraßen weiter bis zu einer hässlichen angerosteten Blechbaracke. Eine Menge verbeulter Motorschlitten parkten kreuz und quer davor.

»Was wollen wir denn in der Werkstatt?«, keuchte Freda, außer Atem von der ungewohnten Rennerei. Sie schob den schweren Ledervorhang beiseite, der im Vorraum die Kälte abhielt. Gleichzeitig erkannte sie ihren Irrtum. Warme, nach Knoblauch duftende Luft und lautes Gelächter quollen ihr aus dem überfüllten Raum entgegen. *LA CANTINA* stand mit roter Farbe auf die Querwand hinter dem Küchentresen gepinselt.

An groben langen Holztischen saßen dicht gedrängt Weihnachtsmänner, Engel und Kobolde auf einfachen Bänken und aßen. Mittendrin winkten ihnen auch ein paar Bekannte zu: Bubu Caspar verdrückte mit John Santa und dem mexikanischen Delegierten Pedro eine XXL-Peperonipizza. Freda nahm das irgendwie mit Erleichterung wahr. Trotzdem fühlte sie sich unwohl, denn jeder starrte sie an und für einen kurzen Moment verstummte der Lärm und das Tellergeklapper. Während sie sich hinter Mr Livingstone zu einem freien Ecktisch ganz am Ende des Raumes durchschlängelte, schnappte sie ein paar Gesprächsfetzen auf.

»Der Chef wird alt, er macht Fehler …«

»… die Zeit ist reif …«

»… aber warum hat er dieses Mopsgesicht hergeholt?«

»… ach was, dabei wird nichts herauskommen …«

Aus den Augenwinkeln musterte Freda die Menge. Die unfreundlichen Bemerkungen stammten von einer kleinen Gruppe an einem Mitteltisch. Dort saßen neben dem mürrischen Hans-Niklas mehrere auffällig geschminkte, lockenköpfige Engelmädchen in silbernen Kleidern und stocherten in winzigen Salatschüsseln. Auch der vampirblasse Weihnachtsmann mit der Lanze, den Freda für einen Zauberer gehalten hatte, war dabei. Hastig stieß er die anderen mit dem Ellbogen an, damit sie schwiegen. Als Freda Mr Livingstone nach dem Namen des Mannes fragte, verzog der Kater die Schnauze.

»Keine Ahnung. Ehrlich gesagt kenne ich nicht alle Delegierten«, sagte er.

Sobald sie an dem freien Tisch auf die Bank sackte, spürte Freda, dass sie tatsächlich hungrig war. Sie schaute sich um. Gleich am Nebentisch mampften fünf Kobolde laut schmatzend Lasagne vor sich hin.

Unruhig trommelte sie mit den Fingern auf den Tisch.

»Dauert das lange hier?«, fragte sie.

Etwas Schwarzes schoss von hinten über ihren Kopf hinweg und fiel mit lautem Plumps mitten auf das rot karierte Tischtuch.

»Beschwerden bitte gleich an die Geschäftsführerin«, sagte eine schrille Stimme.

Freda zwinkerte überrascht.

Vor ihr war ein Engelmädchen gelandet, jedoch eindeutig keines der normalen Sorte. Dieses trug eine nietenbesetzte Bikerjacke, Shorts, zerrissene Leggings und Turnschuhe mit Löchern in der Sohle. Kaum hatte es sich aufgerichtet, klopfte es schon ungeduldig mit einem Stift auf seinen Bestellblock. Am linken Ohr schaukelte als Schmuck ein winziger grüner Mistelzweig. Und das Haarstyling – nicht vorhanden, alles verschwand unter einem schwarzen Hipster-Hut!

»Hallo«, begrüßte das Engelmädchen den Kater, wobei es Freda einfach übersah. »Was darf's denn sein?«

»Zweimal Spaghetti alla Serafin«, orderte Mr Livingstone.

»Kommt sofort.«

Zehn Minuten später schwirrte die seltsame Bedienung mit der Bestellung heran, gerade als die Kobolde am Nebentisch wegen des Nachtischs in Streit gerieten. Blitzschnell wich der Engel aus. Das Essen auf den Tellern in ihren Händen leider auch. *Flatsch* – ein Klecks heiße Tomatensoße landete auf Fredas Hose.

»Hey, überlass das Servieren lieber jemand Größerem«, murmelte Freda, während sie mit der Serviette die schlimmsten Spuren abwischte.

Scheppernd knallte das Engelmädchen die Teller auf den Tisch.

»Kümmere du dich um deinen eigenen Kram«, erwiderte es patzig. »Na, Katerchen? Schon das Passwort geknackt?«

Bei dieser respektlosen Anrede fiel Freda die Serviette zu Boden. Mr Livingstone schien das aber überhaupt nicht zu stören.

»Woher weißt du schon davon, Serafin?«, fragte er nur.

»Och, vor mir bleibt hier nichts lange geheim«, sagte das Engelmädchen und stützte eine Hand in die Hüfte. »Ihr hättet mich damit beauftragen sollen statt diese brave Couchkartoffel.«

Herausfordernd deutete sie mit dem Kinn zu Freda hinüber, die unter der Bank nach der Serviette angelte.

Mit offenem Mund starrte Freda sie an. Aber ehe ihr auf die Beleidigung eine Antwort einfiel, schrie es von allen Seiten »Serafin!«, und der freche Engel brauste über die Köpfe der Gäste davon.

»Wer ist das denn?«, fragte Freda.

Der Kater hob den Kopf von seinem Teller.

»Serafin. Sie leitet die Kantine.«

»Nervige Zicke.«

»Vorsicht!«, warnte er. »Sie ist etwas Besonderes, der Chef hält eine Menge von ihr. Frag sie lieber, ob sie uns hilft.«

Ärgerlich wickelte Freda ein paar rutschige Nudeln um ihre Gabel. Keine Ahnung, wie sie diese Aufgabe überhaupt lösen sollte, aber es war bestimmt das Letzte, was sie tun würde. Auch wenn sie zugeben musste, dass das Essen wirklich lecker schmeckte. Ziemlich einsilbig verspeisten beide ihre Portion, und nachdem Freda das leere Geschirr an die Theke gebracht hatte, kämpfte sie sich wieder Richtung Tür durch. Draußen hatte sich inzwischen der stürmische Wind gelegt. Ein wolkenloser Sternenhimmel stand über ihren Köpfen.

Fröstelnd trottete Freda mit dem Kater den gleichen Weg zur Zentrale zurück. Es war ruhiger in der Stadt geworden, nur ein paar Kobolde lieferten sich unter großem Radau auf der anderen Straßenseite eine Schneeballschlacht.

»Hast du schon eine Idee, was das Rätsel bedeuten könnte?«, fragte Mr Livingstone und fiel in Trab.

»Nein, und ich verstehe echt nicht, wieso ihr keinen richtigen Computerspezialisten holt«, sagte Freda, die schläfrig hinterherbummelte. »Außerdem gibts hier so viele Weihnachtsmänner. Es heißt doch, der Weihnachtsmann kann jeden Wunsch erfüllen. Ist das also doch alles Schwindel?«

»Na, na!«, protestierte Mr Livingstone, schon an der nächsten Kreuzung. »Zunächst mal: Wir können keine Erwachsenen hierherbringen. Das hat einen ganz einfachen Grund: Sie kommen nicht durch DIE TÜR.«

»Aha.« Freda wich einem verirrten Schneeball aus.

»Zweitens: Selbstverständlich besitzen Weihnachtsmänner besondere Kräfte!«, rief der Kater. Er drehte sich mitten auf der Straße nach ihr um. »Aber allmächtig ist nicht mal der Chef.«

Ein unbeleuchteter Motorschlitten brummte wie eine bösartige Hornisse aus einer dunklen Seitengasse. Obwohl genug Platz zum Ausweichen vorhanden war, hielt der Fahrer, dessen Kopf mit einem Schal verhüllt war, direkt auf den Kater zu.

»Pass auf, hinter dir!«, schrie Freda, zu weit entfernt, um zu helfen.

Im letzten Moment wirbelte Mr Livingstone herum und entging dem Zusammenstoß durch einen Blitzstart hinter die nächste Mülltonne. Noch einmal gab der Fahrer richtig Gas, dann verschwand das Fahrzeug schlingernd am Ende der leeren Straße. Langsam verebbte der Motorenlärm.

Erschrocken rannte Freda zu Mr Livingstone hinüber, der mit pumpenden Flanken neben der Tonne saß.

»Bist du okay?«, rief sie.

Der Kater schüttelte sich kurz und sprang zurück auf die Kreuzung. »Nichts passiert. Komm weiter.«

Freda runzelte die Stirn. Nichts passiert? Der Unbekannte hatte ihn fast umgefahren! Das war doch ganz klar Absicht gewesen! Misstrauisch schaute sie sich noch einmal um, bevor sie Mr Livingstone folgte. Doch die Straße war tatsächlich völlig leer, auch die eben noch hinter ihnen herumtobende Koboldbande war wie vom Erdboden verschluckt. Sie bemerkte, dass an einigen Häusern die Lichterketten ausgefallen waren. Unbeleuchtet sah das Stadtviertel mit einem Mal verlassen und seltsam düster aus, und schnell lief Freda davon.

5

Mr Livingstone wurde erst langsamer, als sie den Vorplatz der Zentrale erreicht hatten und ihn dicht an der geschmückten Riesentanne vorbei überquerten. Niemand war in der Nähe, trotzdem hörte Freda ganz deutlich mehrere Leute leise ein Weihnachtslied singen.

»*Schnee-hee-flöckchen, Weißröckchen, wa-hann kommst du geschneit …?*«

Sie schienen sich im Baum zu verstecken.

Vorsichtig trat Freda näher und bog einen der unteren dichten Zweige beiseite.

»Nicht schütteln!«, schrie eine goldene Tannenbaumkugel, die gefährlich hin und her schaukelte. Sie verzog ihr Gesicht zu einem traurigen Smiley.

»Ja, uns wird immer so schnell schlecht«, trällerten zwei andere Kugeln über Fredas Kopf. »Gefällt dir unsere Musik nicht? Wir können auch Pop: *Laaaast Christmas …*«

»Nein, nein, Entschuldigung!«, stotterte Freda und ließ schnell den Ast los, was die sonderbaren Sänger wieder zum Kreischen brachte.

Langsam stieg sie die vierundzwanzig breiten Stufen zum Portal hinauf.

»Meinst du nicht, dieser Hackerangriff ist nur ein harmloser dummer Scherz?«, fragte sie schnaufend, als sie oben bei Mr Livingstone angekommen war.

Der Kater betätigte heftig den Klingelknopf. Im Innern läutete ein helles Bescherungsglöckchen.

»Vielleicht steckt etwas anderes dahinter«, murmelte er halb zu sich selbst. »So mancher möchte, dass wir hier verschwinden.«

Freda lachte ungläubig, während sie den Schnee von den Stiefeln stampfte.

»Warum sollte jemand etwas gegen Weihnachtsmänner oder niedliche Engel haben?«

»Da gibt es gewisse Gründe«, erwiderte Mr Livingstone und versetzte der Klingel einen weiteren Pfotenhieb. »He, macht jetzt endlich auf!«

Ein junger Kobold, dessen Mütze über die Augen gerutscht war, öffnete ihnen hastig. In der einen Hand hielt er ein Käsebrötchen, von dem eine Ecke fehlte, in der anderen ein originalverpacktes Laserschwert. Tapfer versuchte er ihnen damit einen Weg zum Fahrstuhl zu bahnen.

»Schon gut, Kleiner«, schnurrte der Kater besänftigt und zog ihm die Mütze zurecht. »Wir nehmen die Treppe.«

Oben im ersten Stock bogen sie rechts in einen stillen, mit rotem Teppich ausgelegten Teil des Gebäudes ab. Hinter den schweren Holztüren war kein Mucks zu hören. Im Vorbeigehen las Freda die glänzenden Schilder daran: *Sondertransport, Reklamationen und Retouren, Spezialanfertigungen – Wunschzettelarchiv!*

Neugierig blieb sie stehen. Ob hier auch etwas von ihr aufbewahrt wurde? Vielleicht das missglückte Bild aus der ersten Klasse von dem Pony mit den Eselsohren? Womöglich lagen da auch Wunschzettel von Leuten, die sie kannte: von ihrer Freundin Juli zum Beispiel, einem berühmten Filmstar oder einer Sängerin.

Freda presste ein Ohr an das warme Holz. Ganz langsam drückte sie die Klinke hinunter. In diesem Moment traten die drei geschminkten Silberengel aus der Cantina hinter ihr in den Gang.

»He! Mopsgesicht! Der Zutritt ist verboten!«, rief die vorderste herrisch. Die zwei anderen brachen in schrilles Kichern aus.

Als wäre sie aus glühender Kohle, ließ Freda die Klinke los und rannte zu Mr Livingstone, der vor der letzten Tür mit der Aufschrift *Head Office – Chefbüro* wartete.

»Hier gehts rein«, sagte der Kater und deutete auf einen zierlichen silbernen Schlüssel im Schloss.

Gespannt öffnete Freda und sie traten ein. Vor ihnen lag ein rechteckiger, gemütlich eingerichteter Raum mit mehreren breiten Sofas und Sesseln, wandhohen Bücherregalen und einem mächtigen Holzschreibtisch mit einem Computer darauf. Durch drei Fenster fiel der Blick auf die Stadtgrenze und den davor liegenden Flugplatz. Im Kamin an der rechten Querseite des Raumes knisterte ein Feuer, darüber hing ein lebensgroßes Porträt des Chefs. Ansonsten war niemand zu sehen, nur schwacher Tabakgeruch lag in der Luft.

Leichtfüßig sprang der Kater auf den Schreibtisch.

»Es wird von Jahr zu Jahr schwieriger, unser altes Unternehmen vor dem Untergang zu retten«, murmelte er, während er das Gerät einschaltete. »Ich hoffe wirklich, du kannst uns helfen.«

Freda rollte den schweren, gepolsterten Chefsessel näher heran und setzte sich. Auf dem Bildschirm erschien die geöffnete Datei des Erpresserbriefes. Langsam las sie den Text, wobei sie halblaut einige Teile davon wiederholte:

»*… dies ist ein dunkler Weihnachtszauber …*
Zwölf bilden unser Rätselwort,
Sturmwellen treiben es nie fort.
Zwei Wesen sinds, eine Gestalt,
und Käpt'n Ahab lässt das kalt.«

Nachdenklich kaute Freda an ihrer Lippe.

Die Rätsel in ihren Computerspielen hatte sie eigentlich immer schnell gelöst. Meistens musste man nur auf irgendwelche Symbole klicken oder bestimmte Gegenstände suchen und sammeln. Wenn man gar nicht weiterwusste, bekam man in der Spielanleitung Tipps. Doch dies war keine Spielkonsole und hier gab es überhaupt keine Bilder. Halbherzig bewegte sie den Cursor auf dem Bildschirm kreuz und quer über den Erpressertext. Nichts passierte. Als sie jedoch das Wort *Weihnachtszauber* berührte, raste der Cursor plötzlich wie von selbst vorwärts und verschluckte jeden Buchstaben, den er übersprang. Der gesamte Brief verschwand!

»Was ist denn jetzt los?«, rief Freda erschrocken.

Wahllos hämmerte sie auf irgendwelche Tasten ein. Keine Reaktion. Der Killercursor war in der letzten Zeile angekommen.

Sekundenlang blinkte er höhnisch, dann verschwand auch er. Stattdessen ploppte in der Mitte des Bildschirms ein graues rechteckiges Kästchen auf:

Warnung!
Du hast das Ende des Internets erreicht!

Die Computerlüftung stieß ein ungesundes Zischen aus.

Freda schlug die Hände vors Gesicht. »Das … das wollte ich echt nicht!«, sagte sie zerknirscht.

»Ach, der beruhigt sich schon wieder«, sagte Mr Livingstone gelassen. »Nimm einfach das hier.«

Mit einer Kralle zupfte er für sie einen Ausdruck des Erpresserbriefs aus dem Ablagekorb und begann sich zu putzen.

Erleichtert versenkte sich Freda noch einmal in den Text. »Käpt'n Ahab … ist das nicht der verrückte einbeinige Typ aus *Moby-Dick?*«, fragte sie nach einer Weile.

Mr Livingstone hob den Kopf von seinem Hinterbein. »Ich glaube schon.«

Freda seufzte. So ein Pech. Liam hatte den Film mal mit einem Freund geguckt. Sie hatte damals nur mit einem Auge zugesehen, weil es um langweilige Schiffe ging. Angestrengt versuchte sie sich zu erinnern.

»Wie ging noch die Geschichte? Dieser fiese Käpt'n Ahab jagt den weißen Wal. Er ist ganz scharf darauf, ihn zu erlegen, damals gabs nämlich noch kein Greenpeace. Vielleicht hat das Lösungswort etwas mit Walfang zu tun.«

Mit gerunzelter Stirn las sie noch einmal die erste Zeile. Plötzlich schnippte sie mit den Fingern.

»*Zwölf bilden unser Rätselwort* – damit sind bestimmt zwölf Buchstaben gemeint«, sagte sie aufgeregt. »W–A–L–F–A–N–G …«

»Das sind nur sieben …«, unterbrach Mr Livingstone.

Freda stöhnte genervt. »Mensch, ich bin ja noch gar nicht fertig.«

Wieder begann sie zu buchstabieren, wobei sie die Buchstaben an den Fingern abzählte. »W–A–L–F–I–S–C–H–F–A–N–G. Zwölf Buchstaben! Jippie! Ich habs raus!«

Sie sprang in die Höhe, drehte sich im Kreis und klatschte in die Hände.

Wütendes Fauchen stoppte ihre Begeisterung.

»Was ist?«, fragte Freda ungeduldig. »Lass uns das Passwort in diese Datei eintippen, dann können wir wieder nach Hause.«

»Das werden wir auf keinen Fall tun«, widersprach der Kater streng. »Und nenn mich nie wieder *Mensch*! Meinst du wirklich, es wäre so einfach?«

»Warum denn nicht?«, beharrte Freda, stolz auf ihre schnelle Lösung.

Mr Livingstone grinste nur.

»Und was machst du mit den zwei Wesen?«, fragte er und tippte mit der Pfote auf den Zettel. »Lies noch mal die dritte Zeile: *Zwei Wesen sinds, eine Gestalt.* Walfischfang – das ergibt doch gar keinen Sinn!«

Freda starrte ihn einige Sekunden an, bevor sie ihren Denkfehler erkannte. Enttäuscht fiel sie rückwärts in den Sessel zurück. »Verdammt!«

In der nächsten Stunde drehten und wendeten sie den mysteriösen Spruch, kamen aber kein Stück voran. Fredas Gehirn streikte einfach – genau wie der Computer. Gerade wollte sie vorschlagen, für heute Schluss zu machen, da klopfte es an der Tür. Ein Tablett mit verführerisch duftenden Bechern wurde in den Raum gestreckt.

»Heißer Kakao gewünscht?«, fragte Serafin.

Freda drehte mit einem Fußtritt den Chefsessel mit dem Rücken zur Tür. Nicht die schon wieder!

Mr Livingstone überging das einfach.

»Gutes Timing, Serafin!«, rief er. »Wir stecken fest!«

Dieses Mal lieferte das Engelchen das Tablett zu Fuß bei ihnen ab. Erst dann flog Serafin auf den Schreibtisch, um mit wichtiger Miene den Erpresserbrief zu studieren.

»Wer ist Käpt'n Ahab?«, fragte sie nach einer gefühlten Ewigkeit.

»Phh!« Freda pustete spöttisch in ihren Becher. Diese Kochfee war ja ein echtes Superhirn!

Der Kater behielt die Ruhe.

»Das ist eine Figur aus einem Buch«, klärte er Serafin geduldig auf. »Es heißt *Moby-Dick* und wurde von Herman Melville geschrieben. Das Buch beschreibt, wie der Walfänger Käpt'n Ahab besessen nach dem weißen Wal Moby-Dick jagt. Er setzt dafür sein Schiff und sein Leben aufs Spiel. Am Ende gewinnt übrigens der Wal.«

Serafin schob mit zwei Fingern ihren Hut in den Nacken und summte ein paar Takte von *Jingle bells*.

»Das Lösungswort steckt garantiert in dem Buch«, sagte sie überzeugt. »Irgendwo darin muss es einen Hinweis geben.«

Verärgert richtete sich Freda aus ihrer Schmollecke auf.

»Das wäre mir sicher auch irgendwann eingefallen«, sagte sie eingeschnappt.

Serafin zuckte nur mit den Flügeln und flog quer durch den Raum zu den Regalen hinüber. Brett für Brett schwebte sie die Buchrücken entlang und verkündete dabei laut die Autorennamen.

»Mann – Marx – oh, hier steht es ja – Melville, Herman: *Moby-Dick!*«

Sie zerrte einen dicken Band heraus, brachte ihn zu Fredas Sessel hinüber und ließ ihn in ihren Schoß fallen.

»Da! Du fängst an!«

Mit übereinandergeschlagenen Beinen setzte sie sich neben sie auf die breite Armlehne.

Freda schlug das Buch auf. Der blaue Leineneinband verbreitete einen muffigen Geruch, das Papier war vergilbt und fleckig. Satz für Satz, Seite für Seite begannen sie, die Geschichte zu überprüfen, indem sie einander abwechselnd vorlasen.

Die kleine goldene Uhr auf dem Kaminsims schlug mehrmals die volle Stunde. Zweimal legte Freda neue Holzscheite auf das heruntergebrannte Feuer. Aber der ganze Einsatz war umsonst, denn sie fanden kein Lösungswort mit zwölf Buchstaben, das zum Rätsel passte. Alles, was dieser Lesemarathon ihnen brachte, waren eingeschlafene Füße, Streit und Übelkeit. Weil im Buch haargenau die blutige Schlachtung eines armen Pottwals beschrieben wurde, hielt Freda sich die Ohren zu, bis Serafin endlich weiterblätterte. Für richtig Ärger sorgten jedoch Fredas Zwischenfragen, denn es wimmelte in der Geschichte nur so von komischen Segelbegriffen wie *Talje abfieren* oder *backgebrasste Großmarssegel.* Wie eine Fremdsprache!

»Warum hast du eigentlich so eine Niete in Sachen Seefahrt hergebracht?«, fragte Serafin den Kater. Als sie hörte, dass Fredas Vater Kapitän war, verdrehte der kleine Engel nur die Augen.

»Oft kannst du nicht mit ihm gesprochen haben«, stichelte sie.

Damit hatte sie bei Freda absolut keinen Treffer gelandet und um Viertel vor zwölf war ihre Stimmung auf dem Tiefpunkt angelangt.

»*… und das große Leichentuch des Meeres wogte weiter wie vor fünf Jahrtausenden*«, las Serafin mit heiserer Stimme den letzten Satz der Geschichte. Sie klappte den Buchdeckel zu. »Ende!«

»Das war ein Flop«, stellte Freda fest und legte erschöpft den Kopf auf die Knie. Sie war viel zu müde, um sich über Serafins Reinfall zu freuen.

Der Kater streckte sich.

»Stimmt, aber wir können nicht aufgeben«, sagte er ohne einen Funken Mitleid. »Zeit für einen Bericht beim Chef.« Er griff nach dem Telefon.

»Oh nein!«, stöhnte Freda. Ein Mitternachtsmeeting mit dem temperamentvollen Weihnachtsmann war das Letzte, was sie jetzt brauchte. Aber ihr blieb nichts anderes übrig.

Wenig später stapfte der Chef hellwach durch die Tür. Schwungvoll landete er auf dem geräumigen Ecksofa.

»Und? Was hast du herausgefunden, meine Liebe?«, fragte er, wobei er einladend neben sich auf den Sitz klopfte.

Der Kater guckte auf dem Schreibtisch Löcher in die Luft und Serafin hatte sich auf eine der Fensterbänke verdrückt.

Zögernd nahm Freda neben dem Chef Platz.

»Na ja, leider nicht viel«, gestand sie. Während sie über ihre erfolglose Detektivarbeit berichtete, verschwand das Lächeln aus dem Gesicht des Weihnachtsmanns. Am Ende stand eine steile senkrechte Falte auf seiner Stirn.

Jetzt kommt's, dachte Freda entsetzt. Genauso sah ihr Mathelehrer Herr Schrevenborn immer aus, bevor er mitteilte, dass Freda eine Arbeit total versemmelt hatte.

Der Chef setzte die Brille ab, putzte sie gründlich und setzte sie wieder auf.

»Sehr gute Idee«, lobte er dann. »Auch wenn du keine Hinweise in dem Buch gefunden hast: Das Rätsel muss tatsächlich etwas mit Seefahrt oder Walfang zu tun haben, sonst hätten die Erpresser nicht Käpt'n Ahab genannt. Aber wie geht es nun weiter? Wir haben nicht viel Zeit. Bis zum 24. Dezember sind es nur noch siebzehn Tage.«

Bekümmert zupfte er an seinem Bart. Freda schob die Hände unter ihre Oberschenkel und starrte auf ihre Stiefelspitzen. Sie wusste wirklich nicht, was sie vorschlagen sollte. Eine bedrückte Pause entstand.

»Hier stimmt etwas nicht!«, rief da Serafin vom Fenster. Heftig warf sie die rote Samtgardine beiseite, in die sie sich eingewickelt hatte.

»Schnell, schaut euch das an!«

Alle beide sprangen auf und liefen zu ihr hinüber.

»Was ist los?«, fragte der Chef, die Nase gegen die Scheibe gepresst. Dicht neben ihm drängte sich Freda, auf dem Arm den zappelnden Mr Livingstone.

»Da, auf dem Flugplatz! Ein Julenisse-Kobold!«

Serafin zeigte auf die freigefegte Eisfläche jenseits der Hallen, die die Stadt begrenzten. Vom Schein der Lichtmasten bestrahlt, standen dort in einiger Entfernung noch immer die Polarflugzeuge, die die Delegierten eingeflogen hatten. Unter dem vordersten Flugzeugrumpf erkannte Freda eine kleine dunkle Gestalt.

In diesem Moment passierte es. Mit einem Knall explodierte der Computer auf dem Schreibtisch, in allen Lampen zersprangen die Leuchtmittel. Splitter flogen durch die Luft, aus den Stehlampen am Fenster und neben der Sitzgruppe schossen blaue Stichflammen. Freda und Serafin schrien gleichzeitig los, Mr Livingstone sprang fauchend aus Fredas Armen, etwas streifte ihre Wange. Dann war es stockfinster im Zimmer.

»Keiner bewegt sich!«, rief der Weihnachtsmann.

Freda hörte ihn durchs Zimmer tappen, unter seinen Füßen knirschte zersplitterndes Glas. Es raschelte, während er an der Wand entlang nach der Türklinke tastete. Schließlich hatte er sie gefunden, riss die Tür auf und bellte einen Befehl in den Gang.

Freda streckte suchend die Hände nach Mr Livingstone aus. Erleichtert fühlte sie, wie er kurz seinen Kopf daran rieb.

»Serafin?«, rief sie in die Dunkelheit.

»Ja«, piepste es neben ihr zurück. Es klang nicht mehr ganz so vorlaut.

Ein Schwarm halb angezogener Kobolde mit Taschenlampen stürmte durcheinanderrufend aus dem Flur ins Zimmer herein.

»Ruhe!«, donnerte der Chef, wieder ganz Herr der Lage. »Jonker, sofort Alarm auslösen! Julenisse auf dem Flugplatz! Ihr anderen sorgt hier für Ordnung und Licht!«

Ein neuer Aufschrei ging durch die Gruppe. Der rothaarige Kobold mit der Zahnlücke, der Freda bei ihrem Sturz vor dem Konferenzsaal geholfen hatte, rannte als Erster davon. Sekunden später schrillte eine ohrenbetäubende Sirene durch die gesamte Zentrale. Aus allen Lautsprechern schnarrte blechern dieselbe Meldung:

»Achtung, Achtung! Julenisse-Alarm! Sicherheitsteam sofort zum Airport! Ich wiederhole, Sicherheitsteam sofort zum Airport!«

Türen knallten, man hörte viele eilige Füße in alle Richtungen laufen.

Ein anderer verschwitzter Kobold erschien im Türrahmen.

»Im ganzen Stockwerk ist der Strom ausgefallen!«, japste er.

Der Chef stampfte mit dem Fuß auf.

»Dann lass dir etwas einfallen!«

Minuten später kreiselten Pom-Pom und Feli herein, in den Händen gefährlich tropfende brennende Kerzen.

»Hallo, leuchtet hierher!«, rief Freda ihnen zu. Sie machte sich Sorgen um Serafin.

Sie entdeckte sie neben dem Fenster, wie eine verirrte Fledermaus mit beiden Händen in die Gardine gekrallt. Ein blutender Kratzer zog sich quer über ihre Stirn, der rechte Flügel sah schlimm zerrupft aus.

Freda schob einen Stuhl heran, pflückte Serafin vorsichtig von der Gardine und setzte sie in ihren Arm. Es fühlte sich ein bisschen merkwürdig an und Serafin öffnete auch gleich den Mund, als wolle sie protestieren. Im selben Moment wieselte ein mit Notfallkoffer und greller Stirnlampe bewaffneter Erste-Hilfe-Kobold heran. Obwohl er trotz seiner altmodischen Hornbrille sehr jung aussah, wusste er, wie man mit zickigen Engeln umging. Flupp – ein rosa Bonbon landete zwischen Serafins Lippen, ein schwarzes Pflaster auf ihrer Stirn. Danach begutachtete er den zerzausten Flügel.

»Das dauert eine Weile, bis das heilt«, verkündete er. »Sturzflüge sind erst mal verboten. Und sei nett zu deiner Freundin, wenn du getragen werden willst.«

Er zwinkerte Freda zu und flitzte zum nächsten Patienten weiter.

Das saß. Serafin blieb sprachlos in Fredas Arm sitzen.

Immer mehr Engel schwebten ins Zimmer und verteilten Laternen auf Tischen und Regalen. Freda sah sich um. Erst jetzt erkannte sie die Zerstörung im Raum: Der Computerbildschirm war geborsten, das Plastikgehäuse angeschmort. Auf Schreibtisch, Stuhl und Fußboden lag eine Schicht feiner Glasteilchen, die Schirme der Stehlampen waren zu Aschefetzen verkohlt. Ein paar Kobolde hatten schon begonnen aufzuräumen: Ständig musste Freda den Besen zwischen ihren Füßen ausweichen.

Unruhig wanderte sie mit Serafin wieder zum Fenster zurück, wo der Kater das Sicherheitsteam unten auf dem Flugplatz bei seiner Suche beobachtete. Noch immer schrillte die Sirene.

»Passiert so etwas oft hier?«, rief sie gegen den Lärm an.

Serafin schluckte den Rest Bonbon hinunter.

»Natürlich!«, schnaubte sie und setzte sich auf. »Julenisse machen nur Ärger!«

Der Kater drehte den Kopf.

»Nein, früher nicht«, stellte er richtig. »Früher lebten die kleinen Wichtel überall im Norden, versteckt in den Häusern der Menschen, kümmerten sich um die Familie und die Tiere und brachten sogar die Weihnachtsgeschenke. Dafür bekamen sie am Weihnachtstag eine Schüssel Milchreis. Aber mit den modernen Zeiten kamen sie nicht zurecht. Und weil viele Menschen sie vergaßen, wurden sie unruhig und begannen zu wandern. Scharen von Julenissen ziehen neuerdings bis zur Christmas Company …«

»… jaja, und vor zwei Jahren zerstörten sie in einer Nacht unsere komplette Keksproduktion«, fiel Serafin ihm ungeduldig ins Wort. »Sie mischten heimlich in der Bäckerei falsche Gewürze in den vorbereiteten Teig: Alle Plätzchen schmeckten nach Curry und Kümmel. Voll eklig! Crumble ist fast in Ohnmacht gefallen am nächsten Morgen.«

Freda runzelte die Stirn. Absichtlich so viele Weihnachtskekse zu vernichten war natürlich ein schlimmer Streich. Aber das hier war ein richtiger Anschlag gewesen. Irgendwie passte das nicht zu frechen kleinen Weihnachtswichteln.

Und wie recht Freda damit hatte.

6

Minuten später stürmte der Chef wieder in sein Büro, im Schlepptau eine große Gruppe erschrockener Delegierter, die von der Sirene aus den Betten geholt worden waren.

Père Noël, in einem bestickten schwarzseidenen Bademantel, warf die Arme in die Luft, als er die Verwüstung sah.

»*Mon dieu!*«, rief er theatralisch.

Sir Christfield betrachtete nur stumm den demolierten Computer, bevor er ein kleines Sprühfläschchen aus der karierten Pyjamatasche zog und damit tief inhalierte.

»Ich war von Anfang an gegen diese moderne Technik«, keuchte er.

»Du immer mit deinen Bedenken! Ich brauche Lösungen!«, knurrte der Chef. Ungeduldig wedelte er mit der Hand in Richtung Sofa. Mittlerweile hatte der Reinigungstrupp die schlimmsten Spuren beseitigt, im Kamin brannte ein neues Feuer, Pom-Pom und Feli verteilten Tee und Kekse.

Freda schnappte sich mit Serafin schnell wieder den Chefsessel, in dem sie schon den halben Abend verbracht hatte. Während alle noch einen Platz suchten, erschien Jonker auf der Türschwelle. Er hielt etwas in der Hand, das unter einem schwarzen Tuch verborgen war, und marschierte sofort auf Mr Livingstone zu. Freda sah, dass die beiden über den verdeckten Gegenstand gebeugt aufgeregt miteinander flüsterten. Gespannt beobachtete sie die seltsame Szene. Jonker sah eigentlich sehr nett aus, trotz der seltsamen spitzen Fellohren. Von der Größe her schätzte Freda ihn ungefähr auf zehn oder elf Jahre, aber vielleicht zählte man bei Kobolden das Alter völlig anders. Warum guckte er so ernst und was versteckte er unter dem Tuch?

Gerade wollte sie hinübergehen, als endlich die nervtötende Sirene verstummte.

Der Chef nahm einem großen Schluck Tee, denn was er ankündigen musste, war nicht erfreulich.

»Der Julenisse ist weg, verschwunden wie Schnee im Sommer«, berichtete er. »Aber in der gesamten Zentrale ist der Strom ausgefallen, und keiner weiß, woran das liegt.«

Nachdem sich die erste Aufregung darüber gelegt hatte, meldete sich John Santa zu Wort.

»Das geht zu weit. Wir sollten den kleinen Nervensägen vielleicht mal wieder einen Denkzettel verpassen«, brummte er, während er ein neues Kaugummi auswickelte.

Der Chef setzte die Brille ab und strich über sein faltiges Gesicht. Er sah auf einmal schrecklich gebrechlich aus.

»Wir haben keine Zeit dazu«, sagte er matt. »Zuerst müssen wir das Rätsel für das Passwort lösen. Freda ist leider noch nicht weitergekommen.«

Ein vielstimmiges enttäuschtes »Oooh!« war zu hören, einige Delegierte scharrten murrend mit den Füßen. Die Silberengel schauten einander vielsagend an und hoben ihre gezupften Augenbrauen, Hans-Niklas klapperte mit seinem Schlüsselbund.

Freda rutschte in ihrem Sessel herum und fühlte sich elend. Es war auch zu blöd, dass sie nicht das klitzekleinste Ergebnis vorweisen konnte!

Sir Christfield, der wie ein toter Käfer neben dem Chef zusammengesunken war, rappelte sich aus dem Sofa auf.

»Sie schafft das schon!«, sagte er und lächelte Freda zu.

John Santa ließ mit einem fetten Schmatzen eine Kaugummiblase platzen.

»Aber so bösartig waren die Julenisse noch nie«, überlegte er laut. »Ich wüsste wirklich gern, was sie so wütend gemacht hat.«

»Allerdings, ich auch«, schnurrte der Kater aus dem Hintergrund. »Auf dem Flugplatz lag nämlich noch das hier.«

Er nickte Jonker zu. Der Kobold trat vor den Kamin und hob den verdeckten Gegenstand in die Höhe, den er die ganze Zeit wie ein rohes Ei in der Hand gehalten hatte. Mit einer raschen Bewegung schlug er das Tuch zurück. Im ganzen Raum war plötzlich nur ein unterdrückter Schreckenslaut zu hören.

Auch Freda hielt den Atem an. Was auf Jonkers Handfläche vom Feuerschein beleuchtet wurde, war wirklich ein unheimlicher Anblick. Sie spürte, wie Serafin zusammenzuckte.

»Was ist das?«, flüsterte sie.

Das Ding war eine zwanzig Zentimeter hohe, aus bleichen Knochen geschnitzte Figur, eine hässliche Mischung aus Unhold, Robbe und Wolf. Den Kopf in den Nacken geworfen, war das Biest auf den Hinterbeinen aufgerichtet und schielte sie aus hervorquellenden Augen an. Mit Tatzen, an denen noch Reste von blutigen Fellfetzen hingen, schien es nach ihnen zu greifen. Sein spitzes, mit doppelten Zahnreihen besetztes Maul war weit aufgerissen.

»Was ihr hier seht, ist ein Unglücksbringer«, sagte Mr Livingstone ernst, »ein sogenannter Tupilaq. Die Julenisse aus Grönland benutzen ihn als magisches Werkzeug, um jemandem Böses zuzufügen. Durch einen Beschwörungszauber nimmt die Figur dann Geistergestalt an und gibt nicht eher auf, bis sie ihren Auftrag ausgeführt hat.«

Freda lief ein Schauer über den Rücken.

»Er war die seltsame Gestalt da unten am Flugzeug?«, fragte sie zaghaft und zeigte auf die hässliche Steinfigur.

»Seine Geistergestalt«, berichtigte Mr Livingstone. »Die geschnitzte Figur behält eigentlich derjenige, der den Tupilaq aussendet. Ich weiß nicht, warum sie dort noch lag. Wie dem auch sei – fast hätte der Unglücksbringer Erfolg gehabt. Überlegt mal, wer alles als Zielscheibe am Fenster stand.«

Ein Raunen ging durch den Raum. Serafin richtete sich auf und sah zum Fenster hinüber.

»Mich hat er auf der Fensterbank sicher gut gesehen …«, sagte sie tonlos. »Dann war da Freda mit Mr Livingstone auf dem Arm und der Chef stand auch …«

Sie beendete den Satz nicht, aber jeder begriff.

»Beim Stern von Bethlehem, was für eine astronomische Kometenkacke!«, fluchte Bubu Caspar. »Die sind ja außer Rand und Band. Wir sollten uns wohl alle besser nach einem neuen Job umsehen.«

»Als ob das in deinem Fall ein Verlust wäre«, näselte Père Noël und tunkte mit spitzen Fingern seinen Keks in den Tee. In gespieltem Erstaunen sah er sich um. »Wo sind eigentlich deine Freunde, die Heiligen Könige Melchior und Balthasar? Schon vor lauter Angst davongelaufen?«

Bubu Caspar schoss von seinem Sitzplatz hoch wie eine Rakete.

»Hoffentlich bist du der Nächste, den der Unglücksbringer erwischt!«, entgegnete er hitzig. Mit geballten Fäusten stapfte der Zwei-Meter-Weihnachtsmann auf den heringsdünnen französischen Delegierten zu.

Geistesgegenwärtig hielt der mexikanische Delegierte Bubu Caspar an der Kapuze seines Mantels zurück. Der schüttelte ihn wütend ab. Père Noël nutzte die Gelegenheit, um seinem Angreifer ein Sofakissen an den Kopf zu schleudern. Weil er aber im Werfen eine Null war, traf er stattdessen Sir Christfields Pillendose, deren Inhalt sich über den Teppich verteilte.

»Alter, jetzt bleib mal gechillt!«, rief John Santa ärgerlich und eilte seinem Freund zu Hilfe.

Doch selbst dem Chef gelang es nicht, für Ruhe zu sorgen. John Santa und fünf andere mussten die zwei Streithähne rechts und links packen und in verschiedene Zimmerecken verfrachten, dabei wurden sie die ganze Zeit von den asiatischen Delegierten fotografiert. Währenddessen krabbelte Sir Christfield allen zwischen den Beinen herum und sammelte seine Tabletten wieder ein. Die Geschäftsleitung der Christmas Company war völlig in Aufruhr.

Freda beobachtete von ihrem Sessel aus das Durcheinander und dachte heftig nach. Schlaue Hacker, die sich ins Computersystem des Weihnachtsmanns einloggten und wandernde Julenisse mit Geisterfiguren, die den Tod brachten – wie passte das zusammen?

Die Lage in der Christmas Company wurde von Stunde zu Stunde verwickelter. Wenn es so weiterging, würde sie vermutlich nie wieder nach Hause kommen. Fredas Magen zog sich zu einem festen Knoten zusammen, denn der Gedanke gefiel ihr überhaupt nicht.

Schüchtern tippte sie Serafin auf die Schulter und sagte: »Wir verlieren Zeit. Das nützt nur den Leuten, die der Christmas Company schaden wollen.«

Das Engelmädchen stutzte kurz, dann steckte sie zwei Finger in den Mund. Ein durchdringender Pfiff brachte die ganze Gruppe plötzlich zum Schweigen.

»Hört auf mit dem blöden Streit!«, rief Freda ihnen zu. »Lasst uns lieber nach der Lösung des Rätsels suchen.«

Das wirkte tatsächlich bei den meisten, nur bei Hans-Niklas nicht. Giftig musterte er Freda, während die drei Silberengel neben ihm mit dem Delegierten im blauen Zaubererumhang tuschelten. Nach knapper Beratung trat er ein paar Schritte nach vorn.

»Die kurze Person hat nichts zu bestimmen«, kläffte er heiser. »Seit sie hier ist, gibt es nur noch mehr Schwierigkeiten.«

»Bullshit!«, riefen John Santa und Sir Christfield empört. Aber nicht wenige Delegierte wiegten den Kopf und warfen unsichere Blicke zum Chef hinüber, der geistesabwesend in seinem Teebecher herumrührte.

Freda umklammerte mit feuchten Händen die Sessellehnen. Sie bereute es schon, dass sie sich eingemischt hatte.

»Wir müssen es einfach irgendwie schaffen«, fuhr sie beschwörend fort. »Denkt alle nach: Wer sonst noch könnte über Walfang Bescheid wissen? Dieses Rätsel könnte glatt von einem verrückten alten Seebären stammen. Gibt es nicht irgendwo so jemanden, den wir fragen können?«

Bittend sah sie von einem zum andern. Ungefähr vierzig vollkommen ahnungslose Weihnachtsmann-Mienen schauten stumm zurück. Nur Hans-Niklas zupfte an seiner Sicherheitsweste und die silbernen Engelmädchen, die an den Bücherregalen lehnten, fächelten aufgeregt mit den Flügeln.

Freda senkte den Kopf und murmelte: »Ansonsten hilft uns nur noch hellsehen.«

Der Chef ließ den Teelöffel in den Becher fallen.

»Was hast du gesagt?«, hakte er nach.

»Hellsehen«, wiederholte Freda zögernd.

»HELLSEHEN!«, schrie der Chef und schlug sich mit der flachen Hand gegen die Stirn. »Natürlich – Myrkur Farandi! Dass mir der nicht eingefallen ist!«

Freda blinzelte verwirrt. Der Chef strahlte plötzlich über das ganze Gesicht. Alle Übrigen jedoch, sogar Feli und Pom-Pom mit ihren schokoladeverschmierten Mündern, standen da, als hätten sie ein Gespenst gesehen.

»Myrkur Farandi? Viel zu gefährlich! Keiner, der einen Fuß auf sein Schiff setzt, kommt lebend wieder herunter«, jammerte Sir Christfield und hob abwehrend die Hände.

»Und keiner weiß, woher er eigentlich stammt«, sagte John Santa mit hohler Grabesstimme. Die restlichen Delegierten nickten düster.

Selbst Serafin, die Freda inzwischen als ziemlich mutig einschätzte, rutschte von Fredas Schoß hinunter und baute sich neben Mr Livingstone auf. Einstimmig riefen beide: »Niemals!«

Der Chef wischte sämtliche Einwände beiseite. Er wirkte keine Spur mehr alt und müde, sondern stapfte im Zimmer umher und verteilte Anweisungen wie Julius Cäsar vor der Schlacht.

»Jonker, ich brauche alles Kartenmaterial, das wir über Iskalott besitzen! Schau nach, ob noch irgendein Computer funktioniert. Bjarni, hol Tufte vom Geschenkelager her! Und bring Bertil aus der Spielzeug-Testabteilung mit!«

Er wirbelte herum und richtete seinen Zeigefinger auf die drei Silberengel, die nervös ihre Locken um die Finger drehten.

»Lokaddis, Dune und Rhoda: Ich will eine Liste aller Geschenkrücksendungen vom letzten Weihnachtsfest! Und zwar *presto*!«

Die drei wurden blass unter ihrer Schminke und rannten mit knallenden Absätzen zur Tür. Innerhalb von Minuten flitzten jede Menge Helfer in verschiedene Richtungen, um die Befehle auszuführen.

»Aber … was hab ich denn gesagt?«, fragte Freda.

Der Chef zog sie mit Schwung an einer Hand aus dem Sessel.

»Das war ein genialer Geistesblitz von dir«, lobte er und legte den Arm um ihre Schulter. »Es gibt tatsächlich so einen Mann, wie du ihn eben beschrieben hast. Er gilt als … ähem … schwierig und ist auch nicht ganz einfach zu finden, aber das soll uns nicht abhalten.«

Sein Blick fiel auf die kleine goldene Kaminuhr, die inzwischen halb zwei zeigte.

Erschrocken rief er: »Für heute hast du aber genug getan! Sofort ins Bett mit dir! Bruno wird dich zur Sicherheit begleiten. Gute Nacht, meine Liebe!«

Mit sanftem Nachdruck schob der Weihnachtsmann Freda zur Tür.

Plötzlich fühlte sie sich unglaublich müde, die Augen fielen ihr fast im Stehen zu.

Wie im Traum fuhr sie mit dem Kater in Brunos Schlitten bis zur Villa Lametta. Eine einsame flackernde Kerze in einer Laterne leuchtete noch auf der Veranda, als sie dort ausstiegen.

Auf Zehenspitzen schlich Freda durch die überall im Flur verteilt schlafenden Schneehasen, stieg die knarrende Holztreppe zu ihrem Dachzimmer hinauf und schloss die Tür hinter sich. So schnell war sie noch nie aus den Kleidern geschlüpft. Das Bettzeug war angewärmt und roch gut nach Weihnachtsbaum und Vorfreude. Das Letzte, was sie noch spürte, war Mr Livingstone, der auf die Bettdecke sprang und es sich wie jeden Abend in ihrer Kniekehle gemütlich machte.

7

Freda hatte keine Ahnung, wie sie auf dieses alte Segelschiff gekommen war. Die gesamte Besatzung bestand aus Weihnachtsmännern, bis zum Bordrand stapelten sich bunte Geschenkpakete, die bei jeder Welle hin und her rutschten. Der Kapitän, ein unheimlicher Einäugiger mit einer Lederpeitsche in der Hand, brüllte schon zum dritten Mal »Passwort eingeben!« über das schaukelnde Deck.

Passwort? Welches Passwort? Freda kannte es nicht. Sie versuchte davonzulaufen, aber ihre Beine gehorchten ihr nicht. Schneckenlangsam hoben sich die Füße von den nassen Holzplanken.

Unerbittlich kam der Einäugige näher. Verweifelt sah Freda sich um. Nirgends ein Ausweg. Doch, da oben im Mast über ihr, der Ausguck!

Hastig griff sie nach den eisbedeckten Wanten. Der grässliche Kapitän war nur einen Meter hinter ihr!

Zitternd kletterte sie das Tauwerk hinauf, während der Sturm hungrig an ihren Kleidern zerrte. Endlich schwang sie ihre Beine über den Korbrand und sah sich um.

Unter ihr tobte das graue aufgewühlte Meer. Hässliche robbenartige Kreaturen paddelten zwischen gigantischen bläulichen Eisbergen herum. Aber merkwürdig, auch Fredas Vater, ihr Mathelehrer Herr Schrevenborn, Serafin und Mr Livingstone trieben hilflos auf einer Holzplanke vorbei …

Ein gewaltiger grauer Walkopf tauchte plötzlich aus dem Meer auf. Kleine schwarze Augen stierten das Schiff an. Ein gezielter Rammstoß gegen den Rumpf – und das Segelschiff mitsamt Geschenken, Weihnachtsmännern und Kapitän kippte auf die Seite.

»HILFE!«, schrie Freda aus vollem Hals. Entsetzt umklammerte sie den Rand des Mastkorbs, während sie immer schneller den Wellenbergen entgegenfiel … fiel … fiel …

Kurz vor dem Aufprall wurde Freda wach. Verwirrt schaute sie sich im dämmrigen Zimmer um.

Hatte sie die erste Schulstunde verpasst? Wo war sie?

Dann fiel ihr alles wieder ein: die Tür zum Nordpol, der Hackerangriff auf die Christmas Company und der Anschlag des Unglücksbringers.

»Na endlich!«, sagte Serafin gegenüber aus der Zimmerecke.

Freda setzte sich auf und strich durch ihr verstrubbeltes Haar.

»Was … machst du hier?« Sie bemerkte das leere Fußende. »Und wo ist Mr Livingstone?«

Serafin rutschte von dem riesigen Wäschestapel hinunter, auf dem sie gehockt hatte, und löste damit eine Lawine aus.

»Natürlich schon drüben im Geschenkelager«, sagte sie, als sei das jedem mit halbwegs Grips sonnenklar.

»Da sollen wir spätestens in einer halben Stunde auch sein, Befehl vom Chef. Ach ja, diese Outdoor-Klamotten sind für dich, hat Alea gesagt. Frühstück ist schon fertig. Ich warte draußen auf der Veranda, bis Mylady fertig ist.«

Sie machte einen spöttischen Knicks und spazierte durch die Tür davon.

Freda stöhnte leise, während sie ins Badezimmer tappte und ihr rundes müdes Gesicht im Spiegel betrachtete. Irgendetwas sagte ihr, dass in diesem Geschenkelager keine nette Überraschung auf sie wartete.

Eineinhalb Stunden später wünschte sie, sie wäre einfach im Bett geblieben, mit der Bettdecke ganz fest über dem Kopf. Denn während der letzten Stunden hatten der Chef und seine Helfer auf Hochtouren gearbeitet, um den geheimnisvollen Myrkur Farandi ausfindig zu machen. Er hielt sich demnach in einem Gebiet namens Iskalott auf, genauer gesagt in der etwa hundertfünfzig Kilometer entfernten Terrorbucht, weil nämlich sein Schiff Vega dort seit Jahren eingefroren im Packeis steckte.

Offenbar konnte man auf normalem Weg keine Verbindung zu diesem Mann herstellen. Denn der Strom in der Zentrale der Christmas Company war immer noch ausgefallen: Telefon, Computer, auch der Flughafentower – alles außer Betrieb.

Und dann, übernächtigt und verzweifelt, hatte der Chef eine folgenschwere Entscheidung getroffen.

»Wir schicken eine Expedition nach Iskalott«, erklärte er allen, die er an diesem Morgen in die riesige Hauptlagerhalle neben dem Flugplatz gerufen hatte.

»Mit einem Hundeschlitten, Proviant, Zelt, genauso wie früher

Fridtjof Nansen, John Franklin, Frederick Cook und wie die berühmten Polarforscher alle heißen.«

Stolz zeigte der Chef neben sich auf den Mittelgang. Dort hatten die Lagerkobolde neben einem einfachen hölzernen Zugschlitten einen Berg von Kisten, Schlafsäcken, Plastiktonnen, Zelten, Kanistern, Kochgeschirren, Planen, Seilen und jede Menge andere nützliche Outdoor-Gegenstände aufgetürmt.

»Woher stammt das Zeug?«, fragte Freda laut.

Tufte, der Anführer der Lagerkobolde mit Oberarmen wie ein Fitnesstrainer, öffnete bedächtig den Mund. Einer der drei Silberengel drängte sich rücksichtlos vor.

»Das ist eine su-per-moderne Polarausrüstung!«, sagte Rhoda hochnäsig. Sie schaute auf ihr Klemmbrett. »Wir haben sie als Retoure letztes Jahr bei uns eingelagert. Der Lieblingssohn eines wahnsinnig reichen Geschäftsmanns hatte sich in letzter Minute doch für ein neues Elektroauto entschieden …«

»Genau, und darum kann das Expeditionsteam gleich morgen nach Iskalott aufbrechen«, strahlte der Chef in die Runde. »Jonker holt gerade die Hunde. Ein Glücksfall!«

Freda riss die Augen auf. Hatte der Weihnachtsmann den Verstand verloren? Eine Schlittenexpedition im Dezember über das Packeis, mitten in der ewig dunklen Polarnacht! Sie war ja kein Experte für den Nordpol, aber so viel sie wusste, hatten das bisher noch nicht mal die extremsten Extremabenteurer geschafft. Völliger Wahnsinn war das. Die Armen, die das mitmachen mussten!

Der nächste Satz des Chefs warf Freda um.

»Jonker, Freda und Serafin bilden das Team, Expeditionsleiter wird natürlich Mr Livingstone«, sagte er fröhlich und strich zufrieden über seinen Bart. Der Wind heulte um das Hallendach.

Der Erste, der seine Sprache wiederfand, war der Kater.

»Keine Hunde!«, fauchte er, die Augen zu schmalen Schlitzen zusammengekniffen. »Niemand wird mich auf einen Schlitten bringen, der von diesen Biestern gezogen wird. Schlag dir das besser sofort aus dem Kopf, mein Alter!«

Der Chef zog die Augenbrauen zusammen.

»Willst du etwa deinen Schlitten selbst ziehen?«, fragte er und lief langsam rot an.

»Selbstverständlich nicht«, gab der Kater eisig zurück und machte einen Buckel. »Ich werde gar nicht mitfahren.«

Und schon waren beide mitten in einem heftigen Streit, bei dem innerhalb von Sekunden auch Serafin und alle anderen noch ein Wörtchen mitreden wollten. Kopfschüttelnd plumpste Freda auf einen gelben Plastikkanister. Obwohl sie jedes dicke Kleidungsstück angezogen hatte, das Alea bereitgelegt hatte, wurde ihr schon wieder kalt.

»Das meint er doch nicht ernst, oder?«, fragte sie Sir Christfield unruhig, der neben ihr an seiner Pfeife nuckelte. Der britische Delegierte hustete verlegen.

»Es geht um Weihnachten«, brummte er. »Da versteht der Chef keinen Spaß.«

Eine Stunde später lief der Countdown für die Expedition tatsächlich an. Nachdem der Chef und Mr Livingstone eine Weile abseits unter vier Augen miteinander gesprochen hatten, akzeptierte der Kater aus irgendeinem Grund doch die Schlittenhunde. Daraufhin gab natürlich auch Serafin nach, dabei war sie ganz klar die Erste, die diese Fahrt nicht überstehen würde. Das fanden auch Bubu Caspar und John Santa, die den kleinen Engel besorgt an ihren verletzten Flügel erinnerten.

»Ist egal, ohne mich geht die Sache sonst schief«, behauptete Serafin. Starrköpfig zerrte sie einen Campingkocher mitten aus dem wackelnden Ausrüstungsstapel. Der Stapel kippte um wie ein Bauklotzturm.

Im letzten Moment riss Freda den kleinen Engel zurück.

»Klar, sieht man ja!«, platzte sie heraus. »Keiner von uns ist für diese Reise geeignet!«

Die Silberengel stießen sich mit den Ellbogen an und verdrehten die Augen.

»Das Mopsgesicht hat Angst!«, sagte Rhoda so laut, dass es jeder in der Halle hörte.

Das stimmte zwar, aber es war Freda im Moment egal. Etwas anderes ließ ihr keine Ruhe. Sie drehte sich um und sah den Chef scharf an.

»Wo liegt dieses seltsame Iskalott überhaupt?«, bohrte sie nach. »Ich hab davon noch nie gehört. Außerdem kann ich keinen Hundeschlitten lenken.«

Weder den Chef noch sonst jemanden schien der Einwand zu interessieren. Im Gegenteil. Bubu Caspar, John Santa und die meisten anderen Delegierten marschierten einfach aus der Halle, wobei sie laut überlegten, wie viele Kilo Fleisch für die Hunde nötig waren und welche Astronautennahrung Freda wohl lieber mochte: indisches Hühnchen oder italienische Nudeln? Auch Sir Christfield trottete davon, um mit dem Kater und Serafin im Chefbüro anhand der Karten die Route zu planen. Sogar Père

Noël kümmerte sich mit einer Gruppe Engel um die Kleidung und die Notfallapotheke. Inzwischen hatten etwa zwanzig Kobolde ein dickes Seil an den Hundeschlitten geknotet, um ihn Richtung Flugplatz zu ziehen und dort später zu beladen. Während also jeder in der Christmas Company einverstanden war und sich irgendwie nützlich machte, sträubte sich nur Freda noch.

Der Chef erledigte auch das mit links.

»Kein Problem, wenn du dich an der Suche nach Myrkur Farandi nicht beteiligen möchtest«, sagte er leichthin und trommelte mit den Fingern auf einem Benzinkanister herum.

»Wir behalten dich gern so lange in der Christmas Company.«

»Yo, hier ist noch krass viel zu tun!«, krähte ein junger vorlauter Kobold, dafür erhielt er von Tufte einen Klaps.

Freda biss sich auf die Lippe. So hatte sie es nicht gemeint.

»Nein. Ich lasse doch Mr Livingstone nicht im Stich«, sagte sie mit flacher Stimme und lief den anderen hinterher. Sie fühlte sich dabei jedoch nicht halb so cool, wie es vielleicht klang.

Schon kurz danach auf dem Flugplatz sah sie, welche Schwierigkeiten ihnen allen bevorstanden. Jonker hatte den Holzschlitten ein Stück von den Flugzeugen entfernt mit einer Art Eisenkralle im Eis fest verankert und wartete auf sie, um mit ihr eine erste Probefahrt zu unternehmen. Das Anschirren der neun Hunde dauerte ewig, denn sie waren ein wilder Haufen, der angeblich aus Grönland oder Kanada stammte.

Ziemlich schnell verstand Freda, warum Mr Livingstone von den Schlittenhunden nichts wissen wollte. Zuhause, in ihrer Stadt, hielten sich viele Leute diese Rasse. Das waren harmlose Haushunde, begriff sie jetzt. Die Meute jedoch, die vor ihr im eisigen Wind heulend an den Leinen zerrte, war eher ein frisch gefangenes Wolfsrudel. Beim Anblick der muskelbepackten Rücken und scharfen Gebisse bekam Freda Puddingknie.

Glücklicherweise kannte Jonker sich mit ihnen aus und erklärte ihr jeden Handgriff und jeden Befehl. Beeindruckt schaute sie zu, wie er den weißen Leithund Karnak zwischen die Beine klemmte, ihm geschickt das breite rote Geschirr über Kopf und Vorderbeine streifte und daran eine kurze Leine befestigte. Diese schnallte er mit einem Karabinerhaken an die Spitze der langen Hauptführungsleine am Schlitten an. Die anderen acht platzierte er paarweise je nach Kraft und Stellung dahinter.

Immer wenn er mit dem nächsten vor Aufregung zappelnden Hund zu nah an die übrigen Tiere herankam, brach drohendes Knurren aus. Nur der Knall einer langen Lederpeitsche, die in Jonkers Gürtel steckte, sorgte dann für Ruhe. Freda hatte Jonker gleich anfangs deswegen als fiesen Tierquäler beschimpft. Nun schwieg sie kleinlaut.

Jonker blieb neben dem letzten noch nicht angeschnallten Hundepaar stehen, einem braunen Rüden und einer weißen Hündin mit lustigen schwarzen Flecken um die Augen.

»Du bist dran, Freda!«, rief er. »Du musst das können!«

Freda rutschte das Herz in die Hose. Hätte nicht eine große Menge Zuschauer – darunter auch Hans-Niklas und die hochnäsigen Silberengel – rundum gestanden, hätte sie wohl gekniffen. Mit trockenem Mund stapfte sie über den festgetretenen Schnee und sagte sich noch einmal alles vor, was ihr Jonker eingeschärft hatte: »Immer ruhig und bestimmt handeln, klare Befehle geben, NIE DIE LEINEN LOSLASSEN!«

Sie beugte sich zu den beiden Hunden hinunter und flüsterte: »Bitte, ich tu euch nichts. Ich will euch nur anleinen.«

Die kleine Hündin legte den Kopf schief – und gab Freda einen schnellen freundlichen Nasenstüber.

Danach klappte alles besser, als sie gedacht hatte. Nachdem auch Snugg und True auf der letzten Position angeleint waren, zitterten Freda die Hände, aber sie hatte es geschafft. Die startbereiten Hunde zerrten an ihren Leinen, der Schlitten ruckte an seiner Verankerung. Jonker sprang hinten auf die Kufen und griff rechts und links nach den Lenkstangen.

»Aufsteigen!«, rief er, während er mit dem Peitschenende vor sich auf die Ladefläche deutete. »Halt dich gut fest!«

Freda sprang auf den Schlitten und hockte sich hin. Mit dem Rücken an die Holzstreben gepresst, konnte sie gerade noch die Seitenspanten umklammern, da löste Jonker mit einer Hand die Verankerung der Eisenkralle, schob mit Schwung den Schlitten an und rief gleichzeitig: »Go! Go!«

Unter wahnsinnigem Geheul legten sich die Hunde ins Geschirr und stürmten los. Nach wenigen Augenblicken hatten sie den beleuchteten Flugplatz hinter sich gelassen.

Fredas Herz klopfte laut. Im Lichtkegel der Stirnlampe, die sie trug, sah sie vor sich die Rücken der wild dahinjagenden Hunde, bis das Gespann nach einer Weile den ersten Übermut verloren hatte und in einen gleichmäßigen Trab fiel.

Ein schwacher Wind trieb Schneewirbel über das glatt gefrorene Meereis. Nichts als das zischende Gleitgeräusch der Kufen und das Hecheln der Hunde war zu hören.

Na also, dachte Freda und setzte sich etwas bequemer hin, *das ist gar nicht so schwierig.* Im Sommer, bei Sonnenschein, musste so eine Fahrt sogar richtig Spaß machen. In dieser Finsternis allerdings starrte sie nur auf das Licht vor sich, während ringsherum die Dunkelheit wie eine Wand stand und der eisige Fahrtwind jede Lücke in der Kleidung fand. Noch war Freda warm in dem gefütterten Hightech-Polaranzug, den sie trug. Ultrahelle Stirnlampe, doppelte Handschuhe, Mütze mit Ohrenklappen, Sturmhaube als Gesichtsschutz, gefütterte Kamikstiefel – die Ausrüstung war wirklich klasse.

Vielleicht ist es ja gar nicht so gefährlich, grübelte sie. *Vielleicht hab ich übertrieben. Ich bin nun mal nicht mutig, aber eine schlaffe Couchkartoffel bin ich auch nicht … Wenn das Liam wüsste …*

Ein scharfer Ruck schleuderte Freda beinahe aufs Eis und riss sie aus ihrer Träumerei.

Ein Hindernis war vor ihnen aufgetaucht. Mit einem Satz sprang Jonker von den Kufen hinunter.

»Halt den Schlitten fest!«, schrie er, während er zum Leithund nach vorn rannte. »Beweg dich!«

Er packte Karnak am Brustgeschirr. »Whoa, Karnak, whoa! – So, jetzt musst du schieben, Freda! Nein, da doch nicht! Hinten, am Schubgestell! Mach schon!«

Mit aller Kraft zerrte der Kobold das Gespann über die rampenartig aufgebrochenen Ränder einer Eisplatte. Hastig versuchte Freda seinen Befehlen zu folgen. In den nächsten Minuten bekam sie einen Kurzlehrgang in Eiskunde und Überlebenstraining auf einmal.

»Wenn Meereis und Landeis zusammentreffen oder das Eis sich durch schnelle Strömungen oder Ebbe und Flut bewegt, wird es schwierig!«, schrie Jonker ihr zu. »Da entstehen meterhohe Druckkämme. An solchen Stellen schaffen es die Hunde nicht allein, da müssen wir selbst mit anpacken.«

Wie anstrengend das war, spürte Freda sofort. Schon bald lief ihr der Schweiß den Rücken hinunter. Obwohl sich die Hunde ins Geschirr stemmten, kroch der Schlitten nur zentimeterweise vorwärts. Immer wieder rutschte sie aus, wenn die Hunde plötzlich griffigen Boden unter die Pfoten bekamen und dann ruckartig anzogen. Gleich das erste Mal ließ sie dabei den Schlitten los und fiel mit dem Gesicht nach vorn.

»Was machst du denn!«, brüllte Jonker fuchsteufelswild. Mit einem Satz hechtete er mitten zwischen die Hunde, bis er das Gespann zum Stehen gebracht hatte. Erschrocken rannte Freda zum Schlitten zurück und umklammerte schnell die Streben.

Jonker hatte sich schon wieder aus den Leinen befreit.

»Weiter gehts! Schieben!«, kommandierte er, die Hände in Karnaks Geschirr gekrallt.

»Tu ich doch schon!«, sagte sie und stemmte die Stiefel ins Eis. Verdammt, der kleine Wicht brauchte sich gar nicht so aufzuspielen.

Jonker drehte sich um und grinste.

»Machst du etwa schon schlapp?«, rief er ihr zu. »Die komplette Ausrüstung ist viel schwerer. Aber keine Angst, auf dem Rückweg von Iskalott wirds leichter, je mehr Hundefutter und Proviant wir verbrauchen.«

»Aha!«, japste Freda, kein Stück beruhigt. Wie sollten sie in dieser Dunkelheit überhaupt den Weg dorthin finden? Konnte irgendeiner richtig navigieren? Freda wusste ganz genau, dass man ohne die Sonne am Himmel, eine Uhr und feste Landmarkierungen keinen korrekten Kurs bestimmen konnte. Und ein Kompass war am Nordpol völlig nutzlos, wegen des Magnetfeldes der Erde. *Satellitennavigation, das wärs,* dachte Freda, *ein GPS-Gerät wie bei Papa an Bord.* Doch der Chef wollte ja von der modernen Technik nichts mehr wissen.

Vor lauter Ärger über diese verrückte Dickköpfigkeit achtete Freda nicht auf den Untergrund und stolperte. Diesmal ließ sie zwar den Schlitten nicht mehr los, wurde aber dafür ein Stück mitgeschleift. Nachdem ihr bei der nächsten Pause auch noch Wicked, der unheimlichste Hund des Gespanns, von hinten an den Stiefel pinkelte, wurde Freda sehr still.

Ihr Ausflug dauerte nur etwa eine Stunde – ein kleines Training, damit sich das Gespann aufeinander einspielte und Freda die Grundregeln lernte. Doch die wichtigste Lektion hatte sie begriffen: Das ewige Eis kannte kein Mitleid. Jeder kleine Fehler, jede Unachtsamkeit konnte der Anfang vom Ende sein. Und als sie wieder auf dem Viereck des Flugplatzes anhielten und Freda mit blauen Flecken am Po und einem Stinkestiefel in die Villa Lametta schlich, war sie todsicher, dass ihre Expedition scheitern würde.

Bis zum Schluss versuchte sie, den anderen die Reise auszureden. Sogar noch kurz vor dem Aufbruch am nächsten Mittag, während sie im Schneeanzug neben dem fertig gepackten Schlitten darauf wartete, dass der Chef das Startzeichen gab.

»Mal angenommen, wir schaffen es tatsächlich bis nach Iskalott«, sagte sie. »Was werden die Leute tun, wenn wir dort plötzlich auftauchen?«

»Wenn, wenn, wenn«, meinte der Chef lächelnd. »Überlass das ruhig alles Mr Livingstone. Er ist ein Meister der Improvisation.«

Genau das wollte Freda eben verhindern. Improvisation bedeutete *plötzlicher Einsatz von Ideen zur Lösung auftretender Probleme.* Und Mr Livingstones plötzliche Ideen, seitdem er angefangen hatte zu sprechen, waren der Horror! Sie seufzte.

Der Weihnachtsmann lächelte sie an.

»Sieh nicht alles so schwarz, meine Liebe. Glaub mir, in spätestens zehn Tagen sehen wir uns alle gesund und munter wieder – mit der Auflösung des Rätsels im Gepäck.«

Er knuffte Freda fröhlich gegen die Schulter.

»Nimm dir ein Beispiel an mir: Mich hat man schon seit zig Jahren totgesagt, und wie stehe ich heute da?! Quicklebendig! Na los, ab mit dir!«

Der Chef gab Freda einen Stups, half ihr auf den Schlitten und begann eine kleine vorbereitete Abschiedsrede zu halten. Die zurückbleibenden Mitglieder der Christmas Company brachen in Hurrarufe aus.

»Es lebe die Christmas Company! Ho, Ho, Ho!«, brüllten John Santa und Bubu Caspar mit hochgereckten Armen. Die asiatischen Delegierten machten Fotos und schwenkten rote Fähnchen mit zwei gekreuzten Tannen darauf. Sir Christfield schnäuzte sich gerührt in sein kariertes Taschentuch. Dann begann er sich pötzlich heftig zu kratzen, denn Pom-Pom und Feli zischten mit kleinen Taschenlampen bewaffnet kreuz und quer über die Menge und schütteten jedem, der nicht aufpasste, Juckpulver in den Nacken.

Die Lagerkobolde bewarfen sie und den Schlitten dafür mit Schneebällen.

»Gebt den hässlichen Julenisse eins auf die Mütze, wenn ihr sie trefft!«, grölten sie.

»Jaja. Macht bloß nicht zu viel Unsinn, solange ich weg bin«, knurrte Mr Livingstone. Er trug eine etwas zu große Softshell-Mütze, die schief über den spitzen Ohren hing. Dazu baumelte eine altmodische lederne Kartentasche und ein Fernglas quer vor seiner Brust. So sah er kein bisschen wie ein moderner Polarreisender aus. Widerwillig kletterte er auf die Ladefläche neben Serafin, die ziemlich wacklig vor Freda auf zwei übereinandergestapelten Plastikcontainern mit Proviant hockte.

Der mexikanische Delegierte stimmte auf seiner Gitarre die erste Strophe von *O Tannenbaum …* an. Alle sangen mit, auch die Hunde begannen zu heulen.

Freda fiel auf, dass der Lanzenträger schon gegangen war und Hans-Niklas und die Silberengel vorn in der ersten Reihe trotz der bekannten Melodie nicht einmal den Mund bewegten. Sie starrten nur mit höhnisch-zufriedenem Lächeln auf das Schlittenteam.

»Haben die vier dort irgendwie Streit mit Mr L.?«, fragte sie Serafin.

»Quatsch. Die freuen sich einfach nur, dass es uns und nicht sie erwischt hat«, murmelte das Engelchen.

Jonker sprang auf die Kufen und bückte sich nach dem Eisanker.

»Seid ihr da vorn so weit?«

»Ja«, krächzte Freda mit belegter Stimme. Ihr war schlecht vor Aufregung.

Ein bunter Fleck tauchte zwischen den roten Weihnachtsmannmänteln auf: Mit schaukelnden Ohrringen rannte Alea auf Freda zu und umarmte sie fest.

»Viel Glück!«, flüsterte sie ihr ins Ohr. »Hüte dich vor den W…«

Worauf Freda aufpassen sollte, erfuhr sie nicht mehr. An dieser Stelle zündeten ein paar Schlaumeier aus Bertils Spielzeug-Testabteilung eine Rakete. Funkensprühend raste sie in den dunklen Himmel. KAPONG! – ein Donnerschlag krachte und ein Schauer aus neonbunten zappelnden Gummispinnen fiel auf alle herunter.

Das Gespann geriet dabei in Panik und rannte los, ehe Serafin und Mr Livingstone richtig saßen. Freda hatte alle Hände voll zu tun, dass die beiden nicht schon auf den ersten Metern vom Schlitten stürzten.

So kam es, dass sie sich von niemandem sonst richtig verabschieden konnte. Als sie sich endlich umdrehte, um einen letzten Blick auf die Christmas Company zu werfen, war die Stadt nur noch ein leuchtender Punkt im endlosen Schwarz.

8

Jonker beugte sich zu Freda hinunter.

»Wir sollten das Lager aufschlagen!«, rief er ihr zu.

Freda hob verwirrt den Kopf von ihren Knien und sah sich um.

»Jetzt schon?«, murmelte sie.

Jonker deutete mit dem Peitschenstiel zum Horizont.

»Schau dir mal die Wolken da drüben an«, sagte er. »Ich glaube, wir bekommen Sturm. Was denkst du, Livingstone?«

Der Kater nickte, auch Serafin war sofort einverstanden.

»In Ordnung«, sagte Jonker und gab dem Leithund das Signal zum Halten. »Whoa, Karnak! Whoa! – Freda, übernimm das Gespann, bis ich den Schlitten gesichert habe.«

Das war nicht nötig. Beim ersten Anzeichen einer längeren Pause ließen sich die Hunde, wo sie standen, in den Schnee fallen. Nur einige warfen sehnsüchtige Blicke zur braunen Plastikfuttertonne, die hinten quer vor dem Schubgestänge des Schlittens befestigt war. Freda sprang ab, griff nach dem Packsack, in dem das Zelt steckte, und begann es aufzubauen. Ihre Hände waren kalt, als sie die Eisnägel in den blanken harten Boden schlug, trotz der Fäustlinge, die sie über den dünnen Fleece-Unterhandschuhen trug. Der Lageraufbau fiel ihr nach dem anstrengenden Tag schwer. Aber als Erstes wurde das Zelt errichtet, Kocher, Proviant und Schlafsäcke hereingeschleppt, dann der Schlitten und die restliche Ausrüstung gegen Wind gesichert. Danach spannte Freda die Hunde aus, und bevor sie selbst an den ersten Bissen denken konnte, musste sie sie alle füttern. Das gefrorene Fleisch mit der Axt zu zerteilen, dauerte ziemlich lang. Außerdem war es nicht ganz ungefährlich. Mit gierigen Blicken verfolgte die Meute jede von Fredas Bewegungen und sie hütete sich, zu dicht an die schnappenden Mäuler heranzukommen. Schließlich warf sie zuerst für Karnak, den Leithund, dann für jeden anderen Hund einen dicken Brocken in den Schnee, der hastig hinuntergewürgt wurde. Bald danach ringelten sich die Tiere eines nach dem anderen zufrieden auf dem Eis zusammen und ließen sich, Schwanz über der Nase, von dem trockenen, körnigen Schnee zuwehen. Erst dann konnte Freda sich aus dem Eispanzer, zu dem ihre Kleidung geworden war, befreien und ins Zelt kriechen.

Es war der dritte Tag seit ihrem Aufbruch von der Christmas Company und tatsächlich lebten sie noch. Aber schon nach einigen Stunden schneller Fahrt über glattes Meereis konnte sich Freda an ihr Zuhause oder die Christmas Company nicht mehr richtig erinnern. Ihr war es auch völlig egal, ob Jonker sie anbrüllte oder Serafin zickte.

Hauptsache, der struppige Kobold stand dicht hinter ihr auf dem Schlitten und lenkte die Hunde über das Packeis. Und Serafin – die war wirklich ein besonderer Fall, genau wie Mr Livingstone gesagt hatte, nämlich eine erstklassige Navigatorin. Ohne Serafin hätten sie alle schon den ersten Tag nicht überstanden, als dichter Nebel aufkam. Das Kurshalten war fast nicht möglich gewesen, Jonker hatte den verunsicherten Hunden vorangehen müssen.

Als Freda an diesem ersten Abend Serafin von ihrem Platz auf dem Proviantstapel herunterhob, hatte sie befürchtet, ein erfrorenes Engelchen in den Armen zu halten.

Völlig unnötig. Serafin quengelte zwar über die Enge im Zelt, das langweilige Tütenessen und Jonkers stinkende Füße, die Kälte war ihr jedoch egal. Schlecht gelaunt, aber gewissenhaft erfüllte sie ihre Aufgabe.

Wie sie das allerdings anstellte, verstand Freda nicht. Serafin brütete stundenlang über der altertümlichen, rissigen Karte, die Mr Livingstone in seiner Tasche mit sich herumtrug. Oft guckte sie nur stumm in den Himmel. Doch immer wenn Freda nach einer genauen Richtung fragte, gab sie exakt Auskunft. Es war einfach mysteriös.

Auch der Kater schien sich in der dunklen Polarwelt wohlzufühlen, obwohl er der Einzige war, der, abgesehen von seiner übergroßen Mütze, keine Kleider trug und mit bloßen Pfoten über die Eisschollen tappte. Nur Freda fror selbst mit drei Schichten Wäsche unter dem dicken Parka und wurde erst abends im Zelt wieder völlig warm. Sie musste zwar zugeben, dass bisher noch keine Lebensgefahr bestand, aber ihre Angst war deshalb nicht weniger geworden.

Jetzt kroch sie ins Zelt hinein und zerrte den Reißverschluss ihres Parkas auf. Eisstückchen rieselten hinunter.

»Iiiihh, pass doch auf!«

Serafin klopfte hastig ihre roten Fleecehosen ab und ließ dabei den zischenden Kocher nicht aus den Augen. Der Geruch der Suppe, die sie jeden Abend aßen, hing im Zelt. Sie bestand aus Schmelzwasser, Kartoffelflocken oder Reis und *Pemmikan*, einem Gemisch aus getrocknetem Fleisch, Beeren und Fett. Serafin verzog jedes Mal das Gesicht, wenn sie in dem Topf herumrührte, aber satt machte die Brühe. Hatten sie ihre Suppenschalen leer gelöffelt, kehrte Ruhe ein, denn die Wärme und das schwere Essen machte sie ziemlich schläfrig. Bisher hatten sie dann gemeinsam die Route des nächsten Tages beraten oder ihre vereisten Überhandschuhe und Gesichtsmasken aufgetaut.

Heute jedoch rüttelte der Wind so stark am Zelt, dass sich die dünnen Stäbe bogen. Kaum hatte Serafin den Wasservorrat für den nächsten Tag geschmolzen und den Kocher gelöscht, sprang Jonker auf. Während er sich in seine vereisten Sachen zwängte, murmelte er: »Das gefällt mir nicht. Komm, Freda, hilf mir mal.«

Maulend stieg Freda noch einmal in ihre kalten Kleider. Nach der friedlichen Wärme im Zelt traf sie der erste Windstoß draußen unvorbereitet und peitschte ihr das Ende des Reißverschlusses am Zelteingang ins Gesicht. Sofort unterdrückte sie mit aller Kraft die Tränen. Nur Dummköpfe weinten in der Arktis, denn bei minus dreißig Grad und mehr froren einem sofort die Augen zu – eine tödliche Situation.

Gebückt kämpfte sie sich hinter Jonker zum wenige Meter entfernten Schlitten vor. Schneewolken trieben über das Eis, die Hunde lagen schlafend zu einem Haufen zusammengedrängt neben der restlichen Ausrüstung. Einzelne Planen hatten sich gelöst und schlugen laut hin und her.

»Wir brauchen mehr Eisnägel, um das Zelt zu sichern!«, schrie Jonker ihr zu. »Hau so viele rein, wie du schaffst!«

Er begann mehrere grellbunte Reepschnüre festzuzurren.

Mit zusammengekniffenen Augen kramte Freda auf der anderen Seite des Schlittens unter der Plastikplane herum.

Wo steckten denn bloß wieder die verdammten Eisnägel? Die Zusammenstellung der Ausrüstung war nämlich so eine Sache. Schon am ersten Tag hatten sie gemerkt, dass irgendetwas beim Packen schiefgelaufen war. Freda entdeckte zwischen den Reservebatterien für die Stirnlampen eine Packung Silvesterknaller und ein Gummibadekrokodil zum Aufblasen, Serafin stieß beim Kochen auf fünf Dosen Schnecken in Knoblauchsoße und mehrere Kanister Leuchtfarbe. Als sie die Packliste überprüften, die dem Schlitten schön ordentlich beigefügt worden war, sahen sie, dass der Fehler schon in der Christmas Company passiert sein musste: All die sinnlosen Teile waren tatsächlich auch feinsäuberlich Punkt für Punkt auf dem Formular verzeichnet und von den Lagerkobolden stur auf den Schlitten geladen worden. Auf dem Schriftstück klebte sogar das Siegel, das jeden erfüllten Wunschzettel aus dem Geschenkelager entließ und absolute Genauigkeit garantierte.

Hiermit bestätigt die
Christmas Company
die Auslieferung sämtlicher Gegen-, Zu- oder Umstände
von Wunschzettelliste W 98 654 366 654 657 797 865.

Obiger Wunschzettel
von (bitte ausfüllen!) ....
erreichte uns am 06.12.2019
in folgender Form: (bitte ankreuzen!)

Anforderung vom Chef persönlich – eilt!!!!!!!

- □ handgeschriebener Schönschriftbrief
- □ bekritzelter Schnipsel aus Schulheft
- □ Computerausdruck
- □ E-Mail
- □ Bild (gemalt, gezeichnet, geklebt, geknetet, geritzt, geschnitzt, gefaltet, gestickt, gestrickt, gebacken, geknipst, gesprüht oder sonst wie)
- □ mündlich durch Boten übermittelt (Engel, Haustiere, (Stief-)Geschwister oder Eltern)
- □ nur als geheimster Wunsch bekannt

Soll er's doch selber machen, immer dieser Stress.

Der Wunschzettel wurde nach Erledigung des Auftrags ordnungsgemäß ins Archiv der Christmas Company weitergeleitet.

Geprüft und ausgegeben
am 07.12.19 von: Tufte (Kobold vom Dienst)
Geschenke-Hauptlager, Halle 1a

»Dieser hirnlose Grottenmolch!«, hatte Mr Livingstone geschnaubt. »Der kann in Zukunft Strohsterne basteln, wenn ich zurückkomme.«

Aber Freda war völlig klar, dass der arme Kerl gar nichts dafür konnte. Die Planung der gesamten Expedition war einfach chaotisch.

Auch jetzt fiel Freda bei ihrer Suche nach den Eisnägeln wieder eine kleine Tüte in die Hände: *Angelhaken der Marke Neptunmaster, Größe 6.* Ärgerlich warf sie sie beiseite und suchte weiter. Ah, da waren die Nägel ja endlich. Mist, wer hatte denn einen Knoten in die Schnur gemacht!

Freda zog den rechten Fäustling aus, klemmte ihn in einem Spalt zwischen zwei Kisten fest und zerrte an dem Band, das das Säckchen verschloss. Innerhalb von Sekunden drang die Kälte durch den dünnen Unterhandschuh. Nur millimeterweise lockerte sich der Knoten. Eine wuchtige Bö packte sie, sodass sie gegen die Seitenstreben taumelte. Endlich war der Knoten gelöst. Schnell wollte sie den Fäustling wieder anziehen, doch ein zweiter Windstoß warf sie gegen den Schlitten, gerade als sie den Handschuh aus der Ritze herauszog. Der Wind erfasste ihn wie einen Ball und blies ihn davon.

»Nein!«, schrie Freda und stolperte ein paar Schritte hinterher, fast blind durch den treibenden Schnee. Schon nach wenigen Metern gab sie die Verfolgung auf. Zwecklos. Sie spähte noch einen Moment in die Richtung, in der ihr Handschuh verschwunden war, erkannte aber nur wirbelnde Schneefahnen, die dauernd neue Formen annahmen. Halt! Was war das? Bewegte sich dort etwas?

Konzentriert starrte sie in die Dunkelheit. Da war es wieder, eine verschwommene Gestalt. Sie trug eine lange Stange über der Schulter, es sah aus wie ein Bootshaken. Freda machte ein paar zögernde Schritte darauf zu. Wieder griff der Sturm nach ihr und trieb sie vor sich her, so als packe ein Riese einen jungen Hund am Nackenfell. Immer weiter wurde Freda vorwärtsgeschoben. Gerade, als sie rufen wollte, verschwand die Erscheinung in einer Schneewolke. Verdutzt blieb sie stehen. Hatte sie das eben nun gesehen oder nicht? Unwillkürlich schüttelte sie den Kopf und sah sich um.

Plötzlich begann ihr Verstand messerscharf zu arbeiten. Was tat sie hier überhaupt? Ihre Hand – sie war schon völlig taub. Sie musste schnellstens ins Warme! Als sie sich ganz umdrehte, bekam sie einen furchtbaren Schreck.

Um sie herum war nur der Sturm. Wo war der Schlitten geblieben, das Zelt? Panik schnürte ihr die Kehle zu, verzweifelt drehte sie sich im Kreis.

Ihre Fußspuren hatte der Wind längst verweht. War sie von hier links gekommen? Nein, sie war an diesen *Sastrugi*, den gefrorenen Eiswellen, vorbeigelaufen. Langsam machte Freda ein paar Schritte vorwärts. Der Sturm, der sie eben noch vorwärtsgeschleudert hatte, trieb sie jetzt zurück.

Sie senkte den Kopf gegen den Wind und zog die rechte Hand tiefer in den Ärmel des Parkas hinauf. Noch ein paar Schritte weiter, nur weiter. So weit weg konnte das Zelt doch gar nicht sein!

»Haaa – oooo!! Jon – krr!«

Ihre Worte wurden fortgerissen, verschluckt.

Noch ein paar Schritte.

Der Sturm tobte und kreischte jetzt, gab Geräusche von sich, als sei er ein riesiges bösartiges Ungeheuer. Freda spürte, wie die Angst ihre Knie weich werden ließ. Verbissen umklammerte sie den Beutel mit den Zeltnägeln und stolperte weiter. Es musste einfach die richtige Richtung sein.

Da, eine kaum sichtbare Kuppelform. Das Zelt!

Eine warme Welle der Erleichterung durchströmte Freda. Noch ein, zwei Meter weiter und sie wäre verloren gewesen. So schnell sie konnte lief sie zurück und stieß vor dem Zelteingang mit Jonker zusammen.

»Wo bleibst du denn so lange?«, brüllte der Kobold ihr wütend entgegen.

»Ich hab einen Handschuh verloren!«, schrie Freda, die rechte Hand unter die linke Achsel geklemmt. Von ihrem Beinahe-Unglück und der merkwürdigen Begegnung sagte sie lieber nichts.

Jonker fluchte verzweifelt.

»Hilf mir wenigstens noch, den Schnee vom Zelt zu schippen!«

Freda gab ihm die Eisnägel und packte im Gegenzug die Schaufel, die er ihr reichte. Der Sturm raste inzwischen mit Höchstgeschwindigkeit über das Eis und türmte in kurzer Zeit feste Schneewälle auf. Einer hatte sich auf der Südseite des Zeltes gebildet und drückte die Wand ein. Nach ein paar Schaufelschwüngen richtete das Zelt sich langsam wieder auf.

Jonker fuchtelte mit dem Hammer durch die Luft. »Das reicht!«

Freda gab ihm die Schaufel zurück. Fast wurde sie durch den geschlossenen Zelteingang geweht, denn sie schaffte es kaum, den Verschluss zu öffnen.

Ein Blick auf ihre rechte Hand genügte Serafin.

»Schnell, komm rein!«

Sie zerrte Freda zur Lampe und begann den steif gefrorenen Unterhandschuh zu entfernen. Die Finger darunter waren weiß und tot. Entsetzt starrte Freda ihre Hand an.

Vorsichtig legte Serafin ihre warmen kleinen Händchen über Fredas Innen- und Außenfläche. Erst spürte Freda überhaupt nichts, dann kehrte das Gefühl zurück.

»Autsch!«, keuchte sie. Es pikste wie tausend glühende Nadeln.

»Wie ist das passiert?«, wollte Mr Livingstone wissen, der die Karte studierte.

»Der Beutel mit den Eisnägeln war zugeknotet«, stieß Freda unterdrückt hervor, denn Serafin legte gerade ein feuchtwarmes Tuch über ihre Hand. »Ich musste den Fäustling ausziehen, um ihn aufzubekommen. Und dann ist er weggeweht.«

Der Kater warf einen Blick auf die sich langsam rötende Hand. »Noch mal Glück gehabt«, murmelte er erleichtert. »Ich hoffe nur, wir haben irgendwo Ersatzhandschuhe.«

Daran hatte Freda noch gar nicht gedacht: Ohne Schutz wäre sie praktisch nutzlos.

Dicht neben ihnen war jetzt Jonkers lautes Hämmern zu hören. Keine Sekunde zu spät, der Sturm riss beängstigend an den Zeltwänden. Besorgt starrte Freda auf die über ihnen hin und her schaukelnde Lampe.

Serafin stellt die Thermosflasche beiseite und wickelte einen Schal um Fredas Hand.

»Am besten kriechen wir in die Schlafsäcke«, schlug sie vor. »Wir können sowieso nichts anderes tun als abzuwarten.«

Doch Freda bekam in dieser Nacht kein Auge zu. Bei jeder Bö fürchtete sie, dass das Zelt über ihren Köpfen davonfliegen und sie ungeschützt auf dem Eis zurücklassen würde. Zweimal noch kämpfte sich Jonker bis zur Südwand vor, um neue Schneehaufen zu entfernen, und Freda bewunderte seine Energie. Sie würde für einige Zeit wohl keine große Hilfe sein.

Sie rutschte tiefer in ihren Schlafsack und kniff die Augen zu. Es war wirklich blöd gewesen, vorhin einfach so aufs Eis hinauszulaufen. Die undeutliche Gestalt mit der Stange fiel ihr wieder ein. Vielleicht hatte sie sich das Ganze nur eingebildet …

Plötzlich durchzuckte sie ein furchtbarer Gedanke: Und wenn das da draußen der Tupilaq war?

Mit einem Mal war Freda wieder hellwach. Die Gestalt auf dem Eis hatte zwar nicht wie der hässliche geschnitzte Unhold ausgesehen, aber vielleicht konnte er seine Gestalt verändern … Sie musste unbedingt mit den anderen darüber sprechen!

»Mr Livingstone?«, zischte sie und starrte auf die Stelle im Dunkeln, wo er zusammengerollt neben Serafin lag. Der Kater antwortete nicht. Sanftes gleichmäßiges Schnurren zeigte, dass er friedlich schlief.

Freda stopfte sich mit der gesunden Hand einen Schlafsackzipfel unter den Kopf.

Überhaupt war dies alles Mr Livingstones Schuld. Hätte er sich vernünftig um das Packen des Schlittens gekümmert, wäre das mit dem Knoten gar nicht passiert. Außerdem würden sie nicht lauter nutzlosen Ballast mitschleppen … Weinbergschnecken, ein aufblasbares Badekrokodil, Angelhaken, ein Fässchen schottischen Whisky und, und, und! Als Freda die Sachen wegwerfen wollte, hatte der Kater sie daran gehindert. Man wisse nie, wozu man das noch mal brauchen könne … So ein Quatsch …

Irgendwann fielen Freda endlich doch noch die Augen zu.

Ein Schuss weckte sie. Der Knall war durchdringend und brachte Freda in Rekordzeit auf die Beine.

»Was war das?«, rief sie, während sie den Schlafsack fortstrampelte. Dabei stieß sie Serafin und den Kater zur Seite und sorgte für totales Durcheinander, weil auch Jonker auf dem Weg ins Vorzelt war. Minutenlang hörte man nur Geschepper vom herumfliegenden Kochgeschirr und wilde Flüche. Endlich hatte Freda ein Bein in ihrer Schneehose, da knallte der nächste Schuss. Ohrenbetäubend laut, dumpf, und – er schien von unten zu kommen. Gleichzeitig begannen draußen die Hunde zu heulen.

Fredas Nackenhärchen stellten sich auf.

»Das Eis bricht!«, rief Jonker, der sich schon die Stirnlampe über den Kopf streifte. Er öffnete einen Moment das Zelt, fischte das Thermometer aus einem Schneehaufen hervor und zentrierte den Lampenstrahl auf die Anzeige.

»Wir haben nur noch minus fünfzehn Grad Celsius. Durch die Wärme gerät das Packeis in Bewegung. Das ist für diese Jahreszeit völlig ungewöhnlich!«

Der Kobold pfefferte das Thermometer wieder in den Schnee zurück.

»Und was bedeutet das?«, fragte Freda, den Kopf in ihrem Fleecepullover verborgen.

»Nichts Gutes«, brummte Jonker. »Es kann sein, dass unsere Ausrüstung gleich in einer Spalte verschwindet. Oder das Zelt. Vielleicht auch nur die Hunde.«

Wütendes Zischen ertönte. Als Fredas entsetztes Gesicht im Pulloverausschnitt auftauchte, hatte der Kobold ein beruhigendes Grinsen aufgesetzt.

»Keine Sorge. Pack mit Serafin zusammen, falls wir ganz plötzlich aufbrechen müssen. Ich kümmere mich um den Rest.«

Das Hundegeheul ging in begeistertes Japsen über, sobald Jonker vor dem Zelt auftauchte. Freda leuchtete mit ihrer Stirnlampe durch den Zelteingang hinterher. Kein Wunder, dass die Hunde an den Leinen zerrten: Ein breiter Riss zog sich wie ein gezackter Blitz zwischen Zelt und Gespann durch den Boden. Im selben Augenblick entdeckte Jonker den zweiten Riss, der sich in südöstlicher Richtung erstreckte.

»Beeilt euch!«, brüllte er zu Freda gewandt. »Hier wird's ungemütlich!«

Hastig kroch Freda ins Zelt zurück, wo Serafin bereits die Schlafsäcke in die Packsäcke stopfte. Mit fliegenden Händen räumte sie die letzten Kleinigkeiten zusammen und zog ihre Überkleidung an, wobei ihr der Kater mit seiner sperrigen Kartentasche ständig im Weg war.

»Mach doch mal Platz!«, schimpfte Freda und stülpte einen Stiefel über ihren Fuß. Eine Kartoffel fiel heraus.

Blitzartig erstarrte Mr Livingstone zu Stein.

»Woher kommt die Kartoffel?«, fauchte er. Es klang wie: »Angeklagter, gestehen Sie!«

Freda zuckte mit den Schultern.

»Nikolaustag ist vorbei. Keine Ahnung, wie die da reingeraten ist.« Sie bückte sich, um sie aus dem Zelt werfen.

»Lass das!«, zischte der Kater.

Überrascht sah Freda zu, wie er die Knolle misstrauisch umkreiste.

Serafin kicherte und schnitt hinter Mr Livingstones Rücken eine vielsagende Grimasse, der die Kartoffel schließlich umständlich in der Kartentasche verstaute. Freda hatte keine Zeit, sich über sein seltsames Benehmen zu wundern. Unruhig spähte sie aus dem Zelteingang Jonker entgegen.

»Brechen wir auf?«, fragte sie.

Jonker schüttelte den Kopf und schälte sich aus seiner schneeverkrusteten Überkleidung.

»Wenn der Riss breiter wird, müssen wir hier verschwinden, aber jetzt gerade wäre es Wahnsinn zu fahren.« Er klopfte auf seinen Bauch und sah sich um. »Beim heiligen Julbock, ich habe ein Riesenloch im Magen.«

Freda rollte mit den Augen. Wie konnte man jetzt ans Essen denken! Jeden Moment konnte das Eis sich unter ihnen auftun und sie alle verschlingen!

Während Jonker seelenruhig Hände voll Nüsse in seinen Mund schaufelte, überlegte Freda, woher sie einen neuen Handschuh bekam. Zum Glück fand Serafin eine Lösung: Sie stibitzte Mr Livingstones alberne Mütze, schnitt sie trotz seiner Proteste entzwei und heftete zwei Stücke mühsam mit einer Nadel zusammen. Ab und zu stach sie sich in die Finger und schimpfte halblaut vor sich hin, weil Freda ihr ständig die Lampe wegnahm, um damit die Risse im Eis zu kontrollieren.

Die Zeit verging schrecklich langsam. Stundenlang saßen sie zum Aufbruch bereit in ihrer kleinen warmen Insel. Vor lauter Lauschen verpassten sie fast das Ende des Sturms.

Endlich biss Serafin mit den Zähnen den letzten Faden des fertigen Handschuhs ab und reichte ihn Freda.

»Den wirst du gleich brauchen. Der Sturm ist vorbei, der neue Tag hat begonnen.«

Freda streifte den Fäustling über. Ihre Hand sah darin aus wie eine plumpe Raubtiertatze, doch er passte genau. Sie zog den Reißverschluss auf und steckte den Kopf aus dem Zelt.

Die Risse hatten sich nicht verändert, die Wolken zogen jedoch wirklich höher, bildeten hin und wieder kleine Lücken.

»Du hast recht«, sagte Freda erleichtert. »Danke, Serafin!«

Das Engelchen warf mit einem schiefen Lächeln das Nähzeug in einen Packsack.

Schnell war alles abgebaut und verstaut. Auch die Hunde schienen froh zu sein, endlich von diesem gefährlichen Ort verschwinden zu dürfen. Freda hätte nie gedacht, dass sie sich schon bald diese Wartezeit im sicheren Zelt zurückwünschen würde.

9

Obwohl fast Windstille herrschte, wurde der nächste Tag trotzdem kein Spaziergang. Der Sturm hatte die dünne Schneeschicht zu halbkreisförmigen Kämmen verwirbelt, die im Frost zu harten Barrieren erstarrten. In den wenigen geraden Flächen zwischendurch lauerten Risse und Spalten.

Immer wieder blieb der Leithund Karnak stehen und weigerte sich, sogar schmale Risse zu überqueren, denn hier ins Wasser zu fallen bedeutete den sicheren Tod. Zeigte Karnak eine solche Gefahr an, blieb Freda und Jonker nichts anderes übrig, als den Riss zu umgehen. Durch diesen ständigen Zickzackkurs kamen sie nur sehr langsam voran.

Außerdem waren sie alle müde, die letzte Nacht steckte ihnen in den Knochen. Am meisten Sorgen machte Freda jedoch ihre Hand. Sie versuchte sie zu schonen, doch schon gegen Mittag brannte sie bei jeder Bewegung wie Feuer.

»Wie weit noch?«, fragte sie irgendwann Serafin, die wie üblich neben ihr auf dem Kanisterthron saß.

Serafin schaute in die Ferne, wo in der ewigen Dunkelheit ganz schwach ein paar dünne Linien sichtbar wurden.

»Da vorn beginnen die fünf Skullcracker-Inseln«, murmelte sie. »Iskalott liegt auf der größten und letzten von ihnen. Zwei Drittel haben wir vielleicht geschafft.«

Zwei Drittel! Und heute war schon der vierte Tag. Sie verloren zu viel Zeit.

Freda betrachtete die Hunde vor sich, die mit heraushängender Zunge rasch dahintrabten. Ihre eigene Zunge klebte am Gaumen, denn die Luft war staubtrocken. Jeden Abend schmolz sie so viel Eis, dass es am nächsten Tag für mindestens zwei Liter pro Kopf reichte. Durstig kramte Freda die Thermosflasche mit dem heißen Tee aus dem Proviantrucksack. Während sie etwas davon in den Becher goss, rumpelte der Schlitten über eine Bodenwelle und die Hälfte floss über ihr Knie.

»*Wenn du nichts mehr übrig hast, kommt zu dir schon bald ein Gast!*«, rief Jonker hinter ihr mit falscher Betonung.

»*Stupido*!« Das Engelchen hielt sich genervt die Ohren zu.

Freda grinste und kippte schnell den Rest hinunter. Jonkers grässlich gereimte Koboldssprüche, die er bei jeder Gelegenheit von sich gab, erinnerten sie an die doofen Witze ihres Bruders Liam. Der Kobold war auch genauso unmusikalisch. Schon seit zwei Stunden stand er auf den Schlittenkufen, rief Befehle, wenn die Hunde vom Kurs abwichen, und sang dabei vor sich hin. Das heißt, singen konnte man es nicht nennen, es war mehr ein eintönig brummelndes Ein- und Ausatmen durch die Nase.

»Lass endlich das Geschnaufe!«, nörgelte Serafin. »Es klingt, als würde dich ein Bergtroll mit einem Kopfkissen ersticken.«

Jonker schwieg beleidigt. Nach einer Weile begann er leise vor sich hin zu murmeln. Mit einem Schrei zerrte Serafin ihre Sturmhaube vom Gesicht.

Freda traute ihren Augen nicht: Ein knotiger grüner Pickel war auf Serafins Nasenspitze erschienen. In Sekundenschnelle wuchs er zu einer nach vorn geneigten Gurke! Jonkers Rache.

»Mach das sofort wieder weg!«, schrie das Engelchen und schüttelte wütend ihre kleine Faust, während sich der Kobold vor Lachen krümmte. »Oder ich sag's dem Chef, dass du aus Crumbles Konditorei immer heimlich Pralinen klaust.«

Jonker bewegte keinen Finger.

»Der Chef ist weit weg«, antwortete er fröhlich grinsend.

Das brachte Serafin endgültig zum Kochen. Immer schlimmere Strafen drohte sie Jonker an, während das Gespann unbeaufsichtigt mal nach Westen, mal nach Osten zog. Erst als Serafin auch noch auf der Stirn zwei hässliche Teufelshörner bekam, griff der Kater ein.

»Schluss mit dem Unfug!«, fuhr er den Kobold an. »Der Chef hat Zauberei verboten. So wirst du nie Kobold des Jahres.«

Mürrisch machte Jonker die Beulenpest wieder rückgängig und konzentrierte sich auf die Hunde.

Freda half Serafin die Gesichtsmaske überzustreifen, dabei warf sie besorgte Blicke über ihre Schulter. Ein zaubernder Kobold, das fehlte gerade noch auf dieser Reise. Bis Iskalott hatte er sie wahrscheinlich alle in Knabberzeug verwandelt!

Sie glaubte allerdings sowieso nicht, dass sie je dort ankommen würden, auch wenn es im Moment ganz gut aussah. Selbst wenn sie es bis zur Terrorbucht schafften, waren sie noch lange nicht am Ziel. Schon den ganzen Morgen hatte sie sich darüber Gedanken gemacht. Rücksichtslos stupste sie mit dem Fuß Mr Livingstone an, der wieder zwischen den Packsäcken döste.

»Hör mal«, sagte sie. »Warum ist Myrkur Farandi eigentlich so gefährlich?«

Der Kater wandte ihr das Gesicht zu und gähnte ausgiebig.

»Farandi ist unberechenbar«, erwiderte er träge. »Ein Gauner, ein Betrüger … Schon ewig hat er dieses Schiff nicht verlassen. Man sagt, ein Fluch bindet ihn daran. Die Christmas Company kann er nicht ausstehen.«

»Und warum bist du dann so sicher, dass er uns hilft?«, fragte Freda. »Er hat garantiert Besseres zu tun, als für uns Rätsel zu lösen.«

Aber Livingstone schwieg sich über diesen Punkt aus. Vielleicht hatte er selbst Bedenken über den Ausgang ihrer Reise oder wollte Freda nicht noch mehr Angst einjagen, jedenfalls rollte er sich einfach wieder zusammen und schloss die Augen.

»Na toll«, sagte Freda enttäuscht. »Danke für die Auskunft.«

Serafin wartete, bis er fest eingeschlafen war. Erst dann rückte sie ein Stück näher an sie heran.

»Keine Sorge, Farandi wird uns helfen«, flüsterte sie ihr ins Ohr. »Natürlich nicht umsonst.«

Freda kratzte etwas Eis von den Sehschlitzen ihrer Sturmhaube.

»Aha, so ist das also«, sagte sie leise. »Und womit bezahlen wir ihn? So viel ich weiß, sind Goldbarren so ungefähr das Einzige, was wir nicht dabeihaben. Vielleicht steht er ja voll auf Schnecken in Knoblauchsoße und tut dafür alles.«

Serafin musste lachen.

»Sei nicht blöd. Mr Livingstone macht das schon. Übrigens ist es viel wichtiger, dass Krumma mitspielt.«

»Krumma? Wer ist denn das nun wieder?«, fragte Freda mit mühsam unterdrücktem Ärger.

»Na, Farandis Rabe«, zischte Serafin. »Er ist der Hellseher.«

»Du machst Witze!«

»Schsch!« Das Engelchen senkte den Kopf noch etwas tiefer.

»Krumma besitzt die Gabe, in die Zukunft zu schauen und mit weit entfernten Menschen und Tieren in Verbindung zu treten. Er bringt seinem Herrn alle Neuigkeiten. Rätsel sind für ihn ein Klacks. Leider liebt er es, Leute übers Ohr zu hauen. Wir müssen höllisch vorsichtig sein. Auf jeden Fall wird er sich wunderbar mit Jonker verstehen: Beide futtern alles, was nicht weggeschlossen ist.«

Sie warf einen Blick auf die Karte auf ihrem Schoß und drehte sich um.

»He, Jonker, halt das Gespann mehr nach Osten!«

Sie überquerten gerade in zügigem Tempo eine ebene Eisfläche, die nur von mehreren im Packeis eingeschlossenen Eisbergen unterbrochen wurde. Frieda beugte sich vor und stopfte die Thermosflasche in eine Lücke zwischen den Kisten. Plötzlich brachen die ersten drei Hunde ein. Der Schlitten kam ruckartig zum Stehen. Serafin, Mr Livingstone sowie Teile der Ausrüstung stürzten seitlich hinunter. Nur Freda blieb wie durch ein Wunder oben. Sie sah Jonker nach vorn zu den Hunden rennen. Ohne zu überlegen folgte sie ihm. Sekunden später lag sie flach auf dem Bauch auf dem Eis und packte die Leinen von Yukon und Freia, die beide verzweifelt versuchten, sich aus einer mit dünnem Krusteneis überdeckten Spalte zu befreien. Doch die Ränder brachen immer weiter ab, außerdem drängte der Rest des Gespanns mit dem Schlitten nach.

Freda zerrte in dem Durcheinander aus Hundefell und Riemen an einem Stück Brustgeschirr, während Jonker neben ihr bis zur Hälfte in der Spalte verschwand. Wildes Gezappel, dann kam das Hundepaar frei und trampelte über Fredas Rücken: Jonker hatte die Hauptleine durchtrennt, die sie vorn mit dem Leithund verband. Fredas Herz setzte einen Moment aus. Wo war Karnak?

»… bring den Schlitten auf festes Eis!«, schrie Jonker.

So schnell es der Boden zuließ, rutschte Freda rückwärts und zog das gerettete Hundepaar, das nun an der Spitze des Gespanns stand, mit sich.

»Yukon, Freia, Come Haw! Come Haw!«

Nur mit viel Geschrei ließen sich die verwirrten führerlosen Hunde von Freda in einem Halbkreis nach links zurücklenken. Es schien ewig zu dauern, bis sie den schweren Schlitten aus der Gefahrenzone gebracht hatte. Kaum hatte sie den Eisanker zu Boden geworfen, hörte sie, wie die Platte, auf der der Kobold lag, gefährlich knackte.

»Jonker, komm raus!«, schrie Freda und wollte zurückrennen.

»Du brauchst eine Sicherheitsleine! Nimm die Reepschnur!«

Freda wusste nicht, wer das rief und aus welcher Richtung, reagierte aber sofort. In großer Eile löste sie das lange Tau, mit dem die Ausrüstung befestigt war, knotete das eine Ende um die Schlittenstreben, das andere um ihre Mitte und rannte zur Unglücksstelle.

Langsam robbte sie die letzten Meter auf dem Bauch zur Spalte, bis sie mit ausgestreckten Armen Jonkers Stiefel umfassen konnte.

»Wenn ich's sage, dann zieh!« Jonkers Stimme klang hohl. Das Eis unter ihm knirschte, jede heftigere Bewegung konnte den Kobold mit in die Tiefe reißen.

»JETZT!«

Freda zerrte ihn mit aller Kraft rückwärts. Vorne splitterte das Eis. Die Platte, auf der Jonker lag, brach in Teile und stürzte mit einem dumpfen Krachen einige Meter in die Tiefe. Einen Moment schien alles verloren, dann tauchte am Ende der Kette aus Körpern langsam ein Hundekopf auf: Karnak.

Fredas erfrorene Hand brannte wie Feuer. Jedes Gramm Gewicht spürte sie in den Schultergelenken. Zentimeter um Zentimeter kämpfte sie sich gebückt weiter nach hinten.

Karnak, im festen Griff des Kobolds, spürte den Tod in der Tiefe unter sich und zappelte panisch. Wie in Zeitlupe kamen sie voran.

Doch der Druck auf Fredas verletzte Hand war zu heftig. Ihr Griff lockerte sich, Jonker und der Hund rutschten ein Stück zurück.

»Ich ... schaffs nicht!«, keuchte Freda verzweifelt.

»Du musst!«

Freda packte fester zu, aber der Schmerz war so stark, dass sie stolperte.

Auf einmal klatschte etwas um ihre Knie, brennend heiß wie ein Schlangenbiss. Verblüfft riss sie die Augen auf.

Serafin hatte ihr von hinten einen Schlag mit der Hundepeitsche verpasst.

»ZIEH WEITER!«, schrie sie aus vollem Hals.

Eine Mischung aus Überraschung und unglaublicher Wut durchfuhr Freda. Was fiel dieser kleinen Kröte ein! Noch einmal warf sie sich mit ihrem ganzen Gewicht nach hinten, zog und zerrte so lange, bis Kobold und Hund wieder auf festen Boden rutschten.

Mit einem Schmerzensschrei sackte sie zu Boden. Jonker, die Hände in Karnaks Brustgeschirr gekrallt, blieb, wo er war, platt auf dem Bauch liegen.

Kurze Zeit lang sagte niemand ein Wort.

Dann schüttelte sich Karnak, und Jonker brachte den zerzausten Hund zum Schlitten zurück.

Serafin warf achtlos die Peitsche zu Boden.

»Livingstone? – Livingstone!«, schrie sie in die stille Eiswüste.

»Hier bin ich!«

Der Kater thronte wie eine ägyptische Gottheit auf einem großen quadratischen Block, nur wenige Meter von der Unglücksstelle entfernt.

Freda schaute ungläubig hinüber. Hatte er da etwa die ganze Zeit zugeschaut?

»Gefahren meistert man nicht durch Hin-und-Her-Rennen«, sagte er, während er hinabrutschte. »Der Tipp mit dem Seil kam von mir.«

Freda kickte mit dem Fuß gegen die Hundepeitsche.

»Dann war das wohl auch deine Idee«, sagte sie.

»Oh, tut mir leid«, erwiderte das Engelchen zerknirscht und hob die Peitsche auf. »Ich wollte dich nur anfeuern, nicht treffen, ehrlich! Komm, machen wir lieber, dass wir hier wegkommen.«

Freda hatte nichts dagegen, das gefährliche Gebiet zu verlassen. Eine halbe Stunde half sie Serafin die verstreuten Ausrüstungsteile einzusammeln, während Mr Livingstone die Kartentasche aus einem Schneehügel befreite und Jonker unter Flüchen zwischen den Hunden die zerschnittene Hauptführungsleine reparierte. Plötzlich ließ eine Salve schaurig-schluchzender Schreie sie alle zusammenzucken.

»Das klang wie ein Esel!«, stellte Freda fest und schüttelte dann den Kopf. Das war unmöglich!

Mit einem gequälten Gesichtsausdruck plumpste Serafin aufs Eis.

»Nicht das auch noch! Der Lord of Misrule!«, stöhnte sie.

Der Kater stopfte hastig die Karte in die Tasche.

»Das hält uns noch mehr auf!«, brummte er. »Freda, bring mit Jonker das Fässchen Whisky her, wir bekommen Besuch.«

Freda sah von einem zum andern und legte verstört die Hand an die Stirn. »Besuch?? Von einem Esel?«

»Du wirst gleich sehen, was ich meine«, versprach Mr Livingstone. Er zeigte auf eine schwache Lichtquelle, die ihnen aus westlicher Richtung entgegengeisterte.

»Keine Angst. Das da ist nur, ein äh … ein etwas lästiger Bekannter von uns, doch wirklich kein bisschen gefährlich.«

Freda half Jonker das Fass abzuladen, dann spähte sie neugierig in die Dunkelheit. Lange Zeit blieb verborgen, wer sich da herankämpfte. Erst als die Erscheinung unter weiterem Eselsgeschrei bis auf zwanzig Meter näher gekommen war, erkannte sie eine sonderbare Karawane, die auf sie zuschwankte.

Vorneweg stapfte ein ganz in Grün gekleideter Fackelträger.

Danach folgten zwei Fanfarenbläser und ein Junge, der einen wolligen braunen Esel an einer goldenden Leine führte. Auf dem hing ein dicker, wie ein mittelalterlicher König gekleideter Mann, dessen weißes borstiges Haar als wirrer Kranz um das rote Gesicht stand und dessen Schweinsäuglein fröhlich blitzten. Dicht neben ihm schlitterte ein buckliger Narr mit einer Schellenkappe und in spitzen Schnabelschuhen übers Eis. Auf einem troddelverzierten Samtkissen balancierte er einen kostbaren goldenen Becher. Hinter diesem Paar folgte ein langer Zug aus jungen Musikern mit Geigen, Flöten und Trommeln, hübschen Tänzerinnen in bunten, tief ausgeschnittenen Kleidern, Gauklern, die mit Bällen jonglierten, und ein Haufen bärtiger Zwerge in braunen Leinenkitteln.

Immer wenn der Narr wieder einmal stolperte und den Becher verlor oder der dicke König fast von seinem Esel rutschte, brach die ganze Gesellschaft in johlendes Gelächter aus. Es war ein Wunder, dass sie nicht alle längst erfroren oder in einer der Spalten untergegangen waren, grübelte Freda. Das Schlusslicht machte ein finster dreinblickender Kuttenträger mit einem Jutesack und einer Reisigrute über der Schulter.

»Seit wann läuft denn Knecht Ruprecht beim Lord of Misrule mit?«, murmelte Serafin, die mit verschränkten Armen den Zug betrachtete.

»Seit er vom Chef in den Ruhestand versetzt wurde«, gab Jonker zurück. »Er hat sich gelangweilt und hier kann er wenigstens keinen Schaden anrichten. Und seinem Esel machts auch Spaß.«

Jetzt sah Freda überrascht, dass der Dicke dem Engelchen Kusshände zu warf.

»*Hello, Sweetheart!*«, brüllte er begeistert. »Sei gegrüßt, Livingstone, altes Rheumafell!«

»Ich halts nicht aus. Es wird wieder grauenhaft werden«, jammerte Serafin.

Freda trat vor Ungeduld von einem Fuß auf den anderen. »Woher kennt er euch? Ist das wirklich ein echter Lord?«

Serafin nahm ihre Sturmmaske ab und bürstete das Eis von ihrem Schneeanzug.

»Nein, nein, der Lord of Misrule ist ein Winterwesen, genau wie die Julenisse oder der Chef oder ich. Er kommt aus England, zieht schon seit Hunderten von Jahren immer zum Jahresende umher und stellt dabei alles auf den Kopf …«

Sie stockte, denn der Dicke war mit seinem Gefolge bei ihnen angelangt und der Lärm machte jede Unterhaltung unmöglich. Was nun geschah, erschien Freda wie ein Traum.

»Ehre und Ruhm für den Lord of Misrule!«, schrien die zwei Fanfarenbläser und tröteten wie verrückt. Eigentlich hätten ihnen die Münder an den Instrumenten festfrieren müssen, aber hier lief wohl nichts mehr normal. Die Hunde kriegten sich bei diesen Klängen überhaupt nicht wieder ein, aber niemand hatte Zeit, sich um das Geheul zu kümmern.

Staunend beobachtete Freda, wie Serafin neben ihr in einen eleganten Hofknicks versank und Jonker sich tief verbeugte. Schnell machte sie es ihm nach. Dann fragte der Mann auf dem Esel in knarzendem Bass, wie sie sich nannten und wer ihr Anführer sei.

Total blöde Frage, fand Freda, wenn er die drei doch sowieso kannte. Mr Livingstone trat mit todernster Miene vor und gab Auskunft.

Der Dicke warf sich gewichtig in die Brust.

»Ich bin der Lord of Misrule«, trompetete er, »ich mache die Herrscher zu Knechten und die Knechte zu Herrschern! Du, Kater, warst hier lange genug der Herr!«

Unter dem Geschrei der Menge stürzten sich die Zwerge auf den Kater, packten ihn und der finstere Kuttenträger stapfte heran.

Freda drängte unruhig nach vorn. Er würde doch nicht …

Jonker hielt sie am Ärmel zurück.

»Lass das«, sagte er halblaut. »Das ist alles nicht ernst gemeint.«

Misstrauisch beobachtete Freda, wie Mr Livingstone zu einer provisorischen Anklagebank (ein Eisblock) geschleppt wurde und dort eine Art Gerichtsverhandlung über sich ergehen lassen musste. Nach einigen Minuten begriff sie, dass dies alles tatsächlich nur großer Blödsinn war. Als der Dicke den Kater im Schnellverfahren wegen gnadenloser Ausbeutung eines niedlichen Engelchens (anerkennende Pfiffe der Zuschauer) sowie zweier Tag und Nacht hart schuftender Weihnachtskobolde (zustimmendes Gemurmel unter den Zwergen) zur Auspeitschung verurteilte, musste Freda sogar grinsen. Wenn sie ehrlich war – eigentlich hatte sie sich das in den letzten Tagen manchmal gewünscht, dass Mr Livingstone eins auf den Deckel bekam. Und dies hier schadete ihm ja nicht wirklich. Überhaupt wäre es cool, den Lord of Misrule mal in ihre Schule einzuladen und Herrn Schrevenborn vorzustellen …

Mr Livingstone überstand das ganze Theater tapfer, verlor aber beinahe doch noch die Nerven, als er schließlich von Knecht Ruprecht drei angedeutete Rutenschläge erhielt.

»Nun wird der Verurteilte alle zu einem kleinen Umtrunk einladen!«, verkündete der Dicke seinem jubelnden Gefolge und legte einen Moment wie segnend seine Hände auf das Fass.

Mr Livingstone musste erst dem Lord etwas Whisky in den goldenen Becher einschenken und dann seine drei Freunde und den gesamten Rest bedienen. Zum Glück war der Kater geschickt genug, unbemerkt Freda nichts von dem scharfen stinkenden Schnaps einzugießen.

Dafür trank das hohe Gericht umso mehr: Jeder aus dem Gefolge des Lords zückte aus Jacken und Röcken Gefäße aller Art und die Sache kam richtig in Schwung. Die Musikanten stimmten ihre Instrumente, und der Dicke, mittlerweile beängstigend dunkelrot im Gesicht, warf dem Zwerg den leeren Becher zu und forderte Serafin zum Tanz auf. Sie verdrehte die Augen, aber es half nichts. Gnadenlos schwenkte er das Engelchen zu den Klängen eines altertümlichen Liedes in seinen Armen herum. Die Tänzerinnen suchten sich Partner und die im Kreis Umherstehenden klatschten und stampften mit den Füßen den Rhythmus aufs Eis. Auch Freda und Jonker wurden von zwei o-beinigen Zwergen zu den Tanzenden gezogen, und als die Musik schließlich verstummte und sie außer Atem anhielten, hatte es tatsächlich Spaß gemacht.

Der Lord wischte sich mit dem Mantelärmel den Schweiß von der Stirn und küsste Serafin ächzend die kleine Hand.

»Ich verlasse dich nun, Schönste«, erklärte er. »Auch dein Chef soll einmal die Ehre meines Besuchs genießen dürfen.« Er zupfte den Kater am Schwanz. »Halt dich in Zukunft ein bisschen zurück, du Ausbeuter!«

Auf den buckligen Narren gestützt wankte er zu seinem Esel, während die Fanfarenträger das Signal zum Aufbruch bliesen.

Bevor sich der Zug in Bewegung setzte, kam Fredas Tanzpartner noch einmal zu ihr gelaufen.

»Für dich«, sagte er, legte eine Hand aufs Herz und überreichte ihr ein seltsames, aus Apfel und Zweigen bestehendes Gebilde. »Möge der *Calenigg* dir Glück bringen.«

Dann war der Überfall vorbei, so überraschend, wie er gekommen war. Die vier Expeditionsmitglieder sahen der irren Karawane nach, wie sie unter Musik, Geschrei und Gelächter langsam nach Norden verschwand.

»Will er wirklich bis zur Christmas Company ziehen?«, fragte Freda, die unter dem erneuten Ansturm des Windes erschauerte.

»Ähem, ja, das – äh –, das hat er wohl vor«, sagte Mr Livingstone. Er wirkte ziemlich verlegen.

Serafin kicherte und zog die Sturmmaske bis zum Kinn.

»Da bin ich mal gespannt, was er dort anstellt. Dem Lord of Misrule muss nämlich jeder gehorchen. Ich verwette meinen Ohrring, der Chef lässt sich nicht auspeitschen. Und der arme Sir Christfield kriegt bestimmt Magenkrämpfe.«

Alle schwiegen einen Moment, weil jedem mit einem Mal die Christmas Company mit der lauten fröhlichen Cantina und dem geschäftigen Gewimmel in der Zentrale vor Augen stand. Der Gegensatz zu dem einsamen dunklen Ort, an dem sie sich befanden, hätte nicht größer sein können.

Freda betrachtete das Geschenk in ihrer Hand. Es war ein rotbackiger Apfel auf einem dreibeinigen Gestell aus dürren Stöckchen. Oben, wo einmal der Stängel gesessen hatte, steckten mit einer roten Schleife zusammengebundene Zweige aus Immergrün. Ihrer Mutter hätte das schlichte Gesteck gefallen. Plötzlich packte Freda furchtbares Heimweh. Würde sie jemals wieder nach Hause finden?

»Glück, ja, das kann ich gebrauchen«, sagte sie leise. »Wohin jetzt mit diesem Ding?«

Mit einem Seufzer kehrte Mr Livingstone wieder in die Wirklichkeit zurück.

»Wie? Ach so, das. Der *Calenigg* ist auch ein Friedensstifter. Bei den alten Römern war es üblich, am Ende des Jahres allen, mit denen man Streit hatte, einen Ölzweig zu überreichen und sich zu vertragen. Als das römische Heer vor mehr als tausend Jahren Britannien eroberte, haben die Briten den Brauch übernommen – und bald vergessen. Jetzt dient der *Calenigg* nur noch als Deko.«

Er schaute zum Himmel, der sich während der letzten halben Stunde mit dichten Wolken bedeckt hatte.

»Los, los, Leute!«, maunzte er ungeduldig. »Dort drüben liegt noch ein Packsack. Karnak ist auch noch nicht angeschirrt, Jonker. Wir wollen hier schließlich nicht überwintern!«

Freda schnaubte empört durch die Nase. Da war er wieder, der alte Sklaventreiber! Das Gerichtsurteil hatte bei Mr Livingstone offenbar keine tieferen Spuren hinterlassen.

Mit gesenktem Kopf stapfte sie zum Schlitten hinüber, verstaute das Geschenk in ihrem Rucksack und begann die verwickelten, verdreckten Hundeleinen zu entwirren.

10

Mr Livingstone setzte alles daran, die verlorene Zeit wiederaufzuholen. Am Nachmittag hatten sie die ersten zwei kleineren Skullcracker-Inseln hinter sich gelassen und rasteten auf einem breiten Meeresarm, der sie von der nächsten Insel trennte. Mit steifen Händen verteilte Freda ein paar Müsliriegel aus ihrer Parkatasche. Sie schaffte es kaum abzubeißen, weil ihre Sturmhaube bretthart gefroren war.

»Macht schneller! Wir können hier nicht ewig sitzen!«

Der Kater tigerte vor dem Schlitten auf und ab und starrte mit schmalen Augen in die Richtung, in der ihr Ziel Iskalott liegen musste.

»Jaja«, murrte Jonker. »Lass mich grad noch runterschlucken.«

Freda strich True über den Kopf und gähnte.

»Können wir es nicht gut sein lassen für heute?«, fragte sie. »Die Hunde hätten sicher auch nichts dagegen.«

Serafin, die oben auf dem Schlitten nach der Thermosflasche suchte, drehte sich um.

»Wo ist eigentlich das Hundefutter geblieben?«, rief sie laut.

Freda schob Snuggs sabbernde Schnauze von ihrem Knie.

»Wieso? Du stehst doch direkt davor«, wunderte sie sich.

»Na, dann schau mal genauer hin«, entgegnete das Engelchen. Alarmiert kamen die drei anderen näher. Tatsächlich, die braune Tonne, gestern noch halb voll mit gefrorenem Hundefutter, war – weg!

»Aber das ist unmöglich«, sagte Freda entsetzt und bückte sich, um unter den Schlitten zu schauen. »Ich hab sie beim Aufladen gestern Abend wie immer ganz sorgfältig festgebunden. Vielleicht hat vorhin einer aus dem Gefolge vom Lord …«

»Nein, nein, solche Scherze sind absolut nicht sein Stil«, unterbrach der Kater. »Klamauk – ja, Klauen – nein!«

Serafin sprang in den Schnee hinunter und fächelte mit ihren Flügeln.

»Denkt nach: Wer könnte Interesse daran haben, dass unsere Hunde hungern und wir niemals in Iskalott ankommen?« Sie sah herausfordernd in die Runde.

»Waltran und Robbenspeck!«, flüsterte Jonker ehrfürchtig.

Freda schluckte. »Du meinst – der Tupilaq?«

Sie dachte an die sonderbare Gestalt aus dem Schneesturm. »Dann hab ich mich gestern doch nicht getäuscht …«

»Wie bitte?!!« Mr Livingstones Schnurrhaare vibrierten. »Du hast den Tupilaq gesehen und sagst es uns nicht?«

Freda zog den Kopf ein, erzählte dann aber ausführlich ihr Erlebnis mit dem verlorenen Handschuh und der undeutlichen Gestalt im Schneesturm. Keiner der anderen unterbrach sie.

»Was machen wir jetzt?«, fragte sie zum Schluss in die schweigenden Gesichter. »Wie lange können die Hunde ohne Futter laufen?«

Jonker rieb mit dem Fausthandschuh über seine Nase.

»Ein, zwei Tage sicher. Aber das ist gar nicht nötig. Wir müssen eben unser Pemmikan mit den Hunden teilen«, schlug er vor. »Mit ein bisschen Glück ist es bis Iskalott nur noch eine Tagesreise. Da können wir doch unsere Vorräte wieder auffüllen.«

Energisch zerrte er die Plane vom hinteren Teil des Schlittens. Da waren der Kocher, die Isoliermatten und Schlafsäcke, die Sicherheitsflaschen mit dem Benzin, das Zelt – aber kein Proviant. Die Vorratskisten fehlten. Die bunte Reepschnur, mit der sie am Aussteifungskreuz des Schlittens befestigt gewesen waren, hing sauber durchtrennt hinunter.

»Mir scheint, da meint es jemand wirklich ernst«, sagte der Kater langsam.

Freda wurde mit einem Mal furchtbar übel. Fast hätte sie sich direkt an Ort und Stelle übergeben. Ihr blieb jedoch kaum Zeit, tief durchzuatmen, sie mussten weiter – mit oder ohne Proviant. Der Wind hatte stark aufgefrischt, das gute Wetter würde nicht lange anhalten, es wurde höchste Zeit, einen geeigneten Platz auf sicherem Eis zu finden. Keiner von ihnen hatte Lust, noch einmal neben einer knackenden Spalte zu schlafen, schon gar nicht, mit einem Tupilaq im Nacken.

Nach kurzer Beratung beschlossen sie, auf der dritten Skullcracker-Insel zu übernachten. Serafin wählte eine flache schmale Landzunge aus schwarzem Kies, die weit ins Meereis ragte. Wind und Strömung hatten die Packeisschollen dort wie in ein Netz getrieben, sodass ein dichtes Feld aus meterhohen Türmen und

Blöcken entstanden war. Es war ein schwieriges Gelände und lange Zeit schien es Freda, als kämen sie der Küste keinen Meter näher. Kurz vorm Ziel zogen die Hunde scharf nach links, weil sie irgendeine Witterung aufgenommen hatten. Hinter einem Eisblock entdeckten sie die Ursache: die Reste eines Robbenkadavers. Bei dem hässlichen Anblick fragte sich Freda schaudernd, ob man sie auch bald so finden würde: etwas ledrige Haut, ein paar gebleichte Knochen und das wars. Der Gedanke munterte sie nicht gerade auf. Jonker trieb mit Peitschenknallen die Hunde vom Aas weg, endlich ging es weiter. Es war fast Abend, als sie schließlich den Schlitten mühsam aufs Festland gezerrt hatten.

»Ich schau mich ein bisschen um«, murmelte der Kater, nachdem sie das Zelt aufgebaut hatten, und huschte davon.

Freda hörte nur mit einem Ohr zu. Zum ersten Mal seit ihrer Abreise blieb das Gespann unruhig und widerspenstig. Die Hunde verstanden nicht, wieso sie nicht ihr Futter bekamen, den verdienten Lohn für Stunden harter Arbeit. Freda leinte sie etwas abseits vom Zelt, im Windschutz des Schlittens, an zwei großen Findlingen an. Trotzdem verfolgten die Tiere jeden ihrer Schritte hungrig mit den Augen. Immer wieder stupsten True und Snugg sie schmeichelnd mit der Schnauze an. Vorsichtig strich Freda über ihre Rücken.

»Ich hab leider nichts für euch«, sagte sie. »Ihr müsst noch bis Iskalott durchhalten.«

Karnak, der große weiße Leithund, ließ sich mit einem Seufzer auf den Boden fallen. Wicked zeigte die Zähne und schnappte schlecht gelaunt nach ihrem Stiefel. Freda machte einen großen Bogen um ihn.

Sie war froh, endlich ins Zelt kriechen zu können. Und es gab wenigstens eine gute Nachricht: Serafin hatte noch eine Packung Früchtetee und zwei Tüten Schokoladenlebkuchen gefunden, die sie sich jetzt teilten.

Erst nachdem sie den letzten Krümel vertilgt hatten, kroch Mr Livingstone durch den Zelteingang.

»Etwa drei Kilometer östlich von hier gibt es oben auf der Steilküste eine Landmarkierung«, berichtete er. »Es ist ein *Cairn*, ein Geröllhaufen, in dem man Nachrichten hinterlässt. Bevor wir weiterziehen, sollten wir ihn genauer untersuchen.«

Jonker und Serafin nickten. Freda verschluckte sich an ihrem Früchtetee.

»Ihr seid ja verrückt!«, hustete sie, dabei presste sie ihre verletzte Hand an die Brust. »Wir haben fast die Hunde verloren, man hat unsere gesamten Vorräte geklaut und der Tupilaq ist hinter uns her! Bitte schön, dreht noch eine Extrarunde, wenn euch langweilig ist. Aber ohne mich!«

Serafin wechselte einen erschrockenen Blick mit Mr Livingstone und griff nach Fredas Handgelenk. »Lass mich mal sehen.«

Sie drehte die rechte Handfläche um. Jonker schnaufte leise. An Fredas fünf Fingern hatten sich dunkelrote Blasen gebildet, die während der Rettungsaktion aufgeplatzt waren.

»*Mamma mia*«, murmelte Serafin entsetzt. »Ich muss das unbedingt desinfizieren.«

Freda nickte, doch als Serafin aus der Erste-Hilfe-Tasche eine Flasche mit dunkler Flüssigkeit holte, wurde sie plötzlich blass.

In diesem Moment schnurrte der Kater sanft: »Ich glaube, jetzt wäre die richtige Zeit für einen *Carbone*.«

Serafin fischte nach einem Lederbeutel, der unter dem Fleecepullover versteckt um ihren Hals hing. Mit spitzen Fingern zog sie etwas Schwarzes heraus, das wie ein kleiner, zu lange gebackener Keks oder ein Stückchen Holzkohle aussah. Nur – weder Kekse noch Holzkohle glitzerten so.

»Soll ich das etwa essen?«, fragte Freda.

In Serafins grünen Augen funkelten Lichtpünktchen. Der kleine Mistelzweig an ihrem Ohrläppchen schaukelte leicht.

»Vertrau mir!«, sagte sie und murmelte ein paar Worte.

Gegen ihren Willen öffnete Freda den Mund. Der schwarze Keks fiel schwer auf die Zunge, dann begann er zu prickeln wie Brausepulver, um urplötzlich wie platzendes Popcorn wild im Mund herumzutanzen. Sofort wollte Freda das geheimnisvolle Ding ausspucken.

»Mund zu!!«, schrien Jonker, Serafin und Livingstone im Chor.

Freda zögerte eine Sekunde. Mit einem Mal entfaltete sich ein wunderbarer Geschmack auf ihrer Zunge.

»Pfannkuchen!«, murmelte sie verzückt. »Nein … Cremepudding mit Karamellkruste … oooh … Omas Nudelauflauf!«

Jonker seufzte und leckte sich die Lippen, doch Serafin steckte das Ledersäckchen schnell wieder unter ihr Hemd.

Es war eine wahnsinnige Mischung aus Fredas sämtlichen Lieblingsessen, die in ihrem Mund entstand. Ein warmes Gefühl wuchs in ihrem Bauch, und obwohl Serafin jetzt die Jodpaste über Fredas offene Wunden strich und sie verband, zuckte Freda nicht mal mit der Wimper. Die Schmerzen waren wie weggeblasen.

»Na also«, schnurrte der Kater zufrieden. »Ich bin zwar eigentlich gegen diesen Hokuspokus, aber es wirkt. Falls du dich jetzt ein bisschen komisch fühlst, Freda, das ist normal und vergeht bald wieder.«

Jonker grinste breit. »Die spitzen Ohren bleiben aber«, gluckste er.

Freda betastete hastig mit der gesunden Hand ihre Ohren. Beide waren mit dichtem Fell bedeckt und endeten in einer langen Spitze!

»Hey, was soll das?«, rief sie.

»Reine Vorsichtsmaßnahme«, erklärte der Kater ungerührt. »Du wirst mir dafür noch dankbar sein. Wenn das alles hier vorbei ist, kriegst du deine alten Ohren zurück. Können wir nun endlich in Ruhe über unsere Weiterreise reden? Wir sind schon ganz kurz vorm Ziel.«

Freda zupfte eine Weile an dem ungewohnten Fell herum und nickte schließlich.

»Also, ich bin sicher, dass die Gestalt im Schneesturm nur ein Wintergeist war«, fuhr der Kater fort. »Du musst wissen, rund um Iskalott sind um diese Jahreszeit viele von ihnen unterwegs. Vielleicht war es die Lucia oder ein Krampus oder eine Gruppe wilder bayrischer Perchten. Na ja, mit denen werden wir schon fertig.«

Der sonderbare Keks machte Freda müde. Sie hörte alle Geräusche im Zelt komisch verzerrt und die Worte des Katers ergaben für sie keinen Sinn. Übermütig tippte sie an Mr Livingstones Stirn.

»Na klar, bestimmt kommen Frau Holle und die Zahnfee auch noch kurz vorbei.«

Ärgerlich schlug der Kater mit der Tatze nach ihr.

»Du hast es doch mit eigenen Augen gesehen! Der Lord of

Misrule war nur einer von den harmlosen Wanderern. Glaub mir, es gibt uralte Weihnachtsunholde, denen du lieber nicht begegnen willst. Der Chef hat sie alle schon vor Ewigkeiten aus der Christmas Company verbannt. Seitdem haben sie sich zum Glück nach Iskalott zurückgezogen.«

»Was werden sie mit uns machen?«, fragte Freda, etwas ernüchtert.

»Machen …«, sagte der Kater gedehnt. »Das weiß ich nicht so genau. Das hängt von dir ab.«

»Von mir?«

Mr Livingstone wand sich auf seinem Schlafsack wie eine Schlange.

»Nun ja, wie soll ich sagen …? Angst und Schrecken zu verbreiten, ist für viele das Größte. Und Kinder ziehen sie nun einmal magisch an«, sagte er. »Ach, vergiss das einfach alles.«

Freda war schwindelig wie nach drei Runden in der Achterbahn. Trotzdem spürte sie deutlich, dass der Kater ihren Fragen auswich. Misstrauisch beobachtete sie Serafin und Jonker, die unnatürlich still in ihren Teebechern rührten. Irgendetwas verheimlichten die drei ihr doch.

Der Kater ließ sich nicht in die Karten schauen, sondern verteilte schon wieder Aufgaben.

»Zur Sicherheit bewachen wir ab sofort unsere Ausrüstung«, befahl er knapp. »Jonker, du übernimmt die erste Wache, Serafin und ich lösen dich ab. Freda, du bist um vier an der Reihe, dann ist dein Kopf wohl wieder klar. Spart eure Kräfte für morgen.«

Er kratzte mit den Pfoten ein Nest in den Schlafsack und rollte sich zusammen. In dieser Stimmung war nichts aus ihm herauszuholen, das wusste Freda inzwischen. Also trank sie noch zwei Becher, um wenigstens etwas im Magen zu haben, räumte dann mit dem Engelchen das Kochgeschirr weg und legte sich schlafen, während Jonker als Einziger unter der Lampe sitzen blieb und auf die Geräusche draußen lauschte.

Mitten in der Nacht wurde Freda wach. Der schlimme Schwindel von Serafins Keks war fast vorbei, dafür drückte schrecklich die Blase. Der Tee! Sie musste dringend raus. Als sie leise aufstehen wollte, bemerkte sie, dass ihr Schlafsack, ihre Kleider und Schuhe, einfach alles im Zelt mit einer pelzigen Reifschicht bedeckt war. Es herrschte bittere Kälte im Zelt. Verwundert griff Freda nach ihrem steif gefrorenen Parka. Hatte Jonker etwa zwischendurch die Tür zu lange offen gelassen? Seine Wache war jedenfalls beendet, denn er lag fest eingewickelt und still in seinem Schlafsack. Die Plätze der beiden anderen dagegen waren leer, sicher machten sie gerade einen kleinen Kontrollgang.

Leise zog Freda sich an und kroch ohne Lampe aus dem Zelt. Ein schneidender Nordwind blies ihr entgegen und sie schauderte bei dem Gedanken, gleich ihre Hose aufmachen zu müssen. Hinter den zwei Findlingen bei den Hunden war es sicher geschützter.

Schnell umrundete sie die Steine und öffnete hastig den Reißverschluss. Sie war gerade fertig, als sie die anderen kommen hörte und aus ihrem Versteck trat.

Sofort zuckte sie zurück. Das waren nicht Serafin und Mr Livingstone. Diese zwei hier waren viel größer, und vor allem die eine Gestalt konnte man beim besten Willen nicht mit einem Kater verwechseln, denn sie trug etwas Langes über der Schulter. Ein Bootshaken!

Wie ein Stromschlag durchfuhr es Freda, dass dies hier die Erscheinung aus dem Schneesturm sein musste. Was sollte sie machen? Schreien? Weglaufen?

Abwarten und beobachten, entschied Freda instinktiv. Eng an den kalten Stein gepresst beobachtete sie die Gestalten, die sich aufs Zelt zubewegten. Verdammt, warum kamen Serafin und der Kater nicht zu Hilfe?

Mit jedem Schritt, der die unheimlichen Besucher dem Zelteingang näher brachte, wurde Freda nervöser. Dort drinnen schlief Jonker, völlig ahnunglos. Langsam trat sie ein Stückchen vor, als die zwei anhielten und etwas zu beraten schienen. Da – sie liefen weiter zum Zelt. Nur noch sechs Meter, fünf Meter, vier …

Sie musste jetzt handeln, sie irgendwie ablenken!

Freda fielen nur die Hunde ein, die im Windschutz zwischen dem Schlitten und den Findlingen lagen.

So leise sie konnte, schlich sie über den Kies, mitten zwischen die schlafenden Hunde. Normalerweise hoben sie sofort die Köpfe, wenn jemand näher kam, doch keiner rührte sich. Was war hier los?

Sie packte Karnak am Kopf und rüttelte ihn, bis er unwillig brummte und aufstand. Eilig begann sie die Karabiner aller Hunde von den Ketten loszuklinken. Endlich fiel die letzte Kette in den Schnee – und genau in diesem Moment erklang das Geräusch des Zeltverschlusses durch die stille Nacht.

»Hey, hey, hoch mit euch!«, schrie Freda und stampfte mit den Füßen. Erleichtert sah sie, dass Bewegung in die Tiere kam. In der nächsten Sekunde erkannte Freda, dass sie einen schrecklichen Fehler gemacht hatte. Die Hunde umstanden sie in einem dichten Kreis. Snugg machte ein paar zögernde Schritte auf Kodiak und Grizzly zu, die ihm sofort die Zähne zeigten. Die Hunde kannten sich noch nicht lange genug, gleich würde eine Rauferei um die Rangordnung ausbrechen. Die Peitsche! Freda hatte Glück, sie klemmte hinter ihr an den Seitenspanten des Schlittens. Hastig wirbelte sie die Lederleinen durch die Luft, gerade als Kodiak über Snugg herfiel und Wicked nach der kleinen True schnappte.

Doch auch das half nichts. Freda wusste, dass alles jetzt auf Messers Schneide stand. Kurz entschlossen packte sie Karnak am Halsband, schrie »Go, Karnak!« und stürmte mit ihm zum Zelt.

Auf diesen Befehl hin kannten die Hunde nur eines: rennen, und zwar ihrem Leithund nach.

Fredas Hundeattacke kam keine Sekunde zu spät. Der Zelteingang stand weit offen, als sie mit dem jaulenden Gespann auf den Fersen herankeuchte. Die zwei Besucher schossen aus der Öffnung heraus wie Raketen.

»Go, Go!«, feuerte Freda Karnak noch einmal an und nahm die Hand aus seinem Halsband. Der Leithund sprang heulend voran. Der Fremde mit dem Bootshaken stolperte, ging zu Boden, wurde von seinem Begleiter am Arm hochgezerrt, dann rannten beide aufs Meereis hinaus. Wie wahnsinnig hetzte das gesamte Gespann hinterher.

Freda kümmerte sich nicht darum, sondern stürzte über verstreute Ausrüstungsgegenstände hinweg durchs Vorzelt.

»Jonker! Jonker! Alles in Ordnung?«

»Ja!«, krächzte er zurück.

Langsam und steif schob sich der Kobold aus dem Schlafsack, so als sei er gerade erst aus einer Winterstarre erwacht. *Genau wie eben die Hunde,* dachte Freda.

Sie kniete sich neben ihn.

»Was ist passiert? Bist du verletzt?«

»Nein«, brummte Jonker, ärgerlich über seine Schläfrigkeit. »Mir ist … nur so kalt … Jetzt hast du schon zum zweiten Mal meinen Hals gerettet. Du hast was gut bei mir.«

»Jaja. Was wollten die von dir?«, drängte Freda.

Jonker setzte sich auf.

»Ich weiß nicht«, sagte er mit schwerer Zunge. »Unser Besuch war dabei, hier alles zu durchwühlen, als ich wach wurde, und genau in dem Moment legten schon die Hunde los. Der eine hatte eine grässlich lange Nase und fettige Zottelhaare und er hielt so eine Art Bootshaken in der Hand. Aber der andere mit dem Bart – echt, der sah noch schlimmer aus.« Er rieb sich mit den Händen übers Gesicht. »Sie trugen komische Kleider, Lederhosen und Wollstrümpfe, und die Langnase hatte eine Troddelmütze auf dem Kopf.«

»Bist du sicher?«

Der Kobold schnaubte empört.

»Ich hatte jede Menge Zeit, ihn anzuschauen, weil ich mich nicht bewegen konnte – irgendeine Art fieser Winterschlafzauber wahrscheinlich.«

»War es deshalb auch so kalt im Zelt?«, fragte Freda.

Jonker nickte. »Erst dachte ich, es sei der Tupilaq, aber es waren ja zwei, und dann diese Gesichter …«

Er stockte plötzlich und sah sich um.

»Fehlt etwas von der Ausrüstung?«

Fredas Augen glitten durchs Zelt.

»Der Kocher! Nein, da steht er noch.«

Sie zerrte Jonkers Stiefel aus dem Vorzelt und warf sie ihm in den Schoß. »Zieh dich an, wir müssen die Hunde einfangen.«

Schwerfällig stieg Jonker in seine Überkleidung.

»Wer war das und was haben sie gesucht? Wir sollten Mr Livingstone fragen.«

Er stülpte einen Stiefel über den rechten Fuß, kam aber nicht hinein. Als er den Schuh umdrehte, fiel eine Kartoffel heraus.

Stumm sahen sich beide an, bis Freda pfeifend die Luft ausstieß.

»Oh ja, ich werde Mr Livingstone so einiges fragen, wenn ich ihn treffe«, sagte sie grimmig. »Und nicht nur, was das hier immer mit den blöden Kartoffeln zu bedeuten hat.«

Sie stopfte die Erste-Hilfe-Tasche in ihren Rucksack.

»Was hast du vor?«, fragte der Kobold erstaunt.

»Serafin und Mr Livingstone suchen«, erwiderte sie ungeduldig. »Die beiden sind nämlich leider verschwunden!«

11

Diese schlechte Nachricht vertrieb Jonkers Schläfrigkeit. So schnell es ging packten sie zwei Notfallrucksäcke: Extrakleidung, eine Thermosflasche heißen Tee, Ersatzbatterien, Seile und noch allerlei Krimskrams, den der Kobold für nötig hielt. Es war wenig genug und Jonker meinte düster, eigentlich dürften sie so gar nicht losmarschieren. Er hatte recht, aber es änderte nichts an Fredas Entscheidung. Ohne es erklären zu können, spürte sie, dass Gefahr für Serafin und den Kater drohte. Die Angst um die zwei hatte bei ihnen zu einem Rollentausch geführt: Freda gab jetzt die Befehle und der Kobold gehorchte.

Draußen auf der Landzunge war von den Hunden nichts zu sehen. Jonker wusste nicht, wie lange sie ihre Beute verfolgen würden; aber auf sie zu warten machte auch keinen Sinn, also brachen sie auf.

Der einzige schwache Anhaltspunkt für ihre Suche war der *Cairn* oben auf der hohen Steilküste, für den sich Mr Livingstone so interessiert hatte. Vielleicht waren die zwei dorthin unterwegs?

Jonker hielt überhaupt nichts von dieser Idee.

»Käsequatsch, sie können schließlich nicht wie Spiderman senkrecht die Wand hochlaufen«, knurrte er.

Freda und Jonker mussten drei Kilometer weit laufen, bis endlich ein Flusseinschnitt die Küste durchbrach. Auf dessen breiten Schotterbänken suchten sich die beiden einen Weg bergauf. Die Kletterei über abwechselnd loses Geröll und glattes Flusseis war schwierig und schon nach den ersten Metern erlosch Fredas Stirnlampe.

Jetzt blieb ihr nur Jonkers Lichtkegel als Orientierung. Mehr als ein Dutzend Mal stießen sie zusammen, verloren das Gleichgewicht und klammerten sich rutschend und fluchend aneinander fest, um nicht abzustürzen. Trotz der Anstrengung waren ihre Körper völlig ausgekühlt, das Wenige, was sie gestern Abend gegessen hatten, spendete nicht genügend Wärme. Auf halber Höhe wollte Freda beinahe aufgeben. In diesem Augenblick begannen riesige bunte Schleier über den Himmel zu tanzen.

»Bitte sehr, da hast du deine neue Lampe«, keuchte Jonker, an einen schmalen Vorsprung geklammert. »Ein Nordlicht!«

Freda betrachtete ein paar Atemzüge lang fasziniert die grünen und violetten Farbspiralen, die über ihrem Kopf hin und her flossen, dann stiegen sie schnell weiter bergauf. Nach einer Viertelstunde waren sie tatsächlich oben angelangt.

Freda rückte den Rucksack zurecht und spähte auf dem leeren Plateau umher. In einiger Entfernung entdeckte sie eine Erhebung.

»Da drüben ist der *Cairn*!«, rief sie, während sie sich gegen den Wind stemmte.

»Schwachsinnige Idee, ausgerechnet an dieser Stelle Nachrichten zu hinterlassen«, brummte Jonker stur.

Als sie sich bis auf ein paar Meter dem Steinmann genähert hatten, lief Freda ein Schauer über den Rücken. Vor ihr lag nur graues aufgeschichtetes Geröll. Trotzdem fühlte sie, dass die einfache Figur, die aus Kopf, Rumpf und grob angedeuteten Gliedmaßen bestand, ihr eine Botschaft zurief, nämlich sofort zu verschwinden. Der ganze einsame Ort hatte etwas Bedrohliches.

Einen Meter vor dem Steinmann blieben sie stehen.

»Siehst du irgendwo eine Nachricht?«, fragte sie, unwillkürlich flüsternd.

Der Kobold kam einen Schritt näher, sodass der Lichtkegel seiner Lampe auf die Figur fiel.

»Du musst im Inneren nachschauen. Unter dem Kopf.«

Freda umfasste mit beiden Händen den obersten Stein, legte ihn vorsichtig beiseite und spähte in den Hohlraum. Ganz unten schimmerte ein kleiner Gegenstand. Es war Serafins Ohrring, der winzige grüne Mistelzweig.

»Sie waren hier!«, rief Freda aufgeregt.

Der Kobold betrachtete das hübsche Schmuckstück.

»Ja, und sie sind in Gefahr«, sagte er langsam. »Serafin würde sich nie freiwillig davon trennen, sie hat ihn vom Chef zur Eröffnung der Cantina bekommen. Was ist hier heute Nacht passiert?« Er sah sich ratlos um.

»Ich geh ein Stück in diese Richtung«, murmelte er und trottete nach Westen davon.

Freda, noch damit beschäftigt, den Ohrring bruchsicher zu verstauen, drehte den Kopf.

»Lauf nicht zu weit!«, rief sie hinterher, weil das Nordlicht schon wieder schwächer wurde. »Wir dürfen uns nicht auch noch verlieren.«

Zitternd schlang sie die Arme um ihren Körper. Der Wind fegte unbarmherzig über das Hochplateau, und sein Pfeifen klang in ihren Ohren fast höhnisch. Sie kam sich unendlich klein und unwichtig vor hier oben. Ihr Blick fiel auf den Steinmann zu ihren Füßen. Ohne Kopf sah er überhaupt nicht mehr gefährlich aus. Ach ja, der Kopf. Den sollte man wohl besser wieder draufsetzen, damit alles seine Ordnung hatte.

Freda nahm den großen Stein vom Boden auf und hielt plötzlich inne. Sie hatte in der Eile etwas übersehen. Mit den plumpen Handschuhen gelang es ihr kaum, den Fund ins Freie zu schaffen: eine zarte weiße Feder. Gerade wollte sie sie der nächsten Windbö überlassen, da kam Jonker von seinem Spähgang zurück.

Freda hielt ihm die Feder unter die Nase.

»Guck mal, das lag auch noch im Steinmann.«

Der Kobold beugte sich misstrauisch hinunter – dann legte er einen kleinen Freudentanz aufs Eis.

»Wow! Jippie! Eine Engelsfeder! Halt sie fest, halt sie gut fest, das ist unsere Rettung!« Er hopste um sie herum wie ein Irrer.

»Hör mit diesem Schwachsinn auf!«, rief Freda. »Ich kapier überhaupt nichts!«

Der Kobold blieb stehen.

»Ach, ja richtig, ich vergesse immer, dass du nicht normal bist«, murmelte er und kratzte sich am Kopf. Hastig fügte er hinzu: »Nein, nein, ich meine ja nur, dass du von nichts wirklich Wichtigem 'ne Ahnung hast. Sonst bist du eigentlich ganz okay.«

Er sah sich um. »Wir brauchen einen Windschutz.«

Sie mussten sich schließlich dicht nebeneinander hinter den Steinmann ducken, um einigermaßen vor den Böen sicher zu sein.

»Nicht bewegen!«, befahl Jonker, während er das Feuerzeug aus dem Rucksack holte.

Überrascht verfolgte Freda, wie Jonker versuchte, die Feder in Brand zu stecken. Mehrmals zuckte die schwache Flamme auf und erstarb gleich wieder.

»Was nützt uns das, wenn du sie vernichtest?«, protestierte sie und entriss ihm das Feuerzeug. Doch da hatte die Feder schon Feuer gefangen.

In diesem Augenblick geschah etwas Sonderbares: Während sich die Flamme vom oberen Ende der Feder nach unten fraß, strömte aus dem Federkiel eine Art blaues Gas, das sich zu einer leuchtenden Wolke verdichtete. Nach wenigen Minuten stand eine haargenaue Kopie von Serafin in der Luft. Zwar viel kleiner und durchsichtig, jedoch eindeutig das freche kleine Engelchen!

»Wahnsinn!«, flüsterte Freda.

Jonker ließ die halb verkohlte Feder los, die davontrudelte.

»Das ist Serafins Federseele«, erklärte er. »In jeder ihrer Flügelfedern steckt eine Art Erinnerung von dem, was sie erlebt hat. Vielleicht erfahren wir gleich, was los ist.«

Freda beobachtete fasziniert, wie das Bild des Engelchens in Bewegung geriet und zu sprechen begann.

»Warum hast du das getan?«

Ja, das war Serafins Stimme. Aber an wen richtete sich die Frage?

Jemand antwortete, so nah, dass Freda zusammenzuckte und sich umsah. Doch die Stimme kam aus dem Nichts.

»Weil ich euch zu Grýla bringen will.«

»Und wer ist das?«

Der Unsichtbare lachte höhnisch.

»Sei nicht so neugierig! Du erfährst es eher, als dir lieb ist.«

Ein ängstlicher Ausdruck glitt über Serafins Gesicht, nur für den Bruchteil einer Sekunde.

Dann sagte sie tapfer: *»Wahrscheinlich weißt du es selbst nicht.«*

Eine riesige fellbedeckte Pranke riss sie an den Haaren nach hinten, sodass sie vor Schmerz aufschrie.

»Vorwärts, wir werden am Kap Fortryll erwartet!«, befahl der andere. *»Noch ein Wort und ich rupfe dich wie eine fette Wintergans! Dann geht es dir wie deinem pelzigen Freund.«*

Ruckartig wurde Serafin losgelassen und taumelte nach vorn.

»Was soll das heißen? Was habt ihr vor?«, rief sie.

Plötzlich wurde ihre Gestalt undeutlicher, einen Moment lang hörte man überhaupt nichts mehr.

Und dann gab Freda ein Keuchen von sich, denn hinter dem Engel erschien ein anderes Bild in der Luft: Mr Livingstone, still und mit geschlossenen Augen, gefesselt in einer Art Fischernetz.

Fredas Herz zog sich zusammen. Ohne zu überlegen streckte sie die Hand aus.

»Mr Livingstone, wir sind hier! Hörst du mich?«

Kaum berührte ihr Handschuh die leuchtende Wolke, zerstob sie und die nächste Bö trieb den blauen Rauch davon.

Jonker funkelte sie wütend an.

»Was soll das?! Wir hätten vielleicht noch mehr erfahren!«

»Wir müssen sofort hinterher!«, stieß Freda hervor. »Diese Stimme … wer immer das war, er ist gefährlich. Serafin hatte auch Angst!« Sie warf den Rucksack über ihre Schulter.

»Was hat er gesagt? Kap Fortryll? Wo liegt das? Oh verdammt, wie sollen wir bloß ohne sie navigieren?«

Kopflos wollte Freda davonrennen, den gleichen Weg, den sie gekommen waren.

Jonker packte sie am Parka.

»Langsam, langsam, junger Weihnachtskobold!«, sagte er. »Regel Nummer eins der Christmas Company lautet: *Keine Panik vom 24.12. bis zum 24.12. des Folgejahres!* Wenn du dir jetzt hier den Hals brichst, nützt das den beiden gar nichts.«

Nerviger Besserwisser! Mit einem Ruck wollte Freda sich losreißen, doch der Koboldgriff war wie eine eiserne Schraubzwinge. Heftig trat sie mit den Füßen nach Jonker.

»Beim heiligen Julbock!«, rief er, während er in sicherem Abstand um sie herumtanzte. »Au! Hör auf damit!«

Fredas Wut verrauchte so plötzlich, wie sie gekommen war. Jonker hatte recht: Die Nerven behalten und Pläne schmieden, das war ihre einzige Chance.

»Schon gut, du kannst mich wieder loslassen«, sagte sie. »Es ist nur …«

Behutsam gab der Kobold sie frei.

»Stimmt, wir stecken in einer Riesenklemme«, sagte er und rückte seine Stirnlampe gerade, die bei dem Gerangel verrutscht war. »Trotzdem müssen wir nicht schon gleich hier aufgeben.«

Freda machte einen tiefen Atemzug. Jonkers Ruhe tat gut.

»Okay«, sagte sie. »Lass uns runtersteigen!«

Dicht nebeneinander machten sie sich auf den Rückweg. Der Abstieg durch das gefrorene Flusstal war zwar weniger anstrengend, aber viel gefährlicher. Ein paarmal rutschte Jonker auf dem Eis aus und schlitterte meterweit in die Tiefe. Jedes Mal raste Freda in halsbrecherischem Tempo hinterher, weil sie befürchtete, dass entweder Jonkers Knochen oder die Stirnlampe zu Bruch gehen würden. Irgendwann glühte ein zweites grünes Nordlicht auf, das den letzten Abschnitt bis hinunter auf den Strand der Insel beleuchtete.

Schließlich hatten sie mit ein paar blauen Flecken die Kiesbank erreicht, auf der ihr Zelt stand. Unwillkürlich wurden ihre Schritte schneller.

Freda ließ einen lauten Freudenschrei los, als sie die Hunde wie kleine Kugeln zusammengerollt um den Schlitten herum liegen sah. Glücklich boxte sie Jonker in die Rippen, der ihr grinsend auf die Schulter hieb. Wie auf ein geheimes Kommando spurteten sie die letzten Meter zum Lager.

Ihre Begrüßung wurde nicht erwidert. Karnak war der Einzige, der auf Freda zulief. Das Lachen blieb ihr in der Kehle stecken; noch im Laufen warf sie den Rucksack von sich. Es musste dort draußen auf dem Eis einen Kampf gegeben haben: Yukon und Kodiak hatten mehrere Wunden an Brust und Hals, Snuggs linkes Ohr war zerrissen. True hatte es am schlimmsten erwischt, sie zog ihr linkes Hinterbein nach. Nur Karnak, Grizzly, Geri und Freia waren bis auf ein paar Schrammen gesund geblieben.

Sogar Jonker hatte zum ersten Mal keinen Spruch auf Lager. Stumm arbeiteten sie Seite an Seite und versuchten mit den bescheidenen Mitteln ihrer Reiseapotheke zu helfen. True jaulte jämmerlich auf, während sie ihre Pfote versorgten. Freda biss sich fest auf die Lippe, um ihre wieder aufsteigende Panik zu unterdrücken. Sie hatten nicht einmal Futter! Mit einem Blick überflog sie das ganze Gespann. Wie viele einsatzfähige Hunde waren überhaupt noch übrig?

Plötzlich stutzte sie. Da fehlte doch einer! Wicked. Als sie Jonker darauf aufmerksam machte, nickte er nur.

»Wahrscheinlich haben ihn diese unheimlichen Kerle erwischt. Oder er ist in eine Spalte gefallen. Wir können nichts mehr für ihn tun.«

Er streifte True einen kleinen Lederschuh über die verletzte Pfote und nahm sich den letzten Patienten vor.

Traurig klinkte Freda die überzählige Leine von der Kette. Auch wenn sie mit Wicked immer Schwierigkeiten gehabt hatte, die Nachricht traf sie hart. Doch nachdem die restlichen Hunde alle wieder wie gewohnt angeleint waren, war sie selbst so müde, dass ihr auch der entsetzliche Hunger, der in ihrem Bauch rumorte, egal war. Sobald sie sich in ihrem Schlafsack ausgestreckt und die Kapuze um ihr Gesicht zugezogen hatte, fiel der Schlaf wie ein dickes Tuch über sie.

12

Erst um die Mittagszeit wurde Freda am nächsten Tag vom Geheul des Gespanns geweckt. Sofort rüttelte sie Jonker wach, voller Angst, was sie draußen erwartete. Zum Glück war es falscher Alarm. Yukon, Kodiak, Snugg und Karnak wirkten sogar etwas lebhafter als gestern. Nur Trues Pfote war dick angeschwollen, und es sah aus, als würde sie nie wieder richtig laufen können. Freda kraulte der Hündin die Ohren, die ängstlich bei jeder Bewegung zusammenzuckte.

»Was hat sie denn?«, fragte sie.

»Angst, dass wir sie aussetzen, weil sie nicht mehr ziehen kann«, erklärte der Kobold.

»Nein!«, rief Freda so laut, dass der Rest des Gespanns einen Moment verstummte. »Das tun wir auf keinen Fall!«

Jonker stopfte das Verbandszeug in die Erste-Hilfe-Tasche.

»Natürlich nicht, die anderen können sie locker ersetzen«, knurrte er. »Nur: Wie lange halten alle ohne Futter durch?«

Das fragte sich Freda schon seit gestern. Mit gesenktem Kopf stapfte sie neben dem Kobold zum Zelt zurück, das enttäuschte Geheul gellte in ihren Ohren. Drinnen brühten sie aus dem letzten Beutel eine dünne Kanne Tee und beratschlagten.

»Am sichersten wäre es, wenn wir erst in Iskalott Proviant aufladen und dann nach Mr Livingstone und Serafin suchen«, schlug Jonker vor.

Davon wollte Freda nichts wissen.

»Das dauert viel zu lange, bis dahin sind die beiden vielleicht tot! Komm schon, hast du nicht einen Koboldszauber für Hundefutter und Bolognese-Nudeln parat?«

Mit einer Grimasse schüttete Jonker den Inhalt seines Notfallrucksacks auf den Boden.

»Nein, tut mir leid, bei mir reichts nur für grüne Monsterpickel auf der Nase«, murmelte er, während er den Haufen sortierte. »Einmal hab ich zwei von Tuftes Lagerkobolden in Schneehasen verwandelt. Hielt leider nur kurz.«

Enttäuscht griff Freda nach der Kartentasche. Na ja, eigentlich war das zu erwarten gewesen. Hätte Jonker Essbares herzaubern können, wäre das Zelt längst voll davon gewesen.

Sie entfaltete die rissige Karte, um den Ort zu suchen, an den der Kater und Serafin verschleppt worden waren. Er lag auf Skullcracker Nummer 4. Der Umriss der Insel glich einer gespreizten Riesenhand, das Ende des Daumens markierte ein schwarzer Punkt: Kap Fortryll.

Freda strich ihre zerzausten Haare aus dem Gesicht und überlegte. Ohne Serafin als Navigatorin war der direkte Weg quer übers Meereis zu gefährlich. Sie würden dicht an der Küste entlangfahren müssen, das war schwieriger und dauerte länger …

Jonkers Magen gab ein gurgelndes Geräusch von sich. Freda schaute auf und sah, dass der Kobold an einer Packung Vitamintabletten herumfingerte, auf der neben verschiedenem Obst auch Zitronen abgebildet waren. Freda schüttelte lächelnd den Kopf. Plötzlich kniff sie die Augen zusammen.

Zitronen.

Zitronen?

Zitronenscheiben – hübsch dekoriert auf einem Teller – mit einem Klecks Mayo und knusprigem Fischfilet …

Im nächsten Moment schnappte sie Jonker die Packung aus den Fingern und warf sie an die Zeltdecke.

»JA, DAS IST ES!!!«, schrie sie.

Jonker sperrte den Mund auf und glotzte sie an. Er sah aus wie ein Kabeljau auf dem Trockenen.

Freda schüttelte ihn ungeduldig an der Schulter.

»Kapier doch: Wir stehen hier die ganze Zeit vor einer riesigen Gefriertruhe! Wir müssen nur irgendwie die Tür öffnen!«

Endlich begriff der Kobold, was sie meinte.

»Gar nicht schlecht, gar – nicht – schlecht«, sagte er anerkennend. »Ja, wir könnten es mit Eisangeln probieren. Loch hacken, lange Angelschnur runterlassen und schon hängt die Leine voller Fische. Die fressen sogar unsere Hunde.«

Mit neuer Energie sprang er auf die Füße.

Ganz so einfach war es natürlich nicht.

Bis sie draußen in ihrer Ausrüstung eine lange dünne Schnur gefunden und mit Haken und selbst gebastelten Gewichten versehen hatten, verging eine Unmasse an Zeit. Ständig mussten sie eine Pause im Zelt einlegen, weil ihre kalten Hände ihnen nicht mehr gehorchten. Am längsten dauerte es, vor der Landzunge ein Loch in das meterdicke Meereis zu hacken.

Freda gab nicht auf. Sie fand eine mehrfach geborstene und nur dünn überfrorene Spalte, wo das Wasser dichter unter der Oberfläche floss. Trotzdem war es eine unglaubliche Schinderei, immer wieder mit der schweren Axt auf dieselbe Stelle einzuschlagen. Vor allem weil Jonker diese Arbeit so gut wie allein erledigen musste.

»Ich glaub, mein Rücken bricht«, stöhnte er ein paarmal.

»Ach Quatsch! Wir Kobolde sind zäh!«, schrie Freda gegen den Wind.

Endlich waren sie fertig und schauten zufrieden auf das Loch, in dem träge eine dicke schlierige Eissuppe schwappte. Jetzt fehlten nur noch die Köder. Dummerweise gab es in der gesamten Ausrüstung nichts, womit man die Haken bestücken konnte. Also war ihre Arbeit völlig umsonst gewesen.

Irgendwann fielen Freda die fünf Dosen Schnecken in Knoblauchsoße ein, die irgendwo auf dem Schlitten herumflogen. Sie waren vor ihrem Bärenhunger verschont geblieben, weil keiner von beiden sich überwinden konnte, schleimige Kriechtiere zu essen. Es war die letzte Geduldsprobe des Tages, die Dinger an den Haken zu befestigen. Endlich hatten sie die gesamte Leine im Loch versenkt und das Ende an einem Eisblock gesichert. Jetzt hieß es bis zum nächsten Mittag warten und das war eigentlich das Schlimmste.

Noch ein Kontrollgang zu den Hunden, dann kroch Freda ins Zelt. Es wurde ein trauriger Abend. Sie hatten nur noch heißes Wasser zu trinken und nachdem sie über dem Kocher ihre vereisten Sachen aufgetaut hatten, machte sie der von den Kleidern aufsteigende Knoblauchgeruch noch hungriger. Müde schlüpften sie in die Schlafsäcke, starrten nebeneinander an die Zeltdecke, die sich im Rhythmus des Windes bewegte, und dachten dasselbe: Wie ging es Serafin und Mr Livingstone?

»Meinst du, die Stimme am *Cairn*, das war der Tupilaq?«, fragte Freda nach einer Weile.

»Mmmmhh«, machte Jonker schläfrig. »Weiß nicht.«

»Wenn es nicht der Tupilaq war, dann bedeutet das doch, es werden immer mehr Verfolger«, überlegte Freda. »Erst der mit dem Bootshaken, den ich im Schneesturm gesehen habe, plus der zweite hässliche Kerl gestern bei dir im Zelt, und jetzt noch der, der Serafin und Livingstone verschleppt hat. Das sind schon drei.«

Unruhig wälzte sie sich auf die Seite, um Jonker anzusehen.

»Was wollen die alle von uns? He, Jonker!«

Der Kobold war eingenickt, Freda musste die Frage wiederholen.

»Müssen wir uns jetzt darüber den Kopf zerbrechen?«, maulte er.

»Also hör zu: Von den wandernden Julenisse hast du ja schon gehört. Sie wollen, dass wir vom Nordpol verschwinden und alles wieder so ist wie vor hundert Jahren. Auch die anderen Wintergeister, wie zum Beispiel die Krampusse oder die Perchten und viele Weihnachtstrolle, mögen die Christmas Company nicht. Viel zu modern! Sie behaupten, der Chef und Mr Livingstone seien schuld daran, dass heutzutage jedes Kind nur noch an den Weihnachtsmann glaubt und keiner mehr sie und die alten Bräuche kennt.«

»Was für alte Bräuche?«

»Na ja, alles Mögliche eben. Zum Beispiel, ein Weihnachtsorakel aus Apfelschalen lesen oder das Weihnachtsscheit anzünden und Tag und Nacht brennen lassen oder der Tanz um den Tannenbaum. Früher hat man Weihnachten eben ganz anders gefeiert. Es gibt alte Lieder, die schöner klingen als die abgenudelte Supermarktmusik. Und dann das große Essen! Heute zählen sogar schon die Kinder die Kalorien.« Jonker seufzte.

Freda schnaubte abfällig.

»Jetzt hör aber auf! Ich hab zwar gerade furchtbar Hunger, aber dieses dauernde Essen zu Weihnachten finde ich auch total nervig.«

»NERVIG?« Der Kobold setzte sich entrüstet auf und schob die Arme aus dem Schlafsack.

»Du hast ja keine Ahnung!«, sagte er. »Früher war man hier oben im Norden froh, wenn man Weihnachten genug zu essen hatte. Man gab Freunden wie Fremden gern davon ab. Ach, diese Weihnachtswürste und der Gänsebraten, die Pasteten und der Heringssalat! Nicht zu vergessen natürlich die Süßigkeiten: Gewürzplätzchen und Lebkuchenmänner oder die runden Sonnen aus Brotteig! Die Sache mit den grünen Tannenkränzen und hellen Kerzen hab ich noch vergessen. Das ist nämlich nicht nur einfach nette Deko. Nein, die sollen in Dunkelheit und Todeskälte daran erinnern, dass mit dem Sonnenlicht auch der Frühling wiederkommt, verstehst du?«

»Ach so. Das hab ich nicht gewusst«, sagte Freda etwas zaghafter.

Der Kobold rieb seine Nase und schwieg einen Moment.

»Mr Livingstone hat dir gestern nicht alles gesagt«, fuhr er dann zögernd fort. »Es gibt eine Menge unheimlicher Geschichten über Leute, denen zur Weihnachtszeit ganz merkwürdige Dinge passiert sind. Fast immer haben Wintergeister ihre Hände im Spiel. Wir in der Christmas Company sprechen nicht darüber. Der Chef nennt es dunkle Weihnachtszauberei und feuert sofort jeden, der sich damit einlässt. Er meint, ein moderner Weihnachtsmann muss ein Vorbild für die Jugend sein.«

»Pah!«, sagte Freda. »Der sollte mal als Erstes selbst etwas gegen seine Wutanfälle machen. Diese ganze Reise ist doch ein Fall für den Kinderschutzbund. Wer kam denn schließlich auf die blöde Idee, uns mit dem Schlitten loszuschicken?«

Jonker lachte.

»Ja, du hast recht. Manchmal ist es nicht einfach mit ihm. Aber Kinder mag er wirklich gern, jedenfalls käme er nie auf die Idee, ihnen zu schaden.«

Er beugte sich vor und flüsterte: »Tatsache ist, dass manche Wintergeister das anders sehen. Viele glauben auch noch an alle möglichen Göttersagen und Ungeheuer aus der Wikingerzeit. Es gibt da seltsame Gerüchte … Wenn du zum Beispiel Julenisse richtig erschrecken willst, musst du nur behaupten, du hättest den Drachen Nidhögg fauchen gehört …«

Freda rutschte etwas tiefer in ihren Schlafsack. Draußen trieb der böige Wind raschelnd rauen Schnee über die Zeltwand. Sie hoffte jedenfalls, es war Schnee …

»Ist doch alles Quatsch!«, sagte sie abwehrend.

»Tja, wie du meinst«, erwiderte der Kobold. »Ihr mit euren Horrorfilmen und Computerspielen, ihr seid natürlich oberschlau und gruselt euch vor gar nichts mehr.«

Beleidigt drehte er Freda den Rücken zu und legte sich wieder auf den Boden. Minutenlang hörte sie nichts als seine Atemzüge und den Wind.

»Jonker«, flüsterte sie schließlich. »Sei ehrlich: Haben wir gegen den Entführer überhaupt eine Chance?«

Jonker stieß ein abgrundtiefes Stöhnen aus.

»Läusekraut und Silberwurz! Ich bin echt froh, dass du nicht in der Christmas Company arbeitest mit deinen hunderttausend Bedenken. Serafin und Mr L. werden nicht einfach zugucken, wenn irgend so ein altmodisches Ungeheuer sie durch die Finsternis schleift. Die werden es ihm höllisch schwer machen! Ich wette mit dir um den größten Schokoladenweihnachtsmann, dass wir sie in spätestens vierundzwanzig Stunden befreit haben. So, und jetzt lass mich endlich schlafen!«

Beruhigt schloss Freda die Augen. Hätte sie geahnt, dass Jonkers Zuversicht nur gespielt war, hätte sie die ganze Nacht weitergegrübelt.

Am nächsten Morgen wachten sie beide auf, weil ihre Mägen heftig knurrten. Es war kein Fitzel Frühstück in Sicht. Niedergeschlagen kroch Freda aus der warmen Hülle ihres Schlafsacks. Während sie sich anzog, fiel ihr auf, wie still es draußen war. Kein Hungergeheul – verdächtig still.

Hastig schaltete Freda ihre Stirnlampe ein und trat ins Freie. Nebel hing über dem Eis, und da, was lag da rund um das Zelt verstreut? Es sah aus wie – Stroh!!

Sie packte eine Handvoll der gelben Halme und ließ sie sofort wieder fallen. Neben dem Schlitten, wo die acht Hunde lagen, stand eine gebückte, von mattem Lichtschein umflossene Gestalt.

Auf dem Kopf trug sie einen mit brennenden Kerzen besteckten Tannenkranz, ihren Körper bedeckte ein bodenlanger Umhang. Langsam wanderte sie von einem Hund zum anderen. Als sie sich nach links neigte, erkannte Freda ein uraltes Frauengesicht.

»Jonker, schnell, komm raus!«, rief sie halblaut.

Der Kobold steckte seinen Kopf aus dem Zelt.

»Aha, die Lucia«, murmelte er. »Mr Livingstone hat recht: Du ziehst die Winterwesen wirklich an. Sei höflich und tu so, als seist du einer von uns.«

Die Frau war inzwischen bei Karnak angekommen, der leise aufjaulte. Freda bekam einen Schreck. Der Leithund war ihre Lebensversicherung hier draußen.

»He, Sie da, lassen Sie den Hund in Ruhe!«, rief sie ohne zu überlegen.

»Punsch und Pfefferkuchen!«, zischte Jonker neben ihr. »Guck mal, was du angerichtet hast!«

Die Fremde hatte sich zu ihnen umgedreht. Mit aufgerissenen Augen sah Freda, dass sie unsicher durch die nebligen Schwaden auf sie zustolperte. Sie schien ewig für die wenigen Meter bis zum Zelt zu brauchen, und als sie endlich vor ihnen zum Stehen kam, war Freda dem Herztod nahe.

»*God dag*, Lucia!«, sagte Jonker schnell.

»Hä?« Die Alte legte die Hand hinters Ohr.

»*God dag*, wünsche ich, Mütterchen!«, brüllte Jonker.

Die Lucia nickte mehrmals, sodass die Lichterkrone auf ihrem strähnigen grauen Haar gefährlich schwankte. Prüfend wanderte ihr Blick zwischen Freda und Jonker hin und her. Plötzlich hob sie den Arm. Freda zuckte zurück. Die Lucia schnalzte tadelnd mit der Zunge, zog eine brennende Kerze aus dem grünen Kranz auf ihrem Kopf und pustete sie aus. Gebannt schaute Freda auf die runzlige gekrümmte Hand, die ihr zitternd die Kerze hinhielt. Langsam griff sie zu. Im selben Moment verwandelte sich das knochige Greisinnengesicht vor ihr in die glatte rosige Miene eines hübschen Mädchens im weißen Kleid. Lächelnd umarmte sie Freda. Ein Lichtblitz flammte auf, fast hätte Freda die Kerze verloren. Geblendet schloss sie die Augen, hörte Grillenzirpen und Vogelgezwitscher und fühlte eine gewaltige Sommerhitze durch ihre Arme und Beine schießen wie flüssige Energie. Dann, ebenso plötzlich, kam die Kälte zurück.

Benommen öffnete Freda die Augen.

Die Lucia hatte kehrtgemacht. Mit langsamen Schritten entfernte sie sich aufs Meereis hinaus, jetzt wieder eine gebückte Greisin im unscheinbaren Wollumhang. Schon verschluckte der Nebel den Schein ihrer flackernden Lichterkrone.

»Merkwürdige Frau«, sagte Freda und hielt die erloschene Kerze hoch. »Noch ein Geschenk.«

Jonker brummte.

»Ja, versteh ich auch nicht, warum dir hier jeder unbedingt was aufdrängen will.«

Er stapfte zu den Hunden hinüber.

»Was hat sie mit euch Flohhütern gemacht?!«

Freda steckte die Kerze in ihre Parkatasche und rannte hinterher.

Das Gespann schien über Nacht seinen Hunger verloren zu haben. Einige Hunde schliefen, andere scharrten und schnüffelten noch im Schnee herum und schienen dort einer wunderbaren

Mahlzeit nachzutrauern. Alle, sogar die verletzte True, wirkten zufrieden und satt.

»Also wenn es nicht so irre wäre«, murmelte Freda und strich über Trues runden Bauch, »dann würde ich sagen, sie hat sie gefüttert.«

»Die sind pappsatt«, stellte auch der Kobold fest. »Typisch Lucia, sie spürt, wo sie gebraucht wird. Mr Livingstone hat mir mal erzählt, dass sie nachts die Ställe kontrolliert und den Bauern einen fürchterlichen Schrecken einjagt, wenn sie ihre Tiere nicht gut behandeln. Deshalb hat sie oft Stroh in den Kleidern. In Schweden zum Beispiel singen die Kinder ihr zu Ehren am 13. Dezember Lieder und backen Luciabrötchen. Man sagt, sie vertreibt den Winter.«

»Ja, das tut sie wirklich«, sagte Freda und dachte an die Umarmung. »Was für ein Glück, dass sie gerade hier unterwegs war.« Sie kraulte True hinter dem Ohr, die ihr mit einem kleinen Nasenstüber antwortete. Freda fiel ein Stein vom Herzen. Der Hündin ging es eindeutig besser als gestern. Auch ihr selbst ging es besser. Irgendwie waren die trüben Gedanken verschwunden.

Sie richtete sich auf.

»Komm, lass uns die Angel hochziehen und losfahren!«

Jonker schüttelte betrübt den Kopf.

»Moment«, sagte er. »Das geht nicht.«

Und dann erfuhr Freda, dass frisch gefütterte Schlittenhunde nicht zogen. Es war zum Heulen: Kaum war das eine Problem gelöst, tauchte das nächste auf!

Doch diesmal blieb Freda ruhig. Nach dem ersten Schreck fiel ihr ziemlich schnell eine Lösung ein.

»Okay. Wir schlafen noch ein paar Stunden, bis die Hunde ihr Schlemmermenü verdaut haben, und fahren heute Nacht weiter«, sagte sie mit fester Stimme. »Es ist doch sowieso immer dunkel.«

Jonker grinste und salutierte zackig.

»Du klingst schon wie eine echte Expeditionsleiterin«, stichelte er. »Wenn das Mr Livingstone hören könnte! Willst du nicht lieber ein bisschen rumjammern?«

Statt zu antworten warf Freda einen leeren Kanister in seine Richtung.

Am Nachmittag zogen sie die Eisangel ein. Ein super Erfolg: Fast an jedem Haken zappelte ein meterlanger grausilberner Fisch, der sofort an der Oberfläche gefror. Das reichte auf jeden Fall bis Iskalott! Am Ende lag ein riesiger Berg vor ihnen. Zum ersten Mal nach zwei Tagen hatten sie wieder etwas auf dem Teller. Auch wenn es nur ungewürzte Fischbrühe voller Gräten war, ihre Laune wurde sofort besser.

Den Rest ihres Fangs stapelten sie auf dem Schlitten, dann bauten sie das Zelt ab. True wurde in einer leeren Tonne hinten vor dem Schubgestänge untergebracht, Freia und Yukon tauschten mit Grizzly und Kodiak die Plätze, so war die Zuglast besser verteilt. Der geheimnisvolle Besuch der Lucia hatte allen gutgetan, und als Jonker den Anker löste, zog das Gespann bereitwillig an.

Freda sah noch einmal zurück zu den zwei großen Felsen, die im kalten Mondlicht wie gebleichte Dinosaurierwirbel dalagen. Nur die Strohbüschel und weiter draußen das längst wieder überfrorene Eisloch verrieten, dass dort seltsame Reisende gerastet hatten. Auch davon würde der Wind bald nichts mehr übrig lassen.

13

Eine Stunde lang machten die Hunde gutes Tempo. Jonker hielt sie parallel zur Westküste von Skullcracker 4, sodass Freda den Kurs jederzeit mit der Karte vergleichen konnte. Erst am Safran Sund wechselte abrupt die Szenerie: Der schmale lange Meeresarm trennte Kap Fortryll wie ein Riegel vor ihnen ab. Er war vollständig von hohen Druckkämmen durchzogen.

»Für diese Strecke brauchen die Hunde Flügel!«, schrie Jonker von hinten Freda zu.

Die nächsten Kilometer schleppten sie sich verbissen vorwärts. Heiser schrie Jonker Befehle, seine Peitsche pfiff durch die Luft, um einzelne Hunde anzufeuern. Neben ihm stemmte sich Freda gegen das Schubgestänge, vorn hingen die Hunde im bis zum Zerreißen gespannten Geschirr. Hechelnd zerrten sie den Schlitten bergauf, bis er endlich die Nase senkte und auf der anderen Seite der schräg stehenden Eisplatte hinabschoss. Dabei musste Freda jedes Mal mit ihrem ganzen Körpergewicht bremsen, damit sie nicht die hintersten Hunde überfuhren.

Von Druckkamm zu Druckkamm quälten sie sich so vorwärts. Schließlich ging nichts mehr, und die Hunde ließen sich einfach zu Boden fallen. Eine Weile saßen sie erschöpft nebeneinander auf dem Schlitten.

Der Kobold griff nach der Thermosflasche mit heißer Fischbrühe.

»Vergiss es«, sagte er mit einer Kopfbewegung zu den Hunden.

»Wir *müssen* weiter«, erwiderte Freda matt. »Wir haben schon viel zu viel Zeit verloren.«

»Dann parken wir den Schlitten hier und gehen zu Fuß bis Kap Fortryll«, sagte Jonker zwischen zwei Schlucken.

Freda schaltete ihre Stirnlampe aus.

»Du spinnst wohl!«

Der Kobold öffnete den Mund, um zu antworten, und bekam ein Stück Fisch in den falschen Hals. Hustend spuckte er ein paar Gräten in den Schnee.

»Nein, lieber doch nicht!«, krächzte er mit aufgerissenen Augen. »*Zwickts im Hals wie zwanzig Igel, kriegst du bald gewaltig Prügel!* Das ist ein böses Omen!«

Ärgerlich riss ihm Freda die Thermosflasche aus der Hand.

»Hör endlich mit diesem abergläubischen Zeug auf und denk richtig nach! Wie geht's weiter, wenn wir Mr Livingstone und Serafin befreit haben? Der Entführer wird uns garantiert verfolgen. Und hier sitzen wir total in der Falle!« Sie zeigte auf das unübersichtliche Trümmerfeld aus Eis um sie herum.

Jonker klopfte selbstsicher auf die Schneeaxt in seinem Gürtel.

»Wir werden uns eben etwas zu ihrer Begrüßung einfallen lassen.«

In diesem Moment sah Freda, dass Karnak den Kopf hob. Ein Eisbrocken knackte und der Leithund knurrte leise. Stumm zog Freda Jonker neben sich zu Boden.

Aufmerksam lauschte sie eine Weile, aber der Wind spielte ihr einen Streich und übertönte immer wieder das schwache Geräusch, das mal von links, mal von rechts zu kommen schien. Sie hatte recht gehabt. Zwischen diesen Zacken und Eisblöcken konnte sich wirklich jeder anschleichen und sie würden ihn erst entdecken, wenn er schon direkt vor ihnen stand. Sie gab Jonker ein Zeichen und beide krochen ein Stück vorwärts, bis sie um das Hindernis herumspähen konnten, das ihnen die Sicht versperrte.

»Hier drüben«, flüsterte Jonker plötzlich in Fredas Ohr. Fredas Herz schlug wie verrückt. Hinter einem Eisblock rechts von ihr wurde kurz jemand sichtbar. Er schien sich in einem Halbkreis um sie herumzubewegen.

»Keiner von unseren Bekannten«, zischte Jonker. »Auch kein Julenisse. Eher ein Troll!«

»Wenn er gleich in der Lücke dort auftaucht, sehen wir mehr«, wisperte Freda zurück.

Sekunden später war klar, dass Jonker richtig lag: Ein kurzbeiniger speckbäuchiger Troll quälte sich genau wie sie übers Eis und brabbelte dabei laut vor sich hin. Seine Kleidung bestand aus altmodischen Kniehosen, einer Urgroßvaterweste und völlig ungeeigneten Halbschuhen, auf dem Rücken trug er einen sperrigen Korb. Ungeschickt kroch er auf allen vieren die steilen Eisrampen hinauf und hinunter. Sein Ausflug schien ihm überhaupt keinen Spaß zu machen, denn obwohl sie nichts von dem verstanden, was an Wortfetzen zu ihnen herüberwehte, wirkte er sehr schlecht gelaunt.

»Meinst du, der ist gefährlich?«, fragte Freda leise, während der kleine Wanderer sich Richtung Süden vorwärtswurstelte.

Jonker wiegte den Kopf.

»Bei Trollen weiß man nie!«

»Trotzdem sollten wir mit ihm reden«, beschloss Freda. »Vielleicht hat er Serafin und Mr Livingstone gesehen oder kann uns sonst wie weiterhelfen.«

»Gut, schnappen wir ihn uns!«

Nachdem sie sich bis auf ein paar Meter genähert hatten, rief Freda: »Hallo, du! Warte mal!«

Der Troll sah sich um, schrie auf und versuchte zu fliehen. Dabei rutschte ihm der Korb vom Rücken hinunter. Mehrere schwarzbraune Klumpen fielen heraus. Der Troll blieb stehen, hin- und hergerissen zwischen dem Impuls zu fliehen und dem Wunsch, seinen Besitz zu retten. Schon stürzten sich Jonker und Freda auf ihn und nahmen ihn in die Mitte. Vor Schreck quiekte der Troll wie ein Ferkel. Zwei Rauchwölkchen entwichen pfeifend aus seiner Hose.

»Uääh, was hat der gegessen? Etwa diese ekligen Dinger hier?«, rief Jonker, während er mit einer Hand die verstreuten Klumpen zurück in den Korb sammelte. Er schnupperte daran und prallte entsetzt zurück. »Urrgs!!! Das stinkt wie der schwarze Tod!«

Der Troll wimmerte vor sich hin. Rotz lief aus seiner runzligen Rübennase.

»Na, na, wir wollen dir ja gar nichts tun«, versuchte Freda ihn zu beruhigen. »Wir wollen nur ein bisschen mit dir reden.«

Der Troll war jedoch vor Angst völlig außer sich. Bei den Hunden wurde es noch schlimmer, denn das gesamte Gespann hielt den Neuankömmling für den Abgesandten der Hölle und veranstaltete einen Wahnsinnsradau. Sofort stieß er weitere unangenehme Duftwolken aus.

Freda drückte ihn schnell auf den Schlitten und fesselte ihn sicherheitshalber.

Schon bald stellte sich heraus, dass mit ihrem Gefangenen nichts anzufangen war. Jonker versuchte es in allen bekannten Sprachen, doch der Troll saß nur da, den Kopf auf den Knien, und wiegte sich jammernd hin und her. Je länger sich Jonker bemühte, desto schlimmer wurde das Geheul.

Am Ende zuckte Jonker mit den Schultern.

»Zwecklos«, sagte er. »Wir vergeuden nur unsere Zeit mit diesem Stumpfkopf.«

Der Troll sprang auf die Füße.

»Stúfur?«, sagte er und klopfte sich mit den zusammengebundenen Händen auf die Brust. »Stúfur!«

Freda und Jonker sahen sich an.

»Scheint so, als hätte er doch irgendwas kapiert«, sagte Freda.

Jonker tippte sich an die Stirn.

»Stúfur – was soll das denn sein? Wer weiß, aus welcher ranzigen Höhle der hervorgekrochen ist! Guck ihn dir doch an!«

Ihr Gefangener hopste mit einem glücklichen Grinsen auf seinem hässlichen Gesicht, soweit es seine Fesseln zuließen, vor ihnen herum.

»Stúfur, Stúfur!«, rief er dabei immer wieder.

Langsam ahnte Freda etwas.

»Ich glaube, das ist sein Name.« Sie tippte sich selbst auf die Brust. »Freda!« Dann deutete sie fragend auf ihr Gegenüber: »Stúfur?«

Der Troll nickte heftig und hüpfte nun wie ein Flummi um Freda herum. Leider hatte das eine neue Ladung seiner mörderischen Pupse zur Folge.

»Ist ja gut, ist ja gut!«, rief Freda mit zugehaltener Nase und wehrte den zudringlichen Kleinen ab. »Wir haben's begriffen!«

Endlich war doch eine Verständigung möglich. Jonker erinnerte sich plötzlich an eine uralte, kaum noch benutzte Koboldsprache, und Stúfur antwortete ihm darin. Jonker fehlten jede Menge Worte und umgekehrt verstand er nicht alles, was der Troll erwiderte. Es dauerte deshalb ziemlich lange, bis sie ein paar dürre Fakten zusammenhatten: Stúfur stammte von einer *Feuerinsel,* wo er *bei halbem Mondlicht* mit *starken Kerlen* zum Nordpol aufgebrochen war. Es hatte einen furchtbaren Sturm gegeben, dabei verlor Stúfur seine Mütze und wurde von den anderen getrennt. Seitdem irrte er umher und war währenddessen weder Weihnachtsmann, Engel noch Tier begegnet.

»Hm«, sagte Freda enttäuscht. »Nicht besonders hilfreich. Welche Insel meint er?«

»Wahrscheinlich Island«, sagte Jonker. »Ist die einzige Insel in der Nähe, wo es Vulkane gibt – und, soweit ich weiß, jede Menge Trolle. Den Rest seiner Geschichte begreife ich nicht. Wer sind die starken Kerle?«

Freda schlug frierend die Hände zusammen.

»Ist doch egal. Der kleine Stinker kann uns jedenfalls nichts Neues berichten. Ab mit ihm!«

Aber nachdem Stúfur endlich jemanden gefunden hatte, der ihn verstand, wollte er diesen Retter keinesfalls wieder verlassen. Obwohl Jonker ihn losband und aufforderte zu gehen, plumpste der Troll wie ein Sack zu Boden. Irgendwie tat er Freda leid.

»Vielleicht ist er zu erschöpft«, murmelte sie. »Egal, wir müssen weiter, wie es aussieht, wirklich zu Fuß. Lass ihn meinetwegen hier beim Schlitten. Unsere Sachen wird er schon nicht klauen, solange die Hunde ihn bewachen.«

Da hatte sie nicht mit der typischen Trollsturheit gerechnet. Sobald Stúfur sah, dass Freda aufbrechen wollte, hängte er sich wie eine Klette an sie.

»Stúfur geht mit, Stúfur geht mit!«, heulte er und stülpte die dicke Unterlippe vor.

Jetzt reichte es Freda. Sie stemmte die Arme in die Seiten.

»Hör auf! Oder wir lassen die Hunde auf dich los«, sagte sie streng.

Der Troll lauschte mit verängstigter Miene Jonkers stockender Übersetzung. Plötzlich umklammerte er mit beiden Händen Fredas Stiefel, wobei er rasend schnell etwas murmelte und dreimal mit der Stirn das Eis berührte.

»Was sagt er?«, fragte Freda unbehaglich.

»Er macht alles, was du willst«, übersetzte Jonker kopfschüttelnd. »Das war ein Treueschwur. Er hält dich für eine Art Obertroll.«

»Meinetwegen. Hauptsache, er ist still«, sagte Freda entnervt. »Gib ihm etwas zu essen.«

Stúfur hatte allerdings einen ganz eigenen Geschmack. Den Fisch schleuderte er über die Schulter, wo sich der nächste Hund daraufstürzte. Stattdessen stopfte er einen der schwarzen Klumpen aus dem Korb in seinen breiten Mund und verdrückte ihn laut schmatzend. Anschließend rülpste und pupste er gewaltig. Es stank fürchterlich.

»Du hattest recht. Deshalb produziert er solche Abgase«, sagte Freda erstaunt. »Ich möchte echt gern wissen, von welchem Tier das Fleisch stammt.«

Jonker schaute wachsam zu dem kleinen Troll hinüber. Er hatte sich in großem Abstand von den Hunden auf einem Eisblock niedergelassen und pulte mit den Fingern Reste aus den schiefen Zähnen.

»Na, ich weiß nicht …«, murmelte Jonker. »Hoffentlich haben wir uns mit ihm nicht noch mehr Schwierigkeiten aufgehalst.«

Er sah zum Himmel auf. »Beeilung, der Mond geht bald unter.«

Freda warf sich den fertig gepackten Rucksack über die Schulter und brachte eine Portion Futter zu True hinüber. Sie kam sich wie eine Verräterin vor, weil sie die kranke Hündin so hilflos zurückließ. Vorsichtig prüfte sie, ob sie genug Leinenfreiheit hatte, um sich zu bewegen.

»Keine Angst, wir kommen so schnell es geht zurück«, sagte sie.

True winselte leise, dann machte sie sich über den Fisch her.

Mit schwerem Herzen wandte Freda sich ab und begann, sich einen Weg durch den eisigen Irrgarten zu suchen. Jonker rief Stúfur noch einmal drohend zu, ja die Finger vom Schlitten zu lassen. Sofort brach der Troll in sein nerviges Gejammer aus, aber wenigstens folgte er ihnen diesmal nicht.

»Hoffentlich schafft er es ohne uns!«, rief Freda gegen den aufbrisenden Wind.

Jonker lachte nur grimmig.

»Trolle frieren nicht«, sagte er. »Denk lieber an Serafin und Mr Livingstone. Was wir jetzt wirklich gut gebrauchen könnten, ist ein mittelgroßes Weihnachtswunder!«

Eine Stunde später wusste Freda, dass ihre Entscheidung richtig gewesen war. Ohne den Schlitten hatten sie das Feld aus Riesenschollen viel schneller durchqueren können und nach einem Kilometer tauchte endlich die flache Felsnase von Kap Fortryll vor ihnen auf. Sofort schaltete Freda die Stirnlampe aus und duckte sich hinter einen Eisbuckel.

Der letzte Fetzen einer Wolkenbank zog am Mond vorüber. Blendend weißes Licht fiel auf die Küste. Freda hielt die Luft an: Dort drüben auf dem Ufer, neben einem großen kugelförmigen Eishaufen, bewegte sich tatsächlich etwas! Sie hörte Stimmen und sah Fackeln leuchten, dann flammte ein Feuer auf. Waren sie das etwa, die unheimlichen Entführer?

Fredas Puls beschleunigte noch etwas mehr, während sie nach dem Fernglas griff. Nachdem sie hindurchgesehen hatte, gab es keinen Zweifel mehr.

»Das sind alles Julenisse. Sie haben sich rund um ein Iglu ein Lager gebaut«, sagte sie verblüfft.

Jonkers Kopf schoss nach oben.

»Waaas? Die kleinen Nervensägen?!«, fragte er.

Freda schwenkte das Fernglas nach rechts und entdeckte neben dem Iglu einen Schlitten mit sechs Rentieren, die an einem Haufen

Heu fraßen. Zwei orientalisch gekleidete Weihnachtsmänner mit kostbaren, glänzenden Gefäßen saßen darin – und ein kleiner Engel. Verschnürt wie ein Rollbraten, aber lebend.

»Da ist Serafin!«, rief Freda glücklich.

»Nicht so laut!« Jonker riss ihr das Fernglas aus den Händen. »Sie scheint unverletzt zu sein.« Seine Erleichterung war deutlich hörbar.

»Aha, die Heiligen Könige Melchior und Balthasar hats auch erwischt«, fügte er hinzu. »Der kanadische Delegierte sollte sie zur Krisensitzung bringen, sie sind hier oben in der Kälte nicht gern unterwegs. Wahrscheinlich sieht der alte Balthasar deshalb so aus, als ob er gleich einen Herzanfall bekommt.«

Jonker stellte das Fernglas schärfer und knurrte: »Es kann aber auch daran liegen, dass Melchior wieder zu viel Stylinggel benutzt hat. Da klebt mindestens eine Tube in seinem Bart. Garantiert hat er sich verspätet, weil er zu lange im Barbershop war. Auf jeden Fall ist er den Julenisse schön blöd in die Arme gelaufen.«

»Den kanadischen Delegierten haben sie aber nicht geschnappt«, sagte Freda.

Jonker setzte das Fernglas ab.

»Nein, da hängen nur noch seine Hockeystiefel am Schlittenbock. Apfel, Nuss und Mandelkern! Wollen die Julenisse etwa die ganze Christmas Company verschleppen? Die sind ja total verrückt geworden. Ich hab noch nie so viele gesehen, es sind über zweihundert.«

Freda zuckte erschrocken zusammen. Dumpfes Gebrüll, Schellenläuten und metallisches Rasseln schallte über den Safran Sund.

Dunkle unförmige Gestalten bogen um die Felsnase des Kaps und bewegten sich langsam über den vereisten Strand zum Iglu.

Sofort hob Jonker wieder das Fernglas.

»Noch mehr Wintergeister«, murmelte er.

»Die weißen fellbedeckten Unholde mit den langen Pferdeschwänzen und vier Hörnern sind Perchten, und die schwarzen Riesen mit den Wolfsgebissen, denen die Zunge so heraushängt, nennt man Krampusse. Der kleine Runzlige vorn, der aussieht wie ein schwarzes vertrocknetes Zwetschgenmännlein, könnte der Schweizer Schmutzli sein. Die anderen kenne ich nicht. Wer sind die ganz hinten ohne Gesicht, die nur aus Tannenzweigen bestehen? Hier – guck selbst.«

Freda nahm ihm das Fernglas ab und sah hindurch. Beim Anblick all der schaurigen Gestalten sank ihr Mut. Wie sollten sie bei dieser Überzahl die Gefangenen befreien? Und wo war der Kater? Langsam schwenkte sie das Fernglas ein Stück weiter.

»Ich glaube, Mr Livingstone sitzt im Iglu«, sagte sie aufgeregt. »Vor dem Eingangstunnel stehen rechts und links Julenisse als Wächter. Sie haben Harpunen in der Hand.«

Der lärmende Zug der Wintergeister hatte den Sammelplatz am Feuer erreicht und verteilte sich darum. Langsam kehrte Ruhe ein. Nur hin und wieder stand einer der Unholde auf und spähte über den Sund, so als erwarte er jemanden.

Jonker zupfte Freda am Arm.

»Los jetzt. Wir sollten es versuchen, ehe noch mehr kommen.«

Mit weichen Knien stand Freda auf und rannte geduckt zum Ufer. Sie schafften es fast bis zum Iglu, doch plötzlich brachen zwei Julenisse zu einem Patrouillengang rund um das Lager auf.

Blitzschnell gingen Freda und Jonker hinter einem flachen Schneekamm in Deckung und pressten sich auf den Boden. Das Geräusch von knirschenden Schritten kam immer näher. Freda schloss die Augen. Jetzt, dachte sie, jetzt gleich würde sie die Hand im Nacken spüren …

Doch kurz vor ihrem Versteck bogen die Julenisse Richtung Sund ab, ihre fröhlich plappernden Stimmen entfernten sich.

»Sind sie weg?«, flüsterte Freda, das Gesicht immer noch auf dem Eis.

Der Kobold richtete sich vorsichtig auf, lugte hinter der Schneewehe hervor und zum Schlitten hinüber.

»Ja, der Weg ist frei!«, zischte er. Ein eisiger Hagelschauer prasselte aus den Wolken auf sie herab. Aus dem Iglu polterte es dumpf. Erschrocken sprang Jonker zurück.

»Zu früh gefreut«, sagte er mit völlig veränderter Stimme. »Der hat uns gerade noch gefehlt!«

14

Freda spähte hinter dem Schneekamm hervor. Nur zehn Meter von ihnen entfernt kroch ein zottiger schwarzer Wintergeist mit spitzen, spiralig gedrehten Hörnern aus dem Eingangstunnel des Iglus. Einen Moment drehte er ihr sein ledriges haarloses Gesicht mit der bis auf die Brust herabhängenden roten Zunge zu und witterte in die Luft. Weißer Dampf quoll aus seinem Rachen, der als glitzernder Reif zu Boden fiel. Endlich wandte er sich ab und stampfte steifbeinig zu der Gruppe am Feuer, die ihm fast fluchtartig Platz machte. Sogar die Rentiere vor dem Schlitten hörten auf zu fressen und drängten sich aneinander.

Jonker zerrte seine Eisaxt aus dem Gürtel.

»Das ist Noricus, der Anführer aller Krampusse«, wisperte er. »Und wenn Mr Livingstone wirklich da im Iglu steckt ...«

Fredas Kehle schnürte sich zusammen. Ängstlich warf sie einen Blick zum Feuer hinüber und entdeckte, dass der riesige Krampus mit ein paar Julenissen zurückkam.

»Achtung!«, flüsterte sie und drückte Jonker zu Boden. Eine

Wolke verdeckte den Mond – gerade noch rechtzeitig. Schwere Tritte stapften an ihnen vorbei, gleich darauf hörte man eine jammernde Stimme, einen kurzen Schrei, dann Stille.

Freda wagte einen schnellen Blick und sah Melchior und Balthasar ins Iglu kriechen. Auch die harpunentragenden Wächter vor dem Tunnel waren verschwunden. Nur noch Serafin saß vornübergebeugt auf dem Schlitten, sie schien zu schlafen.

»Was haben die vor?«, flüsterte Jonker beunruhigt.

Freda streifte vorsichtig ihren Rucksack ab.

»Irgendetwas Scheußliches. Wir müssen sie da rausholen!«, flüsterte sie. In diesem Augenblick begann das Iglu von innen heraus zu leuchten. Die Kuppel erstrahlte in unheimlichem bläulichem Licht, unterteilt von den helleren Kanten der unregelmäßigen Meereisquader, aus denen es zusammengebaut war.

Entschlossen stopfte Freda Fernglas und Stirnlampe in den Rucksack.

»Ich hoffe, Serafin kann wieder fliegen«, murmelte sie.

Jonker beobachtete sie überrascht.

»Wahrscheinlich hat sie ein bisschen Schlagseite, weil ihr ein paar Schwungfedern fehlen. Warum?«

»In der Luft können sie sie doch nicht verfolgen, oder?«

»Nein«, sagte Jonker, schon etwas neugieriger. Gespannt lauschte er, was Freda ihm ins Ohr flüsterte.

Flach auf den Boden gepresst robbten sie kurz danach von hinten an den Schlitten heran. Die große Gruppe der Wintergeister am Lagerplatz wandten ihnen den Rücken zu. Sie schienen bester Laune zu sein, brummten und rasselten mit ihren Ketten. Auch die kleinen Julenisse tanzten ausgelassen um ihr Feuer, zogen sich ge-

genseitig an den Bärten und lachten. Keiner bemerkte, wie Freda neben dem Engel auftauchte und ihm von hinten die Hand über den Mund legte.

»Ich bins«, zischte sie, während Jonker schon an den Fesseln herumsäbelte. »Kannst du fliegen?«

Serafins Kopf bewegte sich leicht auf und ab.

»Gut. Unser Schlitten mit den Hunden steht etwa drei Kilometer nordöstlich von hier auf der anderen Sundseite, in einem Trümmerfeld aus großen Eisschollen. Wir holen Mr Livingstone und treffen uns dort.«

Das Engelchen wollte etwas sagen, doch Fredas Griff über dem Mund erstickte jeden Laut.

»Hör zu: Du musst sie von uns ablenken«, befahl sie. »Lock sie irgendwie vom Lager weg!«

Jonker hatte den letzten Strick durchtrennt. Freda ließ Serafin los und gab ihr einen Schubs. Entsetzt sah sie, wie der kleine Engel vornüber in den Schnee sackte.

»Nein, werd jetzt bitte nicht ohnmächtig!«, stammelte sie.

»*Stupido*«, hauchte Serafin zurück. »Meine Beine sind taub, von den Fesseln.«

Fast hätte Freda gelacht über diese typische Antwort.

»Beeilt euch!«, drängte Jonker, der die Gruppe am Feuer nicht aus den Augen ließ. Die nächsten Minuten vergingen in Zeitlupe. Freda rieb Serafins Beine und das Engelchen sprudelte wie ein Wasserfall geflüsterte Informationen hervor.

»Ihr müsst Mr Livingstone finden, ich hab ihn seit gestern nicht mehr gesehen, die Julenisse haben einen Gürtel geklaut, und hütet euch vor Noricus, er hat uns …«

An dieser Stelle gelang es ihr endlich, die Flügel auszubreiten, und Freda warf sie einfach in die Luft. Wie ein Maikäfer taumelte sie unsicher davon.

»Was für einen Gürtel meint sie?«, flüsterte Freda.

»Den Wunschgürtel. Jeder Weihnachtsmann in der Christmas Company trägt so einen, nur der alte Balthasar nicht mehr. Erklär ich dir später. – Wir müssen die Rentiere losbinden. Ich nehm die vorderen, geh du nach hinten.«

Leise krochen sie zwischen den Tieren hindurch und lösten die Stricke, mit denen sie an den Vorderbeinen gefesselt waren. Freda fühlte sich unwohl, so eingezwängt von den massigen Körpern. Zögernd umfasste sie einen der Hufe.

»Was denn, schon wieder ein Sondereinsatz?«, blökte das Rentier. Dabei blies es seinen nach Heu riechenden Atem in Fredas Gesicht.

»Schschsch!«, machte sie. »Wir wollen euch helfen.«

»Das sagen sie alle«, grunzte das Rentier.

Sein Nachbar schüttelte sein Geweih. »Genau. Nicht mal in Ruhe fressen kann man«, beschwerte er sich.

Wütend packte Jonker das Tier am Halfter.

»Sobald Melchior und Balthasar auf dem Schlitten sitzen, bringt ihr sie so schnell ihr könnt zur Christmas Company, verstanden?!«

Erschrocken glotzten die Rentiere den Kobold an, ehe sie unwillig nickten.

»Dämliche Wiederkäuer!«, murmelte Jonker.

Sie brauchten nicht lange zu warten, bis Serafin ihren Plan in die Tat umsetzte. Mitten in eine Pause der feiernden Wintergeister hinein hörte man eine helle Stimme klar und deutlich singen: *»Jingle bell, jingle bell, jingle all the way …«*

Ein Blitz hätte nicht stärker einschlagen können, als dieses harmlose Lied.

»Der Engel … der Weihnachtsengel ist entwischt!«

Die Wintergeister schwärmten in alle Richtungen. Freda hörte die Julenisse schrill nach Fackeln und Waffen rufen, jemand blies dumpfe Signale in ein Horn und die seltsamen Perchten trampelten brüllend übers Eis, dass ihre Schellen und Glocken bimmelten und klirrten. Die Rentiere vor dem Schlitten wären beinahe zu früh losgestürmt, denn mitten in dem Tumult ertönte ein langgezogenes unheimliches Wolfsgeheul: Noricus und seine schwarzen Krampusse hatten Serafins Spur aufgenommen. Auch der Rest des Heers folgte ihm hinaus auf den Sund.

Immer weiter ins Dunkle entfernte sich der wilde Haufen. Freda ließ mit einem Seufzer das Rentierhalfter los, das sie die ganze Zeit fest umklammert gehalten hatte.

»Hoffentlich schafft Serafin es, sie abzuhängen«, sagte sie erleichtert. »Lass uns Mr Livingstone und die beiden Könige rausholen und dann nichts wie weg hier!«

Sie lief zum Iglu hinüber. In diesem Augenblick erschien der Kopf eines Julenisse im Tunnelloch. Geistesgegenwärtig ergriff Freda eine der im Schnee steckenden Harpunen und hielt sie ihm unter die Nase. »Kein Wort, sonst …!«

Jonker packte den Kobold am Bart und führte ihn wie eine störrische Ziege zur Seite, wo er ihn mit Serafins übrig gebliebenen Stricken fesselte. Kaum war er zurückgekehrt, erschien der nächste Julenisse am Tunnelausgang. Es klappte wie am Schnürchen. Nacheinander überwältigten sie auf diese Weise die sechs Wächter, die im Iglu zurückgeblieben waren, schnürten sie zu einem Bündel zusammen und deponierten es hinter dem Schlitten. Als der siebte Kopf aus dem Tunnel gestreckt wurde und Freda schon mechanisch die Harpune hob, fiel Jonker ihr in den Arm.

»Halt, das ist Melchior!«

Der Jüngere der beiden Heiligen Könige sah etwas ramponiert aus. Sein goldener Kaftan war zerknittert und auch sein Haar- und Bartstyling hatten in dem engen Tunnel gelitten. Sofort fing er an, darüber zu klagen.

Jonker fuhr ihm rücksichtslos über den Mund.

»Ach, halt die Klappe, Melchior! Sitzt da rum und guckst zu, wie Serafin die Hände und Füße abfallen und das schwarze Monster sie fast auffrisst! Am liebsten würde ich ...«

Keiner hörte, was Jonker am liebsten getan hätte, denn jetzt kroch achzend der alte Balthasar aus dem Iglu hervor. Freda reichte ihm die Hand und half ihm aufzustehen.

»Danke, sehr freundlich, kleiner Kobold«, sagte Balthasar und rückte seine prächtige juwelengeschmückte Krone zurecht. »Geht es jetzt weiter? Wo sind wir hier eigentlich?« Kurzsichtig sah er sich um.

»Ich glaube, wir haben die Abzweigung nach Bethlehem verpasst«, sagte er verwundert. »Ach nein, da wollten wir ja gar nicht hin. Wir wollten ... wir wollten ... – Melchior, wo wollten wir cigentlich hin?«

Unglücklich sah Balthasar zu Jonker hinüber und deutete mit dem Finger auf ihn.

»Richtig, zur Christmas Company, das wars. Du bist doch von dort. Ist der Kater auch hier?«

»Ist Mr Livingstone denn nicht im Iglu?«, stieß Freda erschrocken hervor.

Der alte weißhaarige König sah sie zweifelnd an.

»Wer bist du nun wieder?«, jammerte er. »Nein, der Kater ist nicht in diesem Dings hier, diesem Schneehaus. Ich weiß überhaupt nicht, was dies alles bedeutet, und ich möchte jetzt gehen. Wo ist mein Weihrauchtopf und das Myrrhekästchen? Ah, da auf den Schlitten haben sie es geworfen, unglaublich. Diese Leute hier waren sehr unhöflich, nicht einmal eine Erfrischung haben sie uns angeboten und es war nicht geheizt …«

Seine Stimme verlor sich in Gemurmel. Langsam tappte er an Fredas Arm zum Schlitten hinüber.

Jonker packte Melchior grob am Kaftanzipfel.

»Stimmt das, war Mr Livingstone wirklich nicht bei euch?«, fragte er wütend.

»Nein, und ich kann nichts dafür!«, verteidigte sich Melchior. »Die Julenisse haben uns kurz vor Spitzbergen aufgelauert. Nur der kanadische Delegierte konnte fliehen. Wer sind all diese ungepflegten Herren mit den Hörnern und den Glocken?«

»Das sind über zweihundert Perchten und Krampusse aus den Alpen und noch ein paar andere komische Wintergeister, die ich noch nie im Leben gesehen habe, und wenn du noch länger quasselst, landen wir in deren Mägen!«, schnaubte Jonker. Er zeigte streng auf Melchiors rutschende Hose unter dem Kaftan.

»Wo ist dein Wunschgürtel?«

Der junge König zog den Kopf ein.

»Haben sie mir weggenommen …«

»Jonker, da!« Freda deutete auf mehrere helle Punkte auf dem Sund. »Sie kommen zurück!«

Der Kobold schubste Melchior zum Schlittenbock.

»Rauf mit dir! Sag dem Chef, hier ist eine gewaltige Verschwörung im Gange, wir brauchen dringend Verstärkung. Und lass dich ja nicht wieder schnappen!«

Freda, die dem frierenden Balthasar eine Decke über die Knie gelegt hatte, sprang in den Schnee hinunter. Unsicher ordnete Melchior die Zügel.

»Wenn es wenigstens Kamele wären …«, murmelte er ängstlich.

»Ho, ho, ho, zeigt, was ihr könnt, ihr lahmen Schnecken!«, schrie Jonker und warf ihm die Peitsche zu.

Die sechs Rentiere protestierten, stemmten aber ihre Hufe in den Schnee. Knirschend bewegte sich das schwere Fahrzeug über das kiesbesprenkelte Eis. Viel zu langsam, schon konnte man die Fackeln erkennen, hörte Fluchen, Geschrei, Glockengeläut.

»Schneller, schneller!«, schrien Freda und Jonker, während sie mit aller Kraft hinten anschoben. Endlich nahm der Schlitten Fahrt auf, gerade als der wilde Haufen fast das Ufer erreicht hatte. Durch eine Wolkenlücke brach der Mond wie ein Scheinwerfer und beleuchtete die Flüchtenden wie auf einer Bühne. Der alte Balthasar, dessen langer weißer Bart im Fahrtwind flatterte, umklammerte mit beiden Händen seine Krone, während Melchior die Rentiere anfeuerte. Ein kurzer Moment des Zögerns unter den Verfolgern, dann schoss ein riesenhafter schwarzer Körper an die Spitze, griff mit den Pranken nach den Hufen der hintersten Rentiere, die erschreckt bremsten. Einigen Julenisse gelang es, auf die Kufen zu springen.

»Nein!«, schrie Freda aus voller Kehle und ballte die Fäuste. Melchior knallte mit der Peitsche, der Schlitten hob ab und die sechs Rentiere galoppierten einfach in den Himmel hinein. Wie Steine purzelten die Julenisse hinunter aufs Eis, mitten zwischen die übrigen Verfolger. Noricus schickte ein letztes, wütendes Geheul hinterher, doch seine Beute hatte Kap Fortryll schon weit zurückgelassen.

»Das war knapp!« Freda sah sich um. »Was jetzt?«

Jonker warf einen Blick auf das wilde Heer, das umgedreht hatte und sich zügig aufs Iglu zubewegte.

»Hinter den Eisblock da!«

Aber ihre Glückssträhne war beendet. Fast sofort entdeckten ein paar Julenisse ihre sechs gefesselten Kumpanen und Sekunden später ihr Versteck.

»Hier drüben sind sie!«, kreischte einer der kleinen Rotmützen aufgeregt, die Fackel hoch über dem Kopf. »Alle zu mir!«

Jonker gab ihm einen Stoß vor die Brust, dass er rückwärts in den Schnee fiel, und rannte davon. Freda stürmte ihm nach. Schon nach wenigen Schritten stolperte sie und stürzte.

Jonker warf einen Blick über die Schulter. »Weiter!«

Freda schaffte es nicht mehr, sich aufzurichten. Rot glühende pupillenlose Augen stierten auf sie herunter, Nebel hüllte sie ein. Todeskälte lähmte ihre Arme und Beine, in Sekunden wuchs eine dünne Eiskristallschicht um ihren Körper. Knurrend riss Noricus sie auf die Füße und schleifte sie wie ein erbeutetes Wild zum Iglu hinüber.

Auch Jonker kam nicht weit. Das gesamte Heer der Julenisse schnitt ihm den Weg ab. Er versuchte sie einfach umzurennen, sich mit Gewalt eine Bresche durch die Mauer der kleinen Zwerge zu schlagen, es waren jedoch zu viele. Wie Ratten klammerten sie sich an seine Hosenbeine, hängten sich an den Rücken, bissen und zwickten ihn, bis Jonker schließlich unter der Last zu Boden ging. Mit lautem Jubelgeschrei schleppten sie ihn ebenfalls zum Iglu und schubsten ihn neben Freda.

»Schau an, wen wir da haben«, begrüßte sie dort ein alter Julenisse. Sein weißer Kinnbart war zu einem dicken Zopf geflochten und er trug einen auffälligen breiten Gürtel über dem roten Kittel. »Was für ein nettes Wiedersehen! Wenn das nicht Jonker, die rechte Hand vom alten Weihnachtsmann ist! Da wird Grýla wohl auch ein schönes Vermögen für zahlen.«

Jonker hatte seine Gegenwehr aufgegeben und spuckte in den Schnee.

»Hygge Svalbart«, sagte er verächtlich. »Hätte ich mir denken können, dass du bei so einer Schweinerei mitmachst. Leg den Gürtel ab, er steht dir nicht.«

»Was für eine Schweinerei?«, tat Hygge entrüstet und schaute selbstgefällig in die Runde. »Wir sorgen nur endlich für Ordnung, nicht wahr? Und den Gürtel geb ich nicht mehr her, hab mich richtig in ihn verliebt.« Er grinste zufrieden.

Lautes Gelächter und zustimmende Rufe antworteten ihm.

»Hygge Svalbart hat recht.« – »Jetzt ist Schluss mit der Christmas Company! Der Alte muss endlich begreifen, dass wir die wahren Weihnachtsmänner sind!« – »Ja, dann glauben die Menschen wieder, dass es uns gibt.«

Die weißen Perchten im Hintergrund brummten und fletschten die Zähne und die Krampusse schleuderten ihre schweren Ketten pfeifend durch die Luft. Eines der seltsamen gesichtslosen Tannenwesen raschelte mit den Nadeln.

Freda spürte, dass die Eisschicht um ihre Kleidung immer dichter wurde. Mühsam schielte sie durch die Sehschlitze der Sturmhaube zu Jonker, der leichenblass neben ihr stand.

In diesem Moment sog der Anführer der schwarzen Krampusse schnüffelnd die Luft durch die Nase und rückte auf sie zu. Das Eis knackte unter seinen Tritten, nur einen Meter vor Freda blieb er stehen. Irgendetwas schien ihn an diesem Kobold zu beunruhigen. Als er wieder schnüffelte und dabei seine lange gefurchte Zunge in einer gierigen Geste hin und her schwenkte, hätte Freda sich fast in die Hosen gemacht.

»Was ist, Noricus?«, fragte Hygge Svalbart. Ihm schien selbst nicht mehr ganz wohl in der Haut zu sein.

Noricus hob die gewaltige Pranke und schlug gegen Fredas Parka, dass die Eishülle in Stücke brach und sie vor ihm auf den Rücken fiel.

»Ein *Kind*!«, knurrte er.

Fredas Herz begann zu rasen. Die Fackeln knisterten im böigen Wind, ihr rotes Licht ließ die gespenstischen Fratzen in der Runde noch unheimlicher erscheinen.

Hygge beugte sich zu Freda hinunter und machte einen tiefen Atemzug.

»Ich finde, der riecht nur nach Troll«, widersprach er.

Freda schickte ein Stoßdankgebet an Stúfur.

Die Gefahr war noch nicht vorüber.

»Du gehörst doch zur Christmas Company?«, fragte Hygge sie noch einmal misstrauisch.

Freda richtete sich langsam auf.

»Ja, natürlich«, krächzte sie mit brüchiger Stimme. »Ich bin … Weihnachtskobold im ersten Ausbildungsjahr. Geschenkelager Halle 3/b, Abteilung Sportartikel.«

Hoffentlich klang das überzeugend genug.

Der Anführer der Julenisse betrachtete Freda mit zusammengekniffenen Augen. Mit einer raschen Bewegung zog er ihr die Mütze samt Sturmhaube vom Kopf. Ein Raunen ging durch die Menge.

»Na also, spitze Ohren«, sagte Hygge halb enttäuscht, halb ärgerlich und gab ihr die Sachen zurück.

»Ein ganz normaler Kobold, nur in diesen scheußlichen modernen Kleidern der Christmas Company. Dein Magen hat dir einen Streich gespielt, Noricus.«

Der Krampus entblößte sein Raubtiergebiss.

»Gib ihn mir!«, forderte er.

Hygge wich ein Stück zurück.

»Nein, den bekommst du nicht«, erwiderte er schnell.

»Du … du darfst dir später etwas wünschen.« Er sah auf seinen Gürtel.

Das hätte er lieber lassen sollen.

»Ich auch, ich auch!«, riefen ein paar Wintergeister von hinten. Das fanden die Julenisse ungerecht.

»Nein, wir zuerst!«, kreischten sie empört und drängelten nach vorn. Zwei knochige weiße Perchten mit vier Ziegenhörnern auf der Stirn fegten die vorwitzigen Schreihälse mit Schweifschlägen von den Füßen. Sofort wurden sie von einer weiteren Gruppe Julenisse umklammert und in die Nase gebissen. Weitere weiße Perchten gingen dazwischen und stießen die Julenisse mit den Hörnern zur Seite.

Auch die Wachen neben Freda mischten sich in den Streit ein. Freda nutzte die Gelegenheit, um aufzustehen und die letzten Eiskrusten abzuschütteln. Unendlich langsam streifte sie Sturmhaube und Mütze über.

Hygge Svalbart wuchs währenddessen die Sache zusehends über den Kopf.

»Hört auf! Hört auf! Ihr dürft euch alle etwas von Grýla wünschen, wenn wir die zwei hier mit dem Kater abgeliefert haben …« Seine Worte gingen unter in dem Radau.

»Du hast kein Recht, irgendetwas zu versprechen. Und schon gar nicht, den Gürtel zu tragen!«, schrie Jonker gegen den Lärm. »Nur Weihnachtsmänner dürfen ihn benutzen! Das wird dir noch alles schrecklich leidtun, du größenwahnsinniger Zwerg!«

Hygge Svalbarts runzliges Gesicht mit den freundlichen Apfelbäckchen lief rot an.

»Und das wird *dir* noch leidtun!«, stieß er erbittert hervor und gab seinen Wachen einen Wink. Zwanzig kleine Hände packten Freda an ihrem Parka und zerrten sie vor das dunkle Tunnelloch.

»Rein da!«, befahl Hygge.

Freda zögerte eine Sekunde zu lang. Ein fieser gezielter Tritt von hinten beförderte sie ins Ungewisse.

15

Freda robbte durch den engen Schneekanal. Die Luft war überraschend stickig, doch nach wenigen Metern machte der Gang einen Knick und erweiterte sich zur Haupthöhle.

Erstaunt hielt Freda an. Vor ihr lag ein richtiges Wohnzimmer. Der Boden war mit einem Teppich aus übereinandergelegten Fellen bedeckt. Rechts von ihr, auf einem etwas erhöhten rechteckigen Podest aus fest gestampftem Schnee, befand sich ein ebenfalls dick mit Fellen gepolsterter Schlafplatz. Gegenüber blakte auf einem Regal aus Treibholz eine Steinlampe, die nach Tran roch und tanzende Schatten an die weißen Wände warf. An einem Gestell aus Rentiergeweihen hingen verschiedene Waffen, darunter lagen eine große flache mit Tierhaut bespannte Trommel, mehrere Schneemesser für den Iglubau, Kleidungsstücke und noch einige andere seltsame Dinge. Nirgends war eine Spur vom Kater zu sehen.

Hinter Freda drängte jetzt Jonker nach, vorangetrieben von Hygge Svalbart und seinen Wachen.

»Hinsetzen!«, befahl Hygge streng. Seine Begleiter stießen die beiden zu Boden.

»Wo ist Mr Livingstone?«, rief Freda.

»Dem haben wir das Fell abgezogen«, entgegnete Hygge. Er griff nach unten und wedelte mit etwas vor Fredas Nase herum. Im schwachen Licht konnte Freda nicht viel erkennen. Trotzdem begriff sie, dass es sich nur um eine alte abgeschabte Robbenhaut handelte.

Hygges Begleiter brachen in meckerndes Gelächter aus. Das Fell landete in Fredas Gesicht und die drei verschwanden im Tunnel.

Sofort sprang Freda wieder auf und warf einen Blick in die Runde.

»Merkwürdige Einrichtung«, murmelte sie, während sie auf das Podest kroch.

»Komm lieber runter da!«, sagte Jonker nervös. »Wenn das Hygge sieht …«

Eilig untersuchte Freda die überall verteilten Gegenstände.

»Was ist das für ein komisches Zeug … ein Köcher mit Pfeilen, ein Messer … hier hat jemand etwas geschnitzt.« Sie hob vorsichtig einen elfenbeinfarbenen Knochen in die Höhe. »Ist das ein Tupilaq?«

»Weiß ich nicht. Leg das weg!«, zeterte der Kobold aufgeregt. Freda ließ den Knochen fallen und wühlte in den übereinandergestapelten Fellen herum.

»Oh, super, hier sind Handschuhe. Passen mir aber leider nicht. Was ist das …? NEIN!«

Jonker schoss in die Höhe, dass sein Kopf an das Igludach knallte.

»Bei Thor und seinem Hammer …«

Der Fluch blieb ihm im Hals stecken. Freda hatte eines der an der Wand liegenden, locker zusammengerollten Felle zu sich herangezogen. Dabei öffnete sich das Bündel und gab den Blick auf den Inhalt preis. Vor ihnen lag im Funzellicht der Tranlampe – Mr Livingstone.

Seine Augen waren geschlossen, die Pfoten wie im Sprung leicht gekrümmt. Still lag er auf der Seite.

»Er … ist tot!«, sagte Freda. Das schreckliche Bild vor ihren Augen verschwamm.

Der Kobold trat neben sie, beugte sich über Mr Livingstones Körper und legte ein Ohr auf seine Brust. Schließlich richtete er sich wieder auf.

»Wir müssen ihn wegbringen.«

Freda reagierte nicht.

Das kann nicht sein, das *kann* einfach nicht sein, sagte eine fremde Stimme immer wieder in ihrem Kopf, aber da lag der Kater ja vor ihr, leblos und stumm.

Zaghaft strich sie über das weiche schwarze Fell. Plötzlich tauchten andere Bilder vor ihren Augen auf: Papa, der an einem ungemütlichen Novemberabend klatschnass geregnet mit dem Kater auf dem Arm vor der Tür stand. Der fette Kratzer, den der Tierarzt beim Impfen kassierte. Sie beide auf dem Sofa beim Fernsehen, eine Tüte Popcorn zwischen ihnen. Mama, die grummelnd Katzenhaare aufsaugte, aber beide Augen zudrückte, wenn Mr Livingstone beim Gutenachtsagen in Fredas Bett lag.

Freda konnte die Tränen nicht länger zurückhalten. Es war alles aus. Die Zeit mit Mr Livingstone war vorbei.

Ein harter Rippenstoß traf sie in die Seite.

»Wenn du heulst, frieren deine Wimpern ein!«, schnauzte Jonker. »Wir haben jetzt keine Zeit für lange Auftauaktionen!«

»Ist mir egal …« Fredas Stimme war erstickt vor Kummer.

»Er ist im Winterschlaf, so ähnlich wie ich neulich im Zelt. Begreifst du nicht? Dich selbst hätte es vorhin auch fast erwischt. Das ist dieser verfluchte Zauber!«

Freda hob den Kopf. »Sag das noch mal!«

»Hmpf.« Jonker grunzte ärgerlich.

»Er – ist – nicht – tot!«, sagte er dann mit besonderer Betonung.

Freda blinzelte ungläubig auf den Kater hinunter, völlig durcheinandergerüttelt von so viel gleichzeitiger Trauer und Freude.

»Ich versteh nicht, er atmet doch gar nicht …«, stotterte sie und rubbelte mit dem Handrücken die Eiskristalle von den Wimpern. »Ist das wahr? Oh, bin ich froh, Jonker!«

Draußen vor dem Iglu wurde es laut. Erschrocken sahen sich beide an.

»Sie dürfen nicht merken, dass wir ihn gefunden haben!«, rief Freda. »Hilf mir mal, ich seh nichts!«

»Na toll!«, meckerte Jonker. »Nimm Spucke! – Warte, ich rolle das Robbenfell auf.«

Vorsichtig schob er den Kater an den Rand des Bettes und richtete mit ein paar Handgriffen den Schlafplatz wieder her.

»Jetzt brauchen wir einen coolen Trick, um ihn ungesehen rauszuschaffen«, flüsterte er, während er sich neben Freda setzte. »Oder eine super Tarnung, so wie die Schneehasen …«

Freda stutzte.

»Moment mal – Schneehasen. Kannst du nicht …?«

Jonker schüttelte wild den Kopf.

»Ich hab doch gesagt, dass ich im Zaubern nicht gut bin.«

»Versuchs trotzdem.«

Es scharrte im Eingangstunnel. Freda legte den Finger auf die Lippen und nickte Jonker noch einmal zu. Sie hatten einfach gar keine andere Wahl.

Zwei bewaffnete Wächter kehrten ins Iglu zurück: ein alter Julenisse mit drahtigem Backenbart und buschigen Augenbrauen und ein sehr junger, dessen Kinn erst von einem zarten Flaum bedeckt war. Beide postierten sich wortlos rechts und links neben ihnen.

»Unterhaltet uns mal ein bisschen«, begrüßte Jonker sie mit gespielter Fröhlichkeit. »Ist voll öde hier.«

Die Julenisse starrten ihn nur aus schwarzen Augen an.

»Habt ihr die Sprache verloren?«

»Mit Verrätern reden wir nicht«, sagte der Ältere mürrisch. »Wenn wir dich bei Grýla abliefern, kannst du noch genug plappern.«

»Ha, ich freu mich schon drauf«, sagte Jonker und machte Freda heimlich ein Zeichen, die beiden zu beschäftigen. »Ich versteh gar nicht, was ihr gegen uns habt. Wir sind doch auch Weihnachtskobolde.«

Der alte Wächter schnaubte höhnisch.

»Julzerstörer seid ihr! Reisbreivernichter! Aber jetzt ist es endlich vorbei mit der Christmas Company, denn …«

»Da liegst du gewaltig falsch«, unterbrach ihn Freda. »Nicht alle sind auf eurer Seite. Die Lucia zum Beispiel war sehr nett zu uns. Außerdem werden unsere Freunde in der Christmas Company uns bald zu Hilfe kommen.«

Der Julenisse stieß ein kurzes bellendes Lachen aus.

»Freunde?«, wiederholte er. »Ihr habt keine Freunde mehr. Ihr seid so beliebt wie ein Schneesturm zum Mittsommerfest. Keiner wird für euch auch nur einen Finger krumm machen. Und dieser freche Engel, der kommt nicht weit. Gib dir also keine Mühe, mir Angst einzujagen.«

Freda warf einen nervösen Blick zu Jonker hinüber. Warum tat er denn nichts?

Doch, da! Freda beobachtete fasziniert, wie aus der roten Zipfelmütze des älteren Wächters ein weißes Hasenohr wuchs – und wieder verschwand. Jonker stöhnte verzweifelt und Freda schaute schnell in die andere Richtung.

Der Julenisse schien nicht zu fühlen, was mit ihm geschah. Breitbeinig baute er sich vor Jonker auf.

»Du bist selbst schuld«, sagte er belehrend. »Hygge Svalbart hat dich damals davor gewarnt, mit dem Weihnachtsmann gemeinsame Sache zu machen. Es war ein ganz schlauer Einfall vom Alten, diese Geschichte mit dem Rentierschlitten und dem Haus am Nordpol. Aber was hat er daraus gemacht? Einen Versandhandel! Ich verstehe gar nicht, was an der Christmas Company so großartig ist, dass alle dorthin wollen.«

Der Jüngere auf Fredas Seite schien nicht ganz dieser Meinung zu sein. Unschlüssig wippte er auf den Zehenspitzen.

»Ist es wahr, dass die Lagerhallen in der Christmas Company voller Spielzeug sind?«, fragte er schließlich. »Man sagt, ihr dürft es sogar ausprobieren. Feiert ihr wirklich nach der Bescherung der Kinder alle zusammen eine große Party?«

Freda hatte keine Ahnung, ob das so war, nickte aber heftig.

»Es gibt sogar einen Kobold, der ständig neue Spielsachen erfindet«, bestätigte sie. »Er heißt Bertil. Unsere superschnellen Schlitten in der Christmas Company hat er auch gebaut. Sie fahren mit Vanille.«

Der junge Wächter stieß ein anerkennendes »Wow!« aus.

»Das Allercoolste ist, wenn wir sehen, wie sich die Kinder über ihre Geschenke freuen«, warf Jonker ein. »Das ist viel schöner, als ihnen Streiche zu spielen oder sie zu erschrecken. Der Chef meint, dass sie davon sowieso kein Stück braver werden.«

Der junge Wächter kam einen Schritt näher.

»Und was esst ihr? Reisbrei und eingelegten Hering?«

»Oh nein, jeder bekommt, was er mag«, erklärte Jonker, dem das Thema gefiel. »Wer will, isst ein Stück von Sir Christfields Truthahn und Plumpudding, probiert Père Noëls französisches Vier-Gänge-Menü, Serafins Nudeln, asiatisches Sushi oder etwas Vegetarisches, und so weiter, und so weiter. Oh, und noch etwas: Keiner muss früh ins Bett!«

Der junge Julenisse warf verwegen den Mützenzipfel über das linke Ohr.

»Klingt ja toll«, sagte er und rieb sich die Nase. »Ähem … die … die Weihnachtsengel – die sind alle so hübsch …«

»Finn Pebernødder, sei auf der Stelle still!«

Rücksichtslos zerrte der alte Wächter seinen jungen Kollegen von den Gefangenen weg und hielt Jonker und Freda seine Harpunenspitze unter die Nase. »Ihr beiden auch!«

Eingeschüchtert schwieg Freda, bis er die messerscharfe Waffe nach ein paar Sekunden wieder senkte. Es war immerhin einen Versuch wert gewesen, den kleinen Kerl auf ihre Seite zu bringen. Sie mussten wohl doch zu ihrem ersten Plan zurückkehren. Aus den Augenwinkeln sah sie, dass Jonker stumm die Lippen bewegte.

»Spaß und Party«, knurrte der alte Wächter abschätzig. »Anständige nordische Julenisse stecken den Menschenkindern am Heiligabend ein paar Nüsse in die Stiefel, klauen etwas Speck aus der Speisekammer und gehen mit den Hühnern schlafen. Und *Nudeln* statt Reisbrei!« Er schüttelte sich.

»Aber Grýla hat uns fünfhundert Säcke Milchreis versprochen, wenn wir den Kater und so viele Gürtel wie möglich schnappen. Was Noricus dafür bekommt, weiß ich nicht. Aber wir werden jedenfalls nie wieder hungern, weil uns kein Mensch mehr ein Schüsselchen vor die Tür stellt.«

Bei diesen Worten wurde seine Zipfelmütze erst grün – und dann knallpink. Offenbar hatte Jonker ernste Schwierigkeiten. Freda vergrub das Gesicht in den Händen.

Der alte Wächter hielt das für eine Kapitulation.

»Jaja, heul nur«, kicherte er schadenfroh. »Ich möchte nicht in deiner Haut stecken. Wenn wir euch beide bei Grýla abliefern, werdet ihr euch wünschen, ihr wärt am Südpol.«

Ein Hornsignal ertönte von draußen.

Die Julenisse fassten ihre Harpunen fester. Der Jüngere sah Freda mitleidig an und hob bedauernd die Achseln.

»Jonker!« Fredas Stimme hatte einen schrillen Unterton.

Plötzlich verwandelten sich die buschigen Augenbrauen des alten Wächters in zwei borstige Raupen, die verwirrt auf dessen Stirn herumkrochen. Nachlässig rieb er sich mit dem Arm übers Gesicht. Freda sah, dass eine der Raupen auf dem roten Mantelärmel klebte. Die andere war wieder eine normale Augenbraue geworden und saß da, wo sie hingehörte.

»*… Tier oder Geist, egal wie du heißt …*«, murmelte Jonker etwas halbherzig. Er schwenkte die ausgestreckten Hände beschwörend im Kreis herum.

Die beiden Wächter guckten ihn überrascht an.

»*… gleich bist du verloren, kriegst Pfoten und Ohren …*«, verkündete Jonker schon viel sicherer.

»Hey, was ist denn das?«, quiekte Finn, der die lächerliche Augenbrauenraupe auf dem Arm seines Kollegen entdeckte.

»*… gleich trifft dich ein Schuss, lepus timidus!*«, brüllte Jonker in voller Lautstärke die letzten Zeilen des Zauberspruchs.

Ein kobaltblauer Blitz durchzuckte das Iglu. Gleichzeitig warf sich Jonker auf die zwei Julenisse, gerade als Hygge Svalbart nichts ahnend im Tunnelausgang erschien. Freda hechtete nach vorn und riss ihn an der Hand ins Innere, doch noch im Sprung wurde aus der festen Hand flauschiges Fell und verblüfft ließ sie los. Vor ihren Augen schmolz Hygges runder Bauch zu einem schlanken Hasenkörper zusammen. Mit einem leisen Geräusch rutschten der breite, gestohlene Gürtel mitsamt allen übrigen Kleidern zu Boden. Das Letzte, was Freda vom Anführer der Julenisse sah, war Hygges entsetztes Gesicht, das unter einem weißen Pelz verschwand. Verstört hoppelte er im Iglu herum.

»Treib sie nach draußen!«, schrie Jonker und scheuchte die drei Schneehasen Richtung Ausgang.

Freda klatschte in die Hände. »Schschsch!! Da gehts lang!!« Wie Kugeln flitzten die Tiere durch den Tunnel davon.

Sie zeigte auf die Kleider und Schuhe am Boden.

»Da! Der Wunschgürtel!«

Jonker stopfte den ganzen Haufen in seine Parkataschen, während Freda Mr Livingstone vom Podest holte.

Es war schwierig, mit dem rutschigen Fellbündel im Arm durch die enge Röhre zu robben. Endlich hatte Freda das Ende erreicht und spähte hinaus. Draußen war der Mond inzwischen fast untergegangen, das Feuer niedergebrannt. Niemand stand mehr vor dem Iglu Wache, stattdessen sah sie überall nur rennende und vor Angst kreischende Julenisse. Dazwischen tauchten immer wieder Gruppen von wild rasselnden Perchten auf, die kreuz und quer übers Eis hetzten. Ein schwarzer Umriss schob sich in Fredas Blickfeld.

»Bleibt zusammen! Bleibt zusammen!«, dröhnte Noricus' tiefe, metallisch klingende Stimme.

Ohrenbetäubendes Fauchen und Zischen erfüllte plötzlich die Luft.

»Hilfe!! Hiiiilfeeee!!!« Die schrillen Stimmen der Julenisse überschlugen sich vor Panik.

Noricus verschwand und Freda rutschte ein Stückchen vor.

»Da draußen ist die Hölle los«, sagte sie über die Schulter. »Der arme kleine Finn, er war eigentlich ganz nett. Also, jetzt oder nie! Denk an unsere Rucksäcke hinter dem Eiskamm!«

Den eingewickelten Kater fest an sich gedrückt verließ Freda den Tunnel. Während sie die wenigen Meter zum Strand hinunterlief, bemerkte sie, dass das gesamte Lager in Aufruhr war. Niemand achtete mehr auf sie, einige Julenisse rannten sogar so dicht an ihr vorbei, dass sie sie fast streiften. Das alles nur wegen drei Schneehasen?

Erst als sie die Rucksäcke hinter dem Eiskamm hervorzerrten, entdeckte Freda den schwarzen Schatten, der in einer Dampfwolke über der Feuerstelle kreiste.

»Jonker! Da oben!«

Dem Kobold rutschte die Stirnlampe aus den Händen.

»Das ist der Drache Nidhögg!«, schrie er.

Freda sah sich um. Sämtliche Kobolde rannten um ihr Leben. Das Ungeheuer beschoss sie mit höllenheißen Feuersalven, die es abwechselnd nach rechts und links in die Gegend spuckte. Mehrere vor Schmerz heulende weiße Perchten versuchten auf dem eisigen Boden ihre qualmenden Pelze zu löschen. Selbst Noricus und seine schwarzen Krampusse wagten keinen Angriff mehr, sondern flüchteten auf die höheren Abhänge rund um das Kap. Ein Muster aus blubbernden Pfützen überzog schon den Lagerplatz.

Ungläubig betrachtete Freda die milchig weiß leuchtende Unterseite des Tiers, das gerade dreißig kreischende Julenisse zum Iglu trieb und dabei in einer Schleife hoch über ihrem Kopf hinwegsegelte.

»Vorsicht!«, schrie Jonker.

Freda duckte sich und legte beide Arme schützend über den Kater. Es knallte und zischte in der Luft, zehn Meter neben ihr fraß sich eine weitere Feuergarbe ins Eis. Schwarze glucksende Rinnsale bildeten sich.

»Komm weg hier!« Der Kobold zerrte sie am Ärmel über den vereisten Strand.

Sie rannten auf den Safran Sund hinaus, weiter und weiter, bis das Getöse hinter ihrem Rücken langsam leiser wurde.

»Mann, deine Zauberei ist ja echt panne. Ich bin fast durchgedreht im Iglu!«, rief Freda.

»Hab dich gewarnt«, schnaufte der Kobold und umklammerte den schlenkernden Rucksack vor seinem Bauch.

Noch ein paar hundert Meter gaben sie alles, schließlich trauten sie sich, das Tempo zu drosseln, und trabten in müdem Dauerlauf weiter in nördliche Richtung. Als der erste Druckkamm auftauchte, drehte sich Freda sicherheitshalber noch einmal um.

»Verdammt!«, keuchte sie.

Das Ungeheuer hatte sich von den Wintergeistern abgewendet und flog nun auf sie zu.

»*Ragnarok*, das Ende der Welt ist gekommen!«, murmelte Jonker tonlos.

Sie rannten, dass ihre Herzen hämmerten und die Lungen brannten, durch das unübersichtliche Eisfeld, das sie vor ein paar Stunden schon einmal durchquert hatten. Doch der Verfolger ließ sich nicht abschütteln, immer langsamer wurden ihre Schritte. Der Abstand verringerte sich unaufhörlich.

Schließlich blieb Jonker einfach stehen.

»Soll er mich eben fressen«, keuchte er, wobei er Freda einen Rucksack entgegenstreckte. »Hier. Lauf weiter.«

Freda stieß ihn von sich.

»Nein! Wir geben nicht auf!«, japste sie. »Du … du verwandelst das Biest einfach auch!«

»Drachen kann man nicht verzaubern.«

Freda warf einen Blick zurück. In diesem Moment verzogen sich ein paar dickere Wolken und der letzte Strahl Mondlicht fiel auf das angreifende Untier, das jetzt im Sturzflug immer tiefer glitt.

Der sieht überhaupt nicht wie ein richtiger Drache aus, schoss es Freda durch den Kopf. Das Ungeheuer war nun gefährlich nahe, und mit einem Mal erkannte Freda, was nicht stimmte. Es war ein Krokodil! Ein grünes Krokodil mit komischen kleinen Flügeln und einem wie gemalt wirkenden Gesichtsausdruck.

Einen Moment verdaute Freda diese Erkenntnis. Dann drückte sie Jonker den Kater in den Arm, machte kehrt und stapfte auf ihren Verfolger zu.

»Freda!! Komm zurück!! Komm sofort zurück!«

Zu erschöpft, um ihr nachzulaufen, schrie sich Jonker die Seele aus dem Leib. Freda ging immer weiter. Zwanzig Meter vom Drachen entfernt blieb sie stehen und breitete die Arme aus.

Das Ungetüm raste direkt auf das Mädchen zu, das völlig schutzlos mitten auf dem Meereis stand und nichts tat, um den Angriff abzuwehren.

Verzweifelt presste Jonker das Fellbündel mit dem stillen Kater an sich und vergrub das Gesicht darin. Nur der Wind fegte über das Eis. Lange Zeit.

Irgendwann schaute er wieder hoch.

Der Drache lag wie tot auf dem Boden. Neben ihm hüpften drei Gestalten herum. Trotz fehlender Stirnlampe konnte Jonker neben Freda ganz deutlich Serafin und Stúfur erkennen.

16

Wie ein Kugelblitz schoss Jonker auf die drei zu. Abwechselnd umarmte er das Engelchen, beschimpfte Freda wegen ihres Leichtsinns und ging Stúfur aus dem Weg. Der kleine Troll war völlig aus dem Häuschen über das Wiedersehen, schrie unverständliche Worte und stank schlimmer als vorher. Serafin fragte sofort nach Mr Livingstone. Sobald sie gehört hatte, dass er lebte, drängte sie zum Aufbruch.

»Also zurück zum Schlitten«, seufzte Freda und rückte ihre Maske zurecht.

»Lassen wir den Drachen da einfach so verfaulen?«, fragte Jonker, der respektvollen Abstand zu dem erlegten Ungeheuer hielt.

»Auf keinen Fall«, sagte Freda ernst. »Den hänge ich mir zu Hause als Trophäe über mein Bett.«

Mit einer Hand zerrte sie den Kadaver in die Höhe. Ein leises *Pffffföööt* war zu hören, dann sackte die Schwanzspitze merkwürdig schlaff zu Boden.

Endlich sah Jonker, dass es sich um das aufblasbare Gummischwimmtier handelte, das seit Tagen als Ballast auf ihrem Schlitten mitgereist war.

»Hättest mich ja ruhig aufklären können«, murmelte der Kobold eingeschnappt. Lustlos verstaute er die traurigen Überreste in seinem Rucksack. »Ich hab gedacht, es ist aus und vorbei.«

»Hey, tut mir leid.« Freda gab ihm einen freundschaftlichen Stups. »Es ging alles so schnell. – Das hast du toll gemacht, Serafin. Sie sind alle drauf reingefallen!«

Das Engelchen drehte einen übermütigen Salto in der Luft.

»Tja, es war nicht leicht«, kicherte sie. »Eigentlich war es seine Idee.«

Sie zeigte auf Stúfur, der wie ein treuer Labrador dicht neben Freda dahinzottelte und ihr schmachtende Hundeblicke zuwarf.

»Wo habt ihr diese Stinkbombe bloß aufgesammelt! Ich hab drei von den *Carbone*-Keksen gegessen, sonst hätten wir zusammen keinen Zentimeter vom Boden abheben können. Als ich beim Gespann landete, hatte er den Schlitten durchwühlt und das Gummitier herausgezerrt. Ich musste euch ja irgendwie helfen. Dass Noricus und seine Krampusse keinen Spaß verstehen, habt ihr wohl schnell gemerkt.«

Jonker nickte.

Freda sagte schaudernd: »Er hätte mich fast umgebracht!«

In groben Zügen erzählte sie Serafin, was seit ihrer Trennung auf Skullcracker 3 und später im Lager der Julenisse geschehen war.

»Unser Treffen mit ihm am Cairn war viel schlimmer!«, rief das Engelchen und segelte knapp über einen Eisbrocken.

»Mr L. wollte unbedingt während unserer Nachtwache in den

Steinmann hineinschauen. Auf einmal stürmte Noricus mit seinen schwarzen Bestien das Flusstal hinauf. Er riss sein Maul auf und heulte … Ich glaub, da hab ich geschrien und meinen Ohrring mit der Mistel nach ihm geworfen. Obwohl der Chef so was verboten hat.«

»Wieso ist es verboten, mit Ohrringen zu werfen?«, fragte Freda, die atemlos hinterherstapfte.

Serafin drehte eine Kurve.

»Nein, es geht um die Mistel!«, rief sie. »Sie wehrt alles Böse ab, genau wie Wacholder, Buchsbaum oder Tanne. Jetzt weißt du, warum man im Advent Zweige und Kränze davon in die Häuser holt. Man kann damit noch ganz andere Sachen machen. Nur, der Chef will das nicht.«

»Das hab ich ihr schon erzählt«, brummte Jonker, immer noch muffig wegen der peinlichen Drachenpanne. »Gegen Noricus hat deine Mistel nicht geholfen, was?«

Serafin schüttelte betrübt den Kopf.

»Ich hab ihn nicht getroffen. Er griff sofort Mr L. an, mit einem sonderbaren Fangnetz aus geflochtenem Haar. Mr L. sprang in die Luft, um zu entkommen, aber das hat ihm nichts genützt. Sobald dieses Netz über ihn fiel, erstarrte er. Ich konnte mir noch eine Feder ausreißen und mit dem Ohrring in den Steinmann legen …«

Eine Bö erwischte Serafin und trieb sie ein Stück davon. Schnell fing Freda sie wieder ein.

»Fragt mich nicht, was Mr Livingstone da oben überhaupt wollte, er hats mir nicht gesagt«, sagte das Engelchen, fest an Fredas Kapuze geklammert. Leise fügte es hinzu: »Wer weiß, wann er es wieder kann.«

Freda presste den Kater unwillkürlich enger an sich. Wieso wachte er nicht endlich auf? Sie dachte an die Eishülle, mit der der Krampus sie im Lager gelähmt hatte. Auch auf Skullcracker 3 hatte er die Hunde und Jonker so in Schlaf versetzt. Doch warum hatte sie als Einzige gar nichts davon gespürt?

Serafin fand dafür eine einfache Erklärung.

»Der *Carbone*-Keks natürlich«, sagte sie. »Er hat dich vor Noricus geschützt. Aber ich glaube sowieso, dass wir ihm nicht so wichtig waren. Er hatte es auf Mr L. abgesehen, oben am Cairn, ich war nur Beifang.«

Freda überlief ein Schauder, als sie sich an den unheimlichen Steinmann auf dem Hochplateau erinnerte.

Die halb fertig geschnitzte Tupilaq-Figur aus dem Iglu fiel ihr wieder ein und sie erzählte Serafin davon.

»Wir wissen jetzt: Hygge, Noricus und die anderen Wintergeister haben sich gegen die Christmas Company verbündet«, fasste Freda die Lage zusammen. »Wahrscheinlich haben sie alle gemeinsam den Tupilaq geschickt. Vielleicht gehören der Kerl mit dem Bootshaken und sein hässlicher Freund ja auch dazu.«

Jonker schüttelte den Kopf. »Die zwei sind bis jetzt nie zusammen mit den anderen aufgetaucht«, widersprach er. »Während des Schneesturms hast du auch nur einen gesehen. Und später im Zelt haben sie nur nach Vorräten gesucht. Nee, diese hässlichen Riesennasen waren bestimmt in eigener Sache unterwegs.«

Er kickte einen Schneebrocken beiseite. Dann fügte er hinzu: »Die Wintergeister sind wild, grausam und verrückt, aber vor allem völlig zerstritten. Keiner gönnt dem andern auch nur einen Krümel im Bart. Genau wie vorhin im Lager: Die einen folgen Hygge, die anderen Noricus. Jeder sucht nur nach seinem Vorteil.«

Serafin machte ein wichtiges Gesicht.

»Aber Noricus hat mir noch einen anderen Namen genannt: Grýla!«

Freda blieb überrascht stehen und drehte den Kopf.

»Du hast recht, Grýla hat die Wintergeister *beauftragt*, Mr Livingstone zu fangen!«, sagte sie aufgeregt. »Hygge sollte dafür fünfhundert Säcke Milchreis bekommen, das hat uns einer der Wächter im Iglu erzählt. Bevor Jonker sie in Schneehasen verwandelte.«

»Ach, du warst das?« In Serafins Stimme klang widerwilliger Respekt.

»Ich hab sogar Melchiors Gürtel zurückgeholt!«, prahlte Jonker, froh, dass er endlich mal punkten konnte. Er klopfte auf seine Parkatasche. »Hehe, den kriegt dieser Grýla jetzt auch nicht.«

»Grýla, Grýla!«, murmelte das Engelchen. »Ich hab den Namen irgendwo schon mal gehört. Mir fällt nur nicht ein, wo.«

Ärgerlich schlug sie sich mit der Faust gegen die Stirn.

Freda stolperte über einen Eiskamm. Ihre Beine fühlten sich nach dem Dauersprint über den Sund an, als seien sie aus Watte. Am liebsten hätte sie sich für mindestens einen Tag in ihren Schlafsack verkrochen. Doch wenn ihre Vermutungen stimmten, dann hatte Serafins Überraschungsangriff ihnen nur eine kurze Verschnaufpause verschafft. Die Wintergeister würden ihre Beute nicht aufgeben, da war sich Freda jetzt sicher. Sie mussten so schnell wie möglich ihren Auftrag in Iskalott erledigen und zur Christmas Company zurückkehren. Ungeduldig drehte sie sich nach Stúfur um. Der kleine Troll in seinen altmodischen Lederschlappen war während des ganzen Gesprächs weit zurückgeblieben. Während sie auf ihn warteten, kam Jonker noch einmal auf Serafins Schwindel zurück.

»Wieso ausgerechnet ein Drache?«, bohrte er nach.

Das Engelchen beugte sich mit listigem Lächeln von Fredas Schulter hinunter.

»Ich habe ein paarmal gehört, wie Hygge Svalbart vom nordischen Gott Thor mit seinem magischen Wunderhammer erzählt hat. All dieser uralte Sagenblödsinn, an den er glaubt. Das erinnerte mich daran, dass Julenisse sich schrecklich vor Drachen fürchten. Nidhögg, verstehst du?« Sie kicherte leise.

Blitzschnell formte Jonker einen Schneeball, aber sie war schon elegant in die Luft ausgewichen. Freda fragte sich, warum er so sauer wurde.

»Es hat bloß ewig gedauert, meinen Plan dem Troll zu erklären!«, rief Serafin aus sicherem Abstand. »Er wollte unbedingt erst unsere Leuchtfarbe fressen.«

Jonker ließ den Schnee aus der Hand rutschen, und Freda, die gerade einen Fuß auf eine schräge Eisplatte gesetzt hatte, drehte sich um. »Was?! Jetzt lügst du aber!«

»Ehrlich, er hat vier Eimer verputzt! Damit hat er später fantastisch Feuer gespien. Na ja, eigentlich war es mehr Schluckauf, er verträgt die Farbe nicht.«

Freda und Jonker starrten den kleinen Troll fassungslos an.

Stúfur hielt verlegen seine Wurstfinger vors Gesicht und blieb stehen.

»Lass das!« Freda zog seine Hände weg.

»Hjiiiiecks!«

Eine meterlange Feuergarbe schoss aus Stúfurs Mund, knapp an Fredas Arm vorbei. Zischend bohrte sich die Flamme durch die Eisrampe, die in Sekunden zu Wasser schmolz. Mit einem Sprung wich Freda der drohenden Flut aus und fiel Jonker um den Hals – dem einzigen Halt in der Nähe.

Der Kobold schob Freda energisch von sich.

»Ich habs ja gewusst, dieser Troll bringt nur Ärger«, sagte er düster, wobei er um das frisch entstandene Loch herumstapfte. »Garantiert ist er ein fieser Spion, der uns ausschalten soll. Morgen, wenn wir aufwachen, sind wir bestimmt tot.«

Das Engelchen prustete los. Auch Freda lachte und konnte plötzlich überhaupt nicht wieder aufhören.

»Du Spinner, wenn du tot bist, kannst du auch nicht aufwachen«, japste sie. Außer Atem stieg sie über den letzten Eiskamm, der sie noch von ihrem Schlitten trennte.

Ohrenbetäubendes Freudengeheul begrüßte sie. Fredas gute Laune verflog trotzdem in Sekunden. Die Hälfte der Ausrüstung lag durchwühlt rund um den Schlitten, dazwischen verbeulte leere Metalldosen und verknotete Stricke. Pinkfarbene, gelbe und grüne Farbspuren leuchteten im Lichtkegel der Stirnlampe im Schnee auf.

Jonker hatte recht: Dieser Troll brachte Ärger.

Ohne Pause machten sie den Schlitten wieder startklar. Jonker und Serafin packten die Ladung neu, während Freda jedes verfügbare Teil Ersatzkleidung zusammensuchte, um den Kater zu wärmen. Ein schmaler Gegenstand fiel zwischen ihrer Wäsche heraus, die Kerze der Lucia.

Schnell wickelte Freda alles außen um die Robbenfelle, die

Kerze stopfte sie einfach mit hinein. Unschlüssig sah sie sich nach einer Befestigung für das rutschige Bündel um. Melchiors Gürtel! Jonker hatte ihn zusammen mit den Kleidern der Julenisse in seine Parkatasche gestopft, sowieso kein sicheres Versteck.

Der Kobold, der schon die Hunde anschirrte, übergab ihn jedoch nicht.

»Regel Nummer 3 der Christmas Company: Nur Weihnachtsmänner dürfen Wunschgürtel tragen«, warnte er.

»Ich werde mir schon kein Kuscheltier damit bestellen«, winkte Freda ab und zog an Jonkers Parka.

Jonker packte ihre Hand und einen Augenblick lang dachte Freda, er würde sie in den Schnee werfen. In diesem Moment sagte Serafin leise: »Es geht nicht um Spielzeug, Freda. Du weißt doch, manche Kinder haben besondere Wünsche. Der Gürtel ist sehr mächtig, also sei vorsichtig damit.«

Überrascht sah Freda sie an. Es stimmte, viele Jahre hatte etwas ganz oben auf ihrer Weihnachtsliste gestanden, das es nirgends zu kaufen gab. Und dieser Gürtel konnte es erfüllen?

»Ich verspreche, ich brauche ihn nur kurz für Mr Livingstone«, sagte sie.

Das Engelchen nickte Jonker zu, der immer noch nicht ganz überzeugt den Gürtel überreichte und sich brummelnd wieder den Hunden zuwandte. Freda ging zum Schlitten hinüber, zurrte vorsichtig den schwarzen Lederriemen um den dick eingewickelten Kater und bettete ihn mitten zwischen die Schlafsäcke. Ihr Blick fiel auf Stúfur, der abseits genüsslich einen leeren Farbdeckel ableckte. Sie seufzte. Noch ein Problem: Stúfur würde sie weiter begleiten, immerhin verdankten sie ihm ihre Befreiung. Es wäre gemein, ihn hier seinem Schicksal zu überlassen.

Sie brachten ihn am Ende in Trues Tonne unter. Die Hündin selbst lag weiter vorne abgetrennt mit Benzinkanistern, sodass sie den Troll nicht sehen konnte. Es war Morgen geworden, als Serafin sie leise und geschickt aus dem Safran Sund lotste. In weitem Sicherheitsabstand umfuhren sie Kap Fortryll, danach schwenkten sie nach Süden, direkt auf Skullcracker 5 zu. Hier auf dem offenen Meereis gab es keine Kämme oder Blöcke mehr, nur endlose Felder aus niedrigen gefrorenen Wellen. Die Hunde waren ausgeruht, der Schlitten ratterte flott über den unebenen Grund.

Müde lehnte sich Freda an das Schubgestänge.

Irgendwann musste sie eingenickt sein, denn als sie die Augen öffnete, hatte jemand gegen den aufgefrischten Wind die Plane über sie gebreitet. Dankbar döste Freda noch ein bisschen vor sich hin. Plötzlich spitzte sie die Ohren. Etwas stimmte nicht. Jonkers Stimme klang besorgt.

»Schläft sie?«

Serafins kleine Hand klopfte von außen auf die Plane. »Tief und fest.«

»Gut, dann können wir jetzt reden. Wir werden es nicht schaffen ohne Mr Livingstone. Wer soll mit Myrkur Farandi verhandeln? Außerdem ist da noch Grýla …«

»Jonker, es ist mir wieder eingefallen, woher ich den Namen kenne. Erinnerst du dich an das Gerücht letztes Jahr, als Sir Christfield sich im Buckingham-Palast mit Windpocken angesteckt hatte?«

Der Kobold schnaufte. »Das war doch nur Engeltratsch!«

»Nein!«, widersprach Serafin. »Ich war dabei, ich habe Sir Christfield Tee ans Bett gebracht. Die Silberengel und ein paar Delegierte saßen bei ihm, es ging um Wintergeister und geklaute Geschenke. Sir Christfield hatte hohes Fieber und stöhnte wie immer furchtbar rum, aber zwischendurch sagte er ganz deutlich: *Wegen Grýla steht die Christmas Company auf wackligen Füßen. Der Kater ist und bleibt ein Geschäftsrisiko.* Was das bedeutet, hat keiner verstanden. Aber dass er von Grýla sprach, weiß ich genau.«

Eine starke Bö erfasste sie von links. Der Schlitten schlingerte ein wenig.

»Vielleicht ist es besser, alles dem Chef zu überlassen«, murmelte der Kobold.

»Dazu ist es jetzt zu spät!«, fuhr Serafin ihn wütend an. »Begreif doch: Wir müssen es mit unseren Mitteln versuchen. Hauptsache, Freda hält durch. Von den *Carbone*-Keksen ist nur noch einer übrig.«

»Keine Sorge, sie ist echt mutig«, sagte Jonker. »Und schlau. Die Idee mit dem Eisangeln war … *himmlisch.*«

Das Engelchen machte spöttische Kussgeräusche.

»Oh, himmlisch! Du findest sie also toll! Sie wird doch viel zu groß für dich. Soll ich ihr sagen, dass du eigentlich ein Julenisse bist und aus einem dänischen Kuhstall kommst?«

Ein Peitschenschlag knallte dicht über Fredas Kopf.

»Und was ist mit dir, du italienisches Hexenkind?«, stieß Jonker hervor. »Deine Mutter ist schließlich die Befana! Sei nicht so gemein. Freda hat es bis hierhergeschafft und dich aus Noricus' Krallen befreit.«

»Jajaja, aber das Schwerste kommt erst noch. Halt an, wir müssen es ihr erzählen …«

»Nicht nötig!« Freda warf mit Schwung die Plane von sich. »Ich hab alles gehört.«

Das war ziemlich unüberlegt. Mit einem Schrei kippte das Engelchen von seinem Kanisterthron und landete kopfüber in einer Ritze zwischen dem Gepäck.

Jonker dagegen brüllte die Hunde an, die gar nicht getrödelt hatten, aber gehorsam beschleunigten.

Freda drehte sich zu ihm um.

»Ist das wahr?«, rief sie empört. »Bist du wirklich einer von denen? Und wieso Hexenkind …?«

»Nicht jetzt!«, schnappte der Kobold kurz angebunden. Der Wind hatte stark zugenommen, es schneite wieder, und im selben Moment griff eine Bö unter die Plane und riss sie fast vom Schlitten. Minutenlang kämpfte Freda damit, sie wieder über der Ausrüstung zu befestigen. Währenddessen flog auch in ihrem Kopf alles wie wild durcheinander. Hatten die anderen ihr die ganze Zeit etwas vorgemacht? Endlich stopfte sie den letzten störrischen Planenzipfel fest und drehte sich in Fahrtrichtung, um ihre Fragen loszuwerden. Erschrocken hielt sie die Luft an. Schwarz und drohend ragte ein kegelförmiger Inselberg nur hundert Meter vor ihnen aus dem Meereis auf. Ein breiter Fjord schnitt in die Landmasse, so als habe ein Riese sie in einem Wutanfall mit der Axt gespalten. In der trichterförmigen Mündung des Fjords lag in Nordsüdrichtung ein altes Schiff.

Auf dem schmalen Küstenstreifen der Insel aber, eng an die schroffen gezackten Hänge geklammert, wie eine übervölkerte

Vogelkolonie, standen Hunderte niedrige Hütten und Baracken. Nur wenige waren beleuchtet, trotzdem erkannte Freda, was Mr Livingstone, Jonker und Serafin ihr die ganze Zeit verschwiegen hatten: Ihr Reiseziel war kein vergessener leerer Ort, an dem Myrkur Farandis Schiff einsam im Packeis wartete. Ganz im Gegenteil.

Iskalott war die düstere Heimat der verbannten Wintergeister. Ungesehen daran vorbei zum Schiff zu fahren, würde ihnen niemals gelingen.

Eine weitere Bö fegte aus Süden über Fredas Kopf hinweg.

»Danke, lieber Weihnachtsmann!«, sagte sie tonlos und klammerte sich an die Streben. »Wie war noch dein Tipp? Verlass dich einfach auf Mr Livingstone, hast du gesagt. Hat leider überhaupt nicht geklappt.«

Mehrere bullige Tierkörper lösten sich plötzlich links von ihnen aus dem wirbelnden Schneetreiben. Auf den filzigen Rücken festgeklammert hockten winzige rot bemützte Reiter.

»Moschusochsen!«, brüllte Jonker hinter ihr. »Whoa, Whoa, Karnak!«

Zu spät. Aus vollem Lauf wich der Leithund aus und raste, die anderen Hunde mit sich reißend, davon. Jonker und Freda schrien auf, denn das Gespann bog in eine scharfe Rechtskurve und rumpelte mit einer Kufe über eine schräg stehende Eisrampe. Der Schlitten kippte, einige endlose Zehntelsekunden hörten sie ein grässliches Knarzen, dann warfen sie beide ihr ganzes Gewicht auf die andere Seite und der Schlitten fiel zurück ins Gleichgewicht.

»Whoa, Karnak! Grizzly, Kodiak, ruhig, ruhig!«

Sie jagten noch ein paar Meter weiter geradeaus, bis die Hunde von selbst langsamer wurden und endlich anhielten. Jonker verteilte Streicheleinheiten und begutachtete die Leinen, während Freda nach Mr Livingstone und True sah. Auch Serafin kroch zwischen den Kanistern hervor.

Freda schubste sie zurück.

»Versteck dich, Julenisse!«

Gerade senkte sie die Plane, als auch Stúfur den Kopf aus seiner Tonne steckte. Wortlos knallte sie den Deckel über ihm zu und sah zu der Gruppe hinüber. Die Julenisse waren von ihren sonderbaren zottigen Reittieren abgesprungen, die einfach davontrotteten, und beobachteten sie. Ihnen blieben vielleicht noch fünf Minuten zur Vorbereitung. Freda öffnete einen Rucksack und warf Jonker die Mäntel und Mützen zu, die sie aus Hygges Iglu mitgebracht hatten.

»Zieh das über!«

Die Reiter hatten einen Entschluss gefasst. Zügig näherte sich die Gruppe dem Schlitten.

Im letzten Moment zog Jonker noch den Hammer, mit dem sie sonst die Eisnägel einschlugen, aus einem Packsack und drückte den schweren Schaft in Fredas Hand.

Erst als die Julenisse in den Lichtkegel der Stirnlampe traten, sah Freda, dass es alles nur Kinder waren: In schäbigen Mänteln und schief getretenen Lederstiefeln standen sie im Schnee und staunten sie und das Gespann an. Ihre Gesichter waren geschwärzt, in den löchrigen Wichtelmützen steckten Rabenfedern. Der Größte von ihnen trug einen abgebrochenen Speer ohne Harpunenspitze in der Hand, der Kleinste einen Knüppel aus Treibholz.

Freda warf den Hammer auf den Schlitten.

»God Jul!«, sagte sie so fröhlich sie konnte. »Hygge Svalbart schickt uns. Wir haben eine wichtige Nachricht für Myrkur Farandi!«

17

Die Julenisse-Kinder hatten sich schrecklich gelangweilt, seit alle erwachsenen Bewohner von Iskalott vor zwei Tagen nach Kap Fortryll aufgebrochen waren. Myrkur Farandis Namen kannten sie, zum Schiff gehen wollte allerdings keines von ihnen.

»Wir bringen euch nur bis zur Mündung des Fjords«, erklärten sie einstimmig.

»Dieser Kapitän scheint nirgendwo Freunde zu haben«, sagte Freda halblaut.

»Gut so«, murmelte Jonker. »Was wir ihm zu sagen haben, ist nicht für deren Ohren bestimmt.«

Die Kinder führten sie auf dem Meereis an Iskalott vorbei, warfen neugierige Blicke auf die Ladung und stellten bohrende Fragen. Vor allem, zu welcher Gruppe Julenisse Freda und Jonker eigentlich gehörten und woher sie die Hunde hatten. Freda biss sich auf die Lippe. Es war nur eine Frage der Zeit, bis ihr Schwindel aufflog. Jeden Augenblick konnte der unberechenbare Troll aus seiner Tonne steigen.

Jonker dagegen genoss das gefährliche Verhör.

»Darüber dürfen wir nicht sprechen«, behauptete er im besten Agententon. »Streng geheim.«

Die Julenisse-Kinder schrien »Ah!« und »Oh!«, eines zupfte an der Plane und quietschte: »Hat es etwas mit der Christmas Company und sehr viel Milchreis zu tun?«

Freda hielt den Atem an. Es war also schon etwas durchgesickert.

»Stimmt, es gab einen furchtbaren Kampf mit ein paar Weihnachtsmännern an Kap Fortryll«, fantasierte sie drauflos.

»Aber wir haben es diesen feigen Julzerstörern gründlich gezeigt.«

»Die schwarzen Krampusse verfolgen jetzt die Wattebärte«, spann Jonker den Faden weiter. »Der alte Hygge flitzt im Moment auch noch irgendwo da draußen herum. Mehr können wir aber wirklich nicht erzählen.«

»Och manno!!«, stöhnten die Julenisse-Kinder enttäuscht.

Der Größte mit dem Spielzeugspeer rief jedoch: »Ha, bestimmt wisst ihr nichts darüber, weil ihr vor Angst abgehauen seid!«

Mit einem Peitschenschlag schnickte Jonker ihm die Waffe aus der Hand.

»Still, du Frechdachs! Wir haben sogar einen Drachen getötet!«

Ehrfürchtiges Raunen war die Antwort. Sofort wollten alle Genaueres erfahren. Jonker ließ sich nicht lange bitten und stürzte sich in die blutrünstige Schilderung des angeblichen Drachenkampfs.

Freda hörte kaum zu, sondern hielt ein wachsames Auge auf die traurige Kulisse von Iskalott gerichtet. Die verschachtelten Behausungen der Julenisse bestanden aus Wellblechresten und Schwemmholz. Aus Ofenrohren stieg beißender Qualm, es stank nach verfaultem Fisch und Schlimmerem. Viele Dächer waren geflickt, manches Baumaterial war eindeutig gestohlen: An einem Dachgiebel entdeckte sie Teile eines Rentierschlittens der Christmas Company. Hundert Meter weiter hingen die dazugehörigen Laternen über einer schiefen Tür. Freda überlegte gerade, was wohl mit den Rentieren passiert war, als drei Höhleneingänge die besiedelte Felsenküste durchbrachen. Bleiche Knochenberge türmten sich davor – und dazwischen Geweihe.

Freda schluckte. Hier also hatten die armen Tiere ihr Ende gefunden. Ihnen würde es genauso gehen, wenn sie sich nicht beeilten. Sie spähte über ihre Schulter aufs Meereis hinaus. Rückten dort hinten schon die ersten Krampusse näher?

Am Ortsende, wo nur noch vereinzelt Häuser standen, hörte sie rasselnden Husten und zuckte zusammen. Aber es waren nur zwei kranke Julenisse-Kinder, die zwischen brennenden Müllhaufen einen armseligen Weihnachtsbaum schmückten. Das grob zusammengenagelte Lattengerippe war behängt mit Fischerbojen, bunten Plastikresten und Einmalfeuerzeugen, die an Bindfäden im Wind tanzten.

Plötzlich zog einer der Wichte einen Vogelflügel aus dem Müll. Gierig steckte er ihn in den Mund, während der andere wütend daran zerrte. Schon kugelten sie im Streit über den Boden.

In diesem Augenblick schrien die Julenisse-Kinder rund um ihren Schlitten: »Halt! Wir sind da!« Sofort bog Jonker auf den letzten Strandzipfel ab und brachte das Gespann neben zwei verfallenen Holzbaracken zum Stehen.

Steif gefroren lief Freda an den Rand des Fjords. Die Terrorbucht verdiente ihren Namen. Hundertfünzig Meter hohe, tiefschwarze Felsenwände umstanden wie steinerne Wächter Myrkur Farandis Schiff. Der Dreimaster lag mit dem Bug in Richtung Land. Bugspriet, Takelage sowie alle Aufbauten an Deck waren vollständig von Eis- und Schneemassen umschlossen. Nichts deutete auf Leben an Bord hin.

Ein Totenschiff, dachte Freda. Wenn doch Mr Livingstone endlich aufwachen würde! Ihr graute davor, allein an diesem schrecklichen Ort dem unbekannten Mann gegenüberzutreten.

Jonker schirrte völlig unbeeindruckt die müden Hunde aus und beendete dabei seine Schauergeschichte.

»*Zonk!* – schlitzte ich dem Drachen einfach mit der Eisaxt den Bauch auf. All seine schleimigen grünen Gedärme quollen heraus. Er war mausetot.«

Die Julenisse-Kinder umkreisten ihn, während er das Gespann ankettete.

»Und dann?«, fragte der Kleinste.

Jonker trat neben Stúfurs Tonne.

»Hab ich ihm den Kopf abgeschlagen.« Er klopfte leicht auf den Deckel. »Soll ich ihn euch zeigen? Aber ich warne euch: Viele sind tot umgefallen bei dem Anblick.«

Freda drehte sich zu ihm um. War Jonker verrückt geworden?

»Beim heiligen Julbock!«, flüsterten die Kinder. Übereinanderstolpernd und schubsend wichen sie zurück. In weniger als einer Minute war die ganze Bande in Richtung Iskalott verschwunden.

Jonker grinste Freda an, die erleichtert aufatmete.

»Tja, nur ein Julenisse weiß, wie man sie loswird. – He, du

kannst rauskommen, Serafin!«, rief er in die Ritze zwischen den Kanistern.

Während das Engelchen stöhnend hervorkroch, trat Jonker schon an die kleinere Baracke heran, zog mit einem Ruck die Tür auf und steckte den Kopf ins Innere.

»Am besten stellen wir Stúfurs Tonne hier zu dem übrigen Gerümpel«, schlug er vor. »Ich sag ihm, wenn er brav da drinnen bleibt, bis wir vom Schiff zurückkommen, kriegt er den Rest von unserer Leuchtfarbe.«

Stúfur war begeistert. Er half sogar selbst mit, sein Gehäuse in den hintersten Winkel zu rollen, und leckte sich voller Vorfreude die Lippen.

Freda trug inzwischen den Kater in die größere Hütte nebenan. Sie war stark verfallen, voll kaputter Möbel und die Tür schloss nicht richtig. Trotzdem bot sie Schutz vor Wind und Kälte, und das hatte Mr Livingstone dringend nötig.

Vorsichtig legte Freda ihn auf eines der kurzen Holzbetten und öffnete den Gürtel um die Robbenfellhülle.

»Was ist, wenn die Kinder wiederkommen?«, fragte sie Jonker, der Rucksäcke und Kocher hereinschleppte. »Die haben uns schrecklich ausgequetscht.«

Serafin kickte einen rostigen Henkeltopf beiseite, in dem ein toter Lemming lag.

»Ja, und du hast einfach ekelhaft angegeben«, beschwerte sie sich.

»Du bist bloß sauer, weil du mal den Mund halten musstest«, erwiderte der Kobold.

Ein leises Niesen ertönte vom Bett.

Alle drei stürzten zu Mr Livingstone hinüber. Er lag unverändert kalt und steif auf der Seite. Nur die Augen hatten sich geöffnet. Blicklos starrten sie an die Wand.

Jonker zog seine Mütze ab und presste sie gegen die Brust.

»*Niest der Kobold im Advent, ist sein Leben bald zu End!*«, murmelte er mit gesenktem Kopf.

Freda zwinkerte die aufsteigenden Tränen weg.

»Quatsch! Er braucht einen richtigen Tierarzt.«

Serafin zupfte an der Schnur des kleinen Lederbeutels um ihren Hals.

»Mr L. ist verwünscht worden«, sagte sie. »Dieses Haarnetz von Noricus ist ein grausamer starker Bindezauber. Er muss von jemandem gelöst werden, der etwas von Hexerei versteht.«

»Und wer soll das sein, Miss Superschlau?«

»Ich.«

Jonker stolperte über einen Hocker.

»Du weißt genau, du darfst das nicht«, sagte er unruhig.

Freda hob den Kopf.

»Oh, klar, du bist ja kein Engel, sondern ein Hexenkind«, sagte sie halb ungläubig, halb spöttisch. »Aber selbst, wenns stimmt: Das hier ist wohl eine Nummer zu groß für dich.«

Serafin schoss wie eine Rakete an die morsche Hüttendecke.

»Pass auf, was du sagst! Meine Mutter ist die Befana.«

Da war er wieder, dieser komische Name, den Jonker vorhin genannt hatte. Freda verschränkte die Arme vor der Brust.

»Und wer ist das?«, fragte sie.

»Hör auf, sie zu ärgern«, flehte der Kobold und zerrte an ihrem Parka. »Hast du noch nie von der Befana gehört?«

Freda schüttelte Jonkers Hand ab.

»Nein«, sagte sie.

»In Italien beschert nicht überall der Weihnachtsmann«, erklärte er. »Schon immer fliegt dort die Hexe Befana am Tag der Heiligen Drei Könige auf einem Besen umher und legt den Kindern Geschenke oder Kohlenstücke aufs Fensterbrett. Der Chef hat ein Abkommen mit ihr, traut ihr jedoch nicht. Du weißt, dass er von diesem ganzen Kram, mit dem man Kinder erschreckt, nichts hält.«

Freda zeigte auf Serafin, die mit lautem Gepolter auf dem Schrank eine Bruchlandung hinlegte.

»Du bist ihre Tochter? Und lebst trotzdem in der Christmas Company?«

»*Stupido!*«, keifte Serafin. »Der Chef riskiert eben etwas für den Weihnachtsfrieden. Er gibt jedem, der es ernst meint, eine Chance. Deshalb hat er mich eingestellt, gegen den Rat von Père Noël, Hans-Niklas und vielen anderen. Nur Mr L. war gleich dafür. Aber wenn ich einmal beim Hexen erwischt werde, fliege ich raus.«

»Klar fliegst du. Was denn auch sonst? – Also du machst die *Carbone*-Kekse selbst?«

»Natürlich!« Das Engelchen stampfte mit dem Fuß auf. »Das Rezept ist von meiner Mama.«

Freda sank neben dem Kater aufs Bett und sah zu Jonker hinüber, der verlegen an seinem Rucksack nestelte. Bei ihm war es vermutlich ganz ähnlich gelaufen.

»Das hättet ihr mir echt früher sagen können«, sagte sie vorwurfsvoll.

Serafin gab nur ein gereiztes »Phhhh!« von sich. Jonker senkte stumm den Kopf.

Erschöpft legte Freda die Hand auf Mr Livingstones kaltes Fell. Sie musste sich entscheiden, die Zeit wurde knapp. Natürlich wollte sie, dass der Kater aus seinem Winterschlaf befreit wurde. Aber stimmte das alles, was Serafin erzählte? Sie war auf der gesamten Reise nie ganz ehrlich zu ihr gewesen. Und eins stand fest: Der Chef hatte sicher einen guten Grund, warum er die dunkle Weihnachtszauberei in der Christmas Company so streng verbot.

Entschlossen zog Freda ihre Handschuhe über und stand auf.

»Nein, Serafin«, sagte sie. »Das ist viel zu gefährlich.«

»Ist es nicht!«

»Ist es doch!«

»Nein!«

»Doch!«

Freda gab Jonker einen Wink, ihr zu folgen, und drückte die Hüttentür auf. Der böige Wind hatte sich gelegt, draußen war der Vollmond aufgegangen.

»Hex mir lieber etwas her, womit ich Myrkur Farandis Raben bezahlen kann«, sagte sie ärgerlich. »Sobald wir die Hunde versorgt haben, gehe ich aufs Schiff.«

Krachend fiel die Tür hinter den beiden wieder ins Schloss.

Einen kurzen Moment stand Serafin im Dämmerlicht regungslos auf dem Schrank.

Dann flog sie auf den Boden, nestelte ein paar braune kegelförmige Klümpchen und etwas, das wie Blumensamen aussah, aus dem Lederbeutel und legte alles in einer Reihe ein paar Meter vor die geschlossene Tür. Schwungvoll kippte sie den toten Lemming aus dem Kochtopf, warf stattdessen zwei weitere Kegel hinein und stellte das Gefäß vor Mr Livingstones Bett.

Mit erhobenen Armen trat sie einen Schritt zurück.

»In nome del cielo!
Delle stelle e della luna!
Mi levo questo mal d'occhio
Per mia maggior' fortuna!
Befana! Befana! Befana!«,

sagte sie in die stille Hütte hinein.

Ein paar Sekunden passierte nichts. Nur die Hunde stritten sich draußen knurrend ums Futter.

Mit einem Mal drang der lang gezogene klagende Schrei einer Frau aus dem Schrank in der Ecke. Es zischte und knisterte, schwarze Rauchsäulen stiegen von den Kegeln auf. Schwerer süßlicher Harzduft begann, sich zu verteilen.

Vorsichtig ergriff das Engelchen den qualmenden Topf und schwenkte ihn über dem Körper des Katers hin und her.

»Che mi date mal d'occhio maladetta sia
Befana! Befana! Befana!
Chi mi ha dato il maldocchio
Me lo porta via
E maggior fortuna
Mi venga in casa mia!«,

verkündete sie mit zitternder Stimme.

Schrilles Kichern drang aus dem Ofenrohr, das urplötzlich zu heiserem Krächzen wurde. Das Bett, auf dem der Kater lag, tanzte auf der Stelle, wurde von unsichtbarer Hand vor und zurück gezogen. Alle Balken der Hütte ächzten, als wollten sie zerspringen.

Scheppernd ließ Serafin den Topf fallen. Sie rannte zu den brennenden Harzhäufchen hinüber.

»Wie war das noch? Die linke Schulter oder die rechte?! Oh, sicher nicht so wichtig. Ich mache einfach beides.«

In großer Eile hüpfte sie auf beiden Beinen je dreimal hin und her, dabei spuckte sie jedes Mal über die Schultern.

»Befana! Befana! Befana!
Chi me ha dato il maldocchio!
Me lo porta via!«,

beendete sie die Beschwörungsformel.

Atemlos drehte sie sich zum Bett um.

Mr Livingstone saß aufrecht auf der schmutzigen Unterlage. Minutenlang schaute er mit glasigen Augen umher. Schließlich gähnte er.

Serafin klatschte in die Hände und drehte eine perfekte kleine Pirouette in der Luft.

»Bravissimo!« Stürmisch landete sie neben ihm auf dem Bett.

»Na, Katerchen, wie hab ich das gemacht? Großartig, was? Aber verrat mich bitte nicht. Freda kommt gleich wieder, sie füttert mit Jonker die Hunde … Stell dir vor, wir sind in Iskalott! Jetzt sag doch mal was!«

Der Kater reagierte nicht. Nachdem er ausgiebig Fell und Pfoten sauber geschleckt hatte, tapste er auf Serafin zu und rieb schnurrend den Kopf an ihrer Schulter. Verblüfft wich sie zurück. Daraufhin sprang er hinunter und begann neugierig die Hütte zu untersuchen.

Mit offenem Mund folgte Serafin jeder seiner Bewegungen. Nach einer Weile kehrte der Kater zum Bett zurück, setzte sich zu ihren Füßen, wo er sie kläglich anmaunzte.

»Mr Livingstone? Was ist los?! Sprich mit mir!«, bettelte das Engelchen.

Mr Livingstone warf sich wie ein Katzenbaby auf den Rücken und schlug seine Krallen in Fredas Rucksack, als sei er ein gefährlicher Gegner.

Entsetzt beobachtete Serafin das peinliche Schauspiel. Irgendetwas war furchtbar schiefgegangen.

18

Eine seltsame Ruhe lag über der Terrorbucht, als Freda die Vega, Myrkur Farandis Schiff, erreichte. Die steilen Felsen warfen im Mondlicht lange Schatten auf den eingeschlossenen Holzrumpf. Einige Schollen hatten sich am Heck übereinandergestapelt, es tief nach unten gedrückt und den Besanmast aus seiner Verankerung gerissen.

Freda starrte auf das klaffende Loch. Myrkur Farandi musste wahnsinnig sein. Der Druck des tonnenschweren Eises würde die Vega bald zermalmen.

»Hallo? Ist jemand da?«, rief sie laut.

Ein tiefes Rumpeln unter ihren Füßen antwortete ihr. Das gefrorene Meer war in Bewegung. Irgendetwas braute sich zusammen. Eilig kletterte sie über die Bordwand und lief zum nächsten heil gebliebenen Niedergang.

»Du bleibst hinter mir, verstanden!«, zischte sie dem Engelchen zu, während sie die Luke öffnete.

Es herrschte gewaltig dicke Luft zwischen ihnen seit Serafins unerlaubter Zauberei. Zwar hatte Freda jetzt endlich ihr normales liebes Haustier zurück. Blöd war nur, dass sie hier am Nordpol dringend den neuen, sprechenden Mr Livingstone brauchte. Wütend hatte Freda Serafin schlimme Beschuldigungen an den Kopf geworfen.

»Das war Absicht!«, rief sie. »Wahrscheinlich gehörst du auch zu den Wintergeistern und hasst alle Kinder. Du warst von Anfang an gemein zu mir.«

Das Engelchen hatte heftig protestiert.

»Nein! Ich schwöre es bei meinem Mistelzweigohrring!«, schrie es mit Tränen in den Augen.

Es war ein furchtbarer Streit gewesen. Nach einer scheußlichen Viertelstunde hatten sich alle wieder beruhigt und schnell ein paar Geschenke für Myrkur Farandi aus dem Ausrüstungssammelsurium zusammengesucht. Trotzdem ließ Freda dann doch lieber Jonker als Katzensitter bei Mr Livingstone zurück. Auch Serafins Ohrring, den sie seit der Nacht am *Cairn* aufbewahrte, behielt sie als Pfand.

»Du traust mir wohl nicht«, bemerkte Serafin spitz.

»Stimmt genau!«, fauchte Freda. »Tu, was ich sage, wenn du ihn wiederhaben willst!«

Die Ansage schien gewirkt zu haben. Ohne Widerworte stieg das Engelchen jetzt die Stufen in den dunklen Schiffsbauch hinunter.

Unter Deck herrschte Chaos, so als habe die Besatzung in großer Eile die Vega verlassen. Freda schaltete die Stirnlampe ein und tastete sich über den schrägen Boden Richtung Bug voran, umging herausgerissene Kojen und ausgeleerte Schubladen, stieg über umgefallene Kisten, Taurollen und zerfetzte Segel. In einem Durchgang lag ein auf dunkles Holz gemaltes Familienporträt: eine junge Mutter mit drei Kindern in steifen langen Wollkleidern und mit lächerlichen Frisuren. Je weiter sie kamen, desto unheimlicher wurde es. Die gesamte Ausrüstung, die nautischen Geräte, die Einrichtung waren völlig veraltet. Alles schien seit einer Ewigkeit nicht mehr angerührt worden zu sein.

An einer Treppe, die ins Unterdeck zu den Laderäumen führte, hielt Freda an. Knistern und Rascheln kam von dort unten, dann und wann ein leises Poltern.

»Ratten«, hauchte Serafin.

Freda lauschte einen Moment. Nein, das musste etwas Größeres sein. Da war es wieder: *Ratsch, ratsch – plump!*

Sie setzte einen Fuß auf die erste Stufe. In diesem Augenblick entdeckte Serafin den Lichtschein einer Laterne im Vorschiff und zog sie weiter.

Langsam liefen sie darauf zu.

Und dann sahen sie ihn.

Dort, wo früher einmal die Besatzung ihre Mahlzeiten gegessen hatte, saß ein bärtiger Mann auf einem aus grauen Riesenknochen gefertigten Stuhl und schärfte ein Messer. Ein dunkles Gewand bedeckte den mächtigen Körper, über den Armlehnen hing ein blauer Umhang und ein Schlapphut mit breiter Krempe. Seine in hohen Stiefeln steckenden Füße standen auf einem Eisbärenfell mit einem beeindruckenden Schädel, dessen Maul die Zähne bleckte. Vor ihm auf einem schweren, vom vielen Gebrauch rissigen Holztisch wartete eine Portion fettiges Fleisch. Daneben lagen ein glasklarer Kristall, eine ringsum eingekerbte

Holzscheibe mit einem Stab in der Mitte und mehrere sichelförmige Messer und Speere. Nirgends war ein Vogel zu sehen.

Freda nahm Lampe und Sturmhaube ab und räusperte sich laut.

»Ich bringe Grüße von der Christmas Company«, sagte sie. »Der Chef ist in großen Schwierigkeiten und hofft, Sie können uns helfen.«

Myrkur Farandi hob den Kopf. Sein Gesicht hatte eine kränkliche Farbe wie bleiches Wachs, die linke Augenhöhle war leer, ein vernarbtes Loch. Mit dem gesunden Auge betrachtete er Freda und Serafin ohne zu blinzeln.

»Nein«, sagte er.

Freda rieselte es kalt den Rücken hinunter. Tapfer trat sie vor den grausigen Knochentrohn.

»Aber es ist wichtig«, erklärte sie weiter. »Jemand erpresst uns mit einem Rätsel. Nur wenn wir es lösen, können wir den Kindern Weihnachten rechtzeitig ihre Geschenke bringen.«

Myrkur Farandi brummte unwillig. »Was geht mich das an?«

Der Satz klang einen Moment in Fredas Ohren nach wie das Echo ihrer eigenen Antwort, im Konferenzsaal, ganz am Anfang dieser unglaublichen Reise. Es schien eine Ewigkeit her zu sein. Mit einem Mal verstand sie, warum Mr Livingstone dort so wütend geworden war. Wenn man in Not war, brauchte man Hilfe, keine Leute, denen alles egal war. Sie hatte doch nicht die Arktis durchquert, um sich mit Sprüchen abfertigen zu lassen!

»Dann ist es Ihre Schuld, wenn die ganze Welt traurige Weihnachten hat«, erwiderte sie hitzig. »Und das werde ich jedem sagen!«

Myrkur Farandi warf den Wetzstein zu Boden.

»Schweig, unverschämter Kobold!«, knurrte er, das Messer aufrecht in der Faust. »Wo steckt Mr Livingstone? Ist er etwa *krank*?«

Die Frage kam so überraschend, dass Freda fast die Wahrheit über den Zustand des Katers berichtet hätte. In letzter Sekunde entschied sie sich anders.

»N...nein. Alles in Ordnung«, erwiderte sie mit schwankender Stimme. Sie zeigte in die Richtung, in der Iskalott lag. »Er wartet in einer Hütte am Strand, bei unserem Hundeschlitten.«

Farandi stutzte. Ein listiger Ausdruck huschte über sein Gesicht.

»So, so. – Was bietet ihr für unsere Dienste?«, fragte er lauernd.

Freda drehte sich zu Serafin um. Vor dieser Frage hatte sie sich am meisten gefürchtet.

Widerstrebend zog das Engelchen ihre Ausbeute aus dem Rucksack: ein Thermokaffeebecher mit der Aufschrift *Fußballexperte*, ein Paar bunte Ringelsocken und *Wuttkes Wikingerschach* – das Outdoor-Wurfspiel im praktischen Leinensäckchen. Zaghaft legte sie alles auf den Tisch.

Myrkur Farandi stemmte sich mühsam aus seinem Sessel hoch. Mit einer Handbewegung wischte er die Geschenke zu Boden.

»Plunder!«, grollte er und funkelte Freda an. »Schaff etwas Besseres her! Einen Wunschgürtel!«

Fredas Kopf war einen kurzen Moment wie leer gefegt. Was sollte sie antworten? Der Mann war tatsächlich gefährlich, der Wunschgürtel durfte nicht in seine Hände fallen! Sie musste ihn anders überzeugen, ihr zu helfen.

In gespielter Verzweiflung plumpste Freda auf das Eisbärenfell.

»Woher soll ich einen Wunschgürtel nehmen?«, jammerte sie und kratzte dabei ihre Fellohren, als könne sie nicht bis drei zählen. »Ein einfacher Weihnachtskobold wie ich besitzt überhaupt nichts Wertvolles.«

Myrkur Farandi stutzte. Seine blutleeren dünnen Lippen verzogen sich zu einem unheilvollen Lächeln.

»*Du* bist wertvoll«, sagte er. »Ich brauche eine neue Mannschaft.«

Serafin keuchte leise. Freda schaute in das abstoßende Gesicht über ihr. Auf dem Wrack sollte sie bleiben, bei diesem Halsabschneider? Das war ja noch schlimmer als alles, was sie bisher erlebt hatte. Ihr Blick fiel auf den Eisbärenschädel vor ihrer Nase. Sie dachte an Bruno, an Sir Christfield, John Santa, Alea – all die netten Bewohner der Christmas Company, die auf ihre Rückkehr warteten und vermutlich schon die Minuten zählten.

Nein, aufgeben ging nicht. Sie steckte bis zu den spitzen Ohren mittendrin und musste es so gut zu Ende bringen, wie es eben möglich war. Da konnte sie ruhig auch noch dieses Versprechen geben, das sie natürlich niemals einhalten würde. Sobald der Rabe die Lösung ausgespuckt hatte, würde sie verschwinden.

Mit demütiger Miene trat Freda an den Tisch.

»Von mir aus«, murmelte sie wie ein Häufchen Elend. »In der Christmas Company vermisst mich sowieso keiner.«

Myrkur Farandi zog ein Stück Pergament heran, das neben dem Teller gelegen hatte.

»Bezeuge das!«, befahl er.

Freda nahm die Handschuhe ab. Es schien eine Art Vertrag zu sein, in einer unlesbaren Runenschrift. Zögernd fuhr sie mit dem

Zeigefinger die erste Zeile entlang. Plötzlich packte Farandi ihn, ritzte mit der Messerklinge die kaum verheilte Kuppe ein und drückte sie fest auf den unteren Rand des Pergaments. Es passierte so schnell, dass sie nicht einmal schreien konnte. Sprachlos starrte sie auf das blutige Siegel.

Schon riss Myrkur Farandi das Blatt wieder an sich. Ein schwarzer Schatten flatterte von einem Stützbalken herunter und landete auf der Tischkante: Krumma.

»Schau an, der Alte vom Nordpol schickt neuerdings seinen Kindergarten, wenns brenzlig wird«, krächzte er und beäugte das Engelchen feindselig.

Serafin murmelte etwas. Freda, den Daumen auf den Schnitt gepresst, stieß sie mit dem Ellbogen an.

»Ja, der Kater spricht auch nicht mehr mit jedem«, sagte Myrkur Farandi spöttisch. »Aber du siehst, am Ende kommen sie doch zu uns, ob sie wollen oder nicht.«

Er lachte zufrieden und der Rabe fiel heiser ein.

Alarmglocken schrillten in Fredas Ohren. Das klang fast wie ein abgekartetes Spiel. Etwas stimmte nicht mit diesem ungleichen Paar. Doch bevor sie darüber nachdenken konnte, fragte der Rabe sie schon nach dem Rätsel.

Langsam wiederholte Freda aus dem Gedächtnis den Text:

»Zwölf bilden unser Rätselwort.
Sturmwellen treiben es nie fort.
Zwei Wesen sinds, eine Gestalt,
und Käpt'n Ahab lässt das kalt.«

Gespannt hielt sie die Luft an.

Der Rabe putzte gründlich den rechten Flügel, den linken Flügel und jede einzelne metallisch glänzende Schwanzfeder.

Serafina biss auf ihren schwarz lackierten Nägeln herum.

»Klappts heute nicht?«, fragte sie nach einer Weile.

Krumma hackte mit dem Schnabel nach ihr.

»Hellsehen ist eine Kunst, dazu muss ich in Stimmung sein«, sagte er giftig. »Außerdem tut man sich keinen Gefallen, wenn man zwischen die Fronten gerät, wenn du verstehst, was ich meine. Man erzählt sich so einiges zwischen Himmel und Erde über die Christmas Company …«

»Und was?«

»Die Wintersonnwende steht bevor«, verkündete Krumma dunkel. »Manches verschwindet für immer. Anderes erscheint wieder mit Schrecken und Schwert.«

Freda zog eine Grimasse. Na gut, auf ihrer Reise hatten sie eine Menge Sachen verloren. Und schreckliche Schwierigkeiten waren aufgetaucht. Was sollte das wirre Gerede?

Krumma gab ein kehliges Glucksen von sich.

»Das Rätselwort … das Rätselwort …«, murmelte er mit geschlossenen Augen. Unvermittelt reckte er starr den Kopf nach oben.

»Es geht los!«, knurrte Farandi auf seinem Trohn.

»Ich sehe Julenisse«, kolkte der Rabe aufgeregt. »Sie folgen einem Schlitten, und darauf sitzen … darauf sitzen … Weihnachtsmänner! Es sind die Heiligen Könige und der kanadische Delegierte, gefesselt und gefangen! Oh, es kommt noch schlimmer: In der Christmas Company gehen für immer die Lichter aus! Der

Alte bleibt einsam zurück … Krampusse und Perchten steigen aus den Bergen herab, Bergtrolle verlassen ihre Höhlen – so etwas hab ich noch nicht erlebt … und alles geschieht nur …« Krummas Kopf sank immer tiefer, seine Stimme klang schwächer.

»… weil jemand …«

Die Spannung im Raum war unerträglich.

»… seinen entlaufenen Kater sucht.«

Der Rabe kippte vom Tisch und landete wie ein nasser Lappen auf dem Boden.

Keiner sagte etwas. Bedrohlich schabte draußen das Packeis am Schiffsrumpf entlang.

Dann platzte Serafin heraus: »Versteh ich nicht. Das hat doch nichts mit dem Rätsel zu tun.«

Erstaunlich schnell richtete Krumma sich wieder auf.

»Überlass die Magie den Meistern und kümmere dich um so albernes Zeug wie Keksebacken!«, krächzte er.

Ehe Freda es verhindern konnte, flog Serafin auf den Tisch, ein halber Meter geballter Zorn.

»Ich lese mit links ein besseres Weihnachtsorakel aus einem geschälten Apfel!«, rief sie. »Und ich kann allerdings Kekse backen! Zauberhafte Kekse sogar!«

Sie drehte sich auf dem Absatz um.

»Komm, wir gehen, Freda! Diese eingebildete Nebelkrähe ist komplett nutzlos.«

»Freches Hexenbalg!!!«

»Serafin!!«

Ein Knäuel aus weißen und schwarzen Federn wirbelte durch den Raum. Vergeblich versuchte Freda die Streitenden zu trennen. Am Ende erwischte sie Serafin am Fuß und ließ nicht mehr los, bis sie das kreischende und um sich schlagende Engelchen fest unter den Arm geklemmt hatte. Bei dem Kampf hatte die kleine Kratzbürste den Lederbeutel verloren. Freda entdeckte ihn unter dem Thron. Mit einer Hand angelte sie ihn hervor, direkt vor Farandi, der seinen Vogel auf dem Arm trug wie einen Jagdfalken.

Der mächtige Rabenschnabel war nur Zentimeter von Fredas Augen entfernt, als sie sich aufrichtete.

»Es tut mir leid, es tut mir wirklich sehr leid«, stammelte Freda. »Bitte … wie heißt denn nun die Lösung?«

Krumma antwortete nicht. Beleidigt flog er auf den Tisch und glättete sein zerzaustes Gefieder. Auch Farandi setzte sich wieder.

Freda sah von einem zum andern. Konnte oder wollte der Rabe nicht helfen?

In diesem Moment donnerte ein schwerer Schlag durch das Schiff. Die gesamte Steuerbordseite bog sich nach innen, dass die Planken knirschten und rissen. Auch die äußeren Stützbalken im Raum wankten. Und dann, weit entfernt, erklang ein schwaches Hornsignal. Fredas Herz machte einen Satz. Die Wintergeister waren im Anmarsch. Sie mussten sofort zu Jonker und Mr Livingstone zurück. Sekundenlang starrte sie auf das Säckchen in ihrer Hand. Das war ihre letzte Chance. Vielleicht brachte der *Carbone*-Keks Krummas Gehirn auf Touren.

Freda öffnete die Lederschnur und schüttelte ihn auf den Tisch.

Angezogen von dem glitzernden Ding flog Krumma von Farandis Arm hinab.

»Doch ein Geschenk«, sagte er erfreut. »Und sogar essbar!«

»Nnnnmpf«, nuschelte Serafin unter Fredas Arm.

Der Rabe schnappte den Keks, ein kurzes Rucken mit dem Kopf, weg war er. Nervös wartete Freda auf die Wirkung. Die setzte auch gleich ein.

»Verfaulte Robbe. Viiiel besser als dieser zähe Wal«, seufzte Krumma genüsslich. »Mmmh … Maden in Karibukadaver. Oh, diese Delikatesse bekommt man am Nordpol nie: überfahrenes Kaninchen!«

Er kicherte und hüpfte auf einem Bein um den Fleischteller herum.

Freda würgte es, zugleich war sie furchtbar wütend auf sich selbst. Warum hatte sie das nur getan? Die Aufzählung von Krummas Lieblingsessen wurde immer ekliger, das Rätsel kümmerte ihn überhaupt nicht mehr, egal wie sehr Freda bettelte und bat.

Farandi beobachtete ihre Bemühungen eine Weile mit grausamer Freude.

»Genug damit!«, sagte er dann und erhob sich.

»Aber er hat das Rätsel ja gar nicht gelöst«, beharrte Freda verzweifelt.

»Er hat es versucht. Du hast nur einmal bezahlt.«

Freda ballte die Fäuste. »Das ist unfair. Wir hatten eine Abmachung!«

Myrkur Farandi lächelte hinterhältig und Freda begriff, dass sie betrogen worden war. Alles war umsonst gewesen. Die ganze Expedition.

Völlig durcheinander stand sie da, während der schreckliche Kapitän seine Hand nach ihr ausstreckte.

Erst Serafins Gezappel brachte Freda zur Besinnung. Mit einem

Satz sprang sie über das Eisbärenfell und floh. Wildes Gelächter folgte ihr.

»Lauf nur!«, dröhnte Farandi. »Du entkommst deinem Schicksal nicht!«

Freda rannte in den Gang hinaus. In völliger Dunkelheit versuchte sie den Weg zurück zum Heck zu finden. Keuchend prallte sie gegen Hindernisse, nahm falsche Abzweigungen und landete im Unterdeck. Endlich fand sie am Ende des Laderaums zwischen endlosen Reihen von Tonnen und Säcken die Treppe zum Oberdeck wieder. Kurz davor blieb ihr Fuß an etwas hängen und sie schlug der Länge nach hin.

»Aua!«, schrie Serafin, die dabei aus ihrem Klammergriff rutschte.

Freda setzte sich auf, suchte nach ihrer Stirnlampe und schaltete sie ein.

Der Lichtkegel fiel auf einen langen Gegenstand.

Es war ein Bootshaken.

19

Wie elektrisiert packte Freda den Griff mit der gekrümmten Metallspitze am Ende. Waren etwa die zwei Besucher von Skullcracker 3 hier an Bord? Und was bedeutete das?

Serafin kroch aus einer mit schimmeligem Reis gefüllten Kiste.

»Komm weiter!«, rief sie.

Freda schüttelte heftig den Kopf.

»Still, ich muss nachdenken.«

Ratsch, ratsch – plump!

Es war das gleiche Geräusch, das sie beim Betreten des Schiffs gehört hatten, ganz in ihrer Nähe. Freda beschattete mit der Hand die Stirnlampe und schlich ein Stück den Gang zurück. Vorsichtig hob sie die Lampe etwas höher – und ließ sie schnell wieder sinken.

Zwischen aufgebrochenen Tonnen und zerschlitzten Säcken saßen gut sichtbar dieselben Kerle, die vor zwei Tagen ihr Zelt durchwühlt hatten. Gerade waren sie damit beschäftigt, einen Haufen Weihnachtsgeschenke zu zerstören. Ein Päckchen nach dem anderen rissen sie auf, schnüffelten sehnsüchtig mit ihren Riesennasen darin herum und schleuderten es samt Inhalt beiseite.

»Die haben Jonker und mich überfallen!«, wisperte Freda Serafin zu, die ihr gefolgt war.

»Hungrige Trolle!«, flüsterte Serafin. »Die Päckchen haben sie bestimmt geklaut.«

Die Trolle greinten und brummten. In immer schnellerem Tempo massakrierten sie auf der Suche nach Essbarem die Geschenke.

Lärmendes Gekrächz ertönte hinter ihrem Rücken von der Treppe. Sofort krochen Freda und Serafin hinter eine Kiste.

»Verfluchte isländische Weihnachtskerle!«, krakeelte Krumma. Er landete auf einem Tonnendeckel. »Seid ihr immer noch hier? Wo stecken eure elf Brüder?!«

Freda hob vorsichtig den Kopf. Von wegen, Backen war albernes Zeug! Serafins Keks hatte Krumma völlig außer Gefecht gesetzt. Er plapperte wie ein Papagei und kämpfte mit einem üblen Schwindel.

Die Trolle stierten dumpf den Raben an.

»Glotzt nicht so!« Krumma schwankte vor und zurück. »Ihr habt es total vermasselt. Eure Mutter Grýla … ups … sollte den Kater in Kap Fortryll abholen. Stattdessen ist er plötzlich … ups … hier. Und wo sind die versprochenen Wunschgürtel für meinen Herrn?« Der Rabe drehte sich im Kreis. »Wahrscheinlich futsch! Hihi!«

Er machte einen schrägen kleinen Hopser.

Die Trolle grinsten und würgten unverständliche Laute hervor. Es klang wie eine lahme Ausrede.

Auf der Stelle schlug Krummas Laune um.

»Was heißt hier *im Schneesturm verlaufen*?«, schrie er. »Alles muss man selber machen. Ich hätte den zwei von der Christmas Company eben das Lösungswort verraten sollen. Dann wäre ich euch und die anderen nichtsnutzigen Wintergeister endlich los!«

Die Trolle brummten. Ungeschickt schleuderte der Größere eins der Geschenke nach dem Raben.

Kreischend flatterte Krumma auf einen Balken.

»Schon gut«, lenkte er ein. »Ich hab ja nichts gesagt und allein kommen die nie darauf, dass es … ups … *Schweinswale* heißt.«

Er gluckste.

»Wenn der Kater wüsste, woher ich die Idee für mein schlaues Rätsel habe, würde er mich umbringen. Kann er aber nicht, dafür hat der Engel selbst gesorgt. Sie hat nur zwei Worte vertauscht bei ihrem Zauberspruch, das dumme Huhn, rechts und links – aber was für eine Wirkung! Das kommt davon, wenn man die schwarze Kunst vernachlässigt.«

»Krumma! Krumma! Bring mir die Wunschgürtel!«

Farandis Stimme dröhnte durch das Vorschiff.

Der Rabe fuhr erschrocken zusammen.Umständlich entfaltete er seine Flügel und trudelte davon.

Die beiden Zottelbärte zuckten mit den Schultern, dann schnappten sie sich wieder ein paar Pakete.

Freda robbte rückwärts und versuchte zu begreifen, was sie gehört hatte. Der geheimnisvolle Grýla, von dem die Julenisse gesprochen hatten, war in Wahrheit die Mutter einer Schar verfressener Trolle. Doch nicht sie allein hatte den Angriff auf die Christmas Company geplant, sondern auch Myrkur Farandi und

Krumma. Und ausgerechnet die beiden hatte sie vor zehn Minuten um Hilfe gebeten! Unglaublich!

Wilde Gedankenfetzen schossen durch Fredas müden Kopf, abgerissene Worte, die ihren Platz suchten.

Starke Kerle, im Schneesturm verlaufen, Island – hatte das nicht schon einmal jemand zu ihr gesagt?

Sie drückte den verletzten Finger auf ihre pochende Stirn und überlegte. Jonker war es gewesen, als er Stúfurs Geschichte für sie übersetzte! Natürlich, der kleine nervige Stinker war einer der Trollbrüder – und saß jetzt nur drei Meter entfernt von Mr Livingstone in seiner Tonne!

Freda beugte sich zu Serafin hinüber.

»Hast du verstanden?«, zischte sie. »Sie stecken alle unter einer Decke! Stúfur gehört auch dazu!«

Das Engelchen knirschte mit den Zähnen.

»Dummes Huhn«, wiederholte sie. »Warts ab, ich serviere dir dummes Huhn!«

Eine dritte Druckwelle erfasste das Schiff und presste es unbarmherzig zusammen. Holz splitterte, mehrere Stützbalken hinter ihnen fielen zu Boden und ein Teil der Decke stürzte herunter.

Ohne nachzudenken riss Freda Serafin mit sich, stürzte mit dem Bootshaken in der Hand durch den halb verschütteten Gang zur Treppe und hinauf ins Freie.

Der Anblick des Oberdecks traf sie wie ein Schock. Das Heck der Vega gab es nicht mehr. Stattdessen stand dort, von unheimlichen Kräften senkrecht aufgestellt, eine meterdicke, riesengroße Eisscholle. Langsam, aber unaufhaltsam bewegte sie sich vorwärts, im

Gepäck noch andere, ebenso mächtige Brocken, die jedes Hindernis niederdrückten.

Freda lief zur Steuerbordseite und sah zum Strand hinüber, wo die zwei Hütten standen. Das gesamte Packeis rund um die Insel war zerbrochen und in Bewegung. Gleichzeitig näherte sich vom anderen Ende Iskalotts ein gespenstischer Fackelzug: die Wintergeister.

Freda ließ Serafins Hand los und schwang die Beine über die Bordwand.

»Runter vom Schiff!«, schrie sie und sprang.

Sie landete auf den Füßen, tastete automatisch nach ihrer Stirnlampe und griff ins Leere. Sie hatte sie im Frachtraum verloren. Schnell durchsuchte sie ihre Parkataschen. Wenigstens Handschuhe und Maske waren ihr geblieben.

Serafin schoss an ihr vorbei auf das Ufer zu.

»Meine Lampe ist weg!«, rief Freda ihr nach. »Ohne dich schaffe ich es nicht!«

Das Engelchen vollführte einen Looping und kehrte an ihre Seite zurück. Schritt für Schritt führte sie Freda über die durch den Fjord driftenden Schollen. Plötzlich schoben sich mit entsetzlichem Knirschen zwei gewaltige Platten vor ihnen auseinander. Eine schmale schwarze Rinne bildete sich.

»Halt!«, schrie Serafin. »Weiter nach rechts!«

Freda drehte sich um und schlug einen großen Bogen um die gefährliche Bruchstelle herum.

Der Mond war untergegangen, blasse Sterne standen am Himmel. Immer lauter stöhnte der vom Eis gequälte Rumpf der Vega hinter ihnen.

Fredas Zähne schlugen unkontrolliert aufeinander, während sie nach Farandi Ausschau hielt. Doch der Kapitän blieb an Bord. Entweder bemerkte er die Todesfalle nicht, oder er war von den Trümmern der einstürzenden Decks erschlagen worden.

»Noch ein paar Minuten«, schrie das Engelchen ihr zu, »und er wird in seinem eigenen Schiff begraben! Ein Gegner weniger!«

Unwillkürlich lief Freda etwas schneller auf die Küste zu.

Immerhin, sie hatten endlich das Lösungswort und Jonker würde den Kater gegen jeden Angreifer verteidigen. Aber konnten sie den Wintergeistern noch davonfahren? Es wurde knapp, megaknapp!

Sie waren nur noch fünfzig Meter vom Strand entfernt, als eine Explosion mitten im Ort sie aufschreckte. Der Zug der Wintergeister kam ins Stocken, Julenisse schrien durcheinander, kurz darauf hörten sie Glocken- und Kettengerassel. Das war genau die zusätzliche Zeit, die sie brauchten!

Freda vergaß jede Vorsicht, sprang die letzten Meter über Spalten und Risse auf festen Boden, spurtete den Strandzipfel entlang, auf die Rückseite der verfallenen Hütten zu. Da, Hundegeheul! Wunderbarer Jonker, er hatte mitgedacht und schirrte schon die Hunde an. Schlitternd bog Freda um die Ecke der verwitterten Holzwand und blieb atemlos stehen.

Es war niemand mehr da. Beide Türen standen weit offen, Stúfurs Tonne lag leer vor dem gepackten Schlitten, daneben ein rostiger Kanister. Verunsichert zerrte das Gespann an den Ketten.

Serafin flog in die größere Hütte hinein. Freda stürzte hinterher. Umgekippte Möbel, eine verlorene Mütze, aber kein Kobold und kein Kater.

Stúfur hatte sie ausgetrickst.

»Verdammt!«

Freda schleuderte den Bootshaken an die Wand. Sie war die ganze Zeit so blind gewesen! Vornübergebeugt blieb sie vor dem kurzen Bett stehen und wartete, dass die Seitenstiche nachließen. Glocken klangen, gar nicht mehr weit entfernt. Sie rückte ihre Maske zurecht. Auf der schmutzigen Matratze lag immer noch das dicke Bündel, das Mr Livingstone warm gehalten hatte.

Moment. Eine Möglichkeit gab es vielleicht …

Sie schob ihre Hände unter die dichten Felle. Dann zog sie erst den Wunschgürtel, danach die Kerze der Lucia hervor.

Serafin machte große Augen, öffnete den Mund und klappte ihn wieder zu. Ganz selbstverständlich hatte Freda den breiten Gürtel um ihre Taille geschlungen. Mit sicheren Griffen zog sie das viel zu lange Ende fest. Die eckige Metallschnalle drückte schwer gegen ihren Bauch.

Nachlässig stopfte sie die Kerze zum Feuerzeug in ihrer Parkatasche.

»Komm, er kann nicht weit sein«, befahl sie dem erstaunten Engelchen.

Im Vorbeigehen hob sie den Bootshaken auf und jagte hinaus, zu den Häusern von Iskalott. Das Getöse der Wintergeister wurde lauter, sie lief ihnen genau entgegen. Eng an die Hüttenwände gedrückt huschte Freda durch eine stinkende dunkle Gasse. Auf dem freien Platz, zwischen dem jämmerlichen Tannenbaum der Kolonie und aufgehängten Fischernetzen, brannte einer der Müllhaufen und schickte rötlichen Feuerschein in den Himmel. Immer noch kein Angreifer in Sicht. Oder doch?

Serafin, eine lautlose Kundschafterin über ihrem Kopf, machte ihr vor einem niedrigen Verschlag aufgeregte Zeichen. Dahinter versteckte sich jemand! Freda sprang um die Ecke und donnerte den Bootshaken gegen das Holz.

»Hast du mich erschreckt!«

Jonker, ohne Maske und Jacke, kippte mit verzerrtem Gesicht auf die Straße.

»Ich dachte, du bist ein Krampus.«

Freda schüttelte ihn ungeduldig. »Was ist passiert?«

»Stúfur hat die Tür … die Kinder …«, stammelte Jonker.

»Schaut doch!«, rief das Engelchen.

Freda wirbelte herum. Träumte sie? Zwischen dem Müll saß Mr Livingstone und nagte völlig versunken an dem Vogelgerippe, um das die Julenisse gestritten hatten. Erleichtert rannte sie quer über den leeren Platz.

Sie hatte Serafins fehlerhaften Zauber vergessen.

Verängstigt durch die fremde Umgebung ließ der Kater bei ihrem Anblick seine Beute fallen und fauchte. Freda stoppte. Kostbare Sekunden vergingen, während sie sich langsam bückte.

»Komm zu mir!«, lockte sie mit hoher Stimme.

Brüllend stürmte in diesem Augenblick das wilde Heer zwischen den Häusern hindurch. Gleichzeitig tauchte hinter den Fischernetzen die Kinderbande der Julenisse auf und warf sich mit einem Schlachtruf auf den Kater.

Diesmal gab es kein Entkommen. Die schwarzen Krampusse trieben sie wie Schafe in der Mitte des Platzes zusammen und kannten dabei keine Gnade. Zwei hakten ihre Hörner rechts und links in Jonkers Hosenbeine und schleuderten ihn wie eine Puppe durch die Luft. Dabei schlitzten sie den Stoff bis zur Hüfte auf, sodass man seine rote Fleecewäsche sah. Eine andere Gruppe riss Freda Kapuze samt Mütze und Maske vom Kopf, tobte mit den Fetzen davon. Verzweifelt schlug Freda mit dem Bootshaken um sich. Immer mehr Krampusse strömten nach, bildeten direkt vor ihr eine Kette. Todesmutig stieß Serafin wie ein Raubvogel in das Getümmel hinab, um Fredas Maske zu retten. Darauf hatte Noricus im Hintergrund nur gewartet. Ein Sprung, ein Prankenhieb und schon hing sie über seiner Schulter.

»Freda, Hilfe!«, schrie das Engelchen. Heftig trommelte sie auf den breiten Fellrücken des riesigen Unholds ein.

Freda täuschte rechts einen Schlag an, tauchte links zwischen zwei heranstürmenden weißen Perchten hindurch und stürmte hinter Noricus her.

»Lass sie los!« Mit beiden Händen stieß sie den Bootshaken nach vorn, hakte die halbrunde Metallkralle von hinten um Noricus' Knöchel und zog. Die Wucht des Stoßes riss sie nach vorn aufs Gesicht. Aber auch der Krampus stolperte, öffnete einen winzigen Moment die Tatzen. Mit einer schnellen Drehung rollte das Engelchen aus ihnen heraus und flüchtete zu Jonker.

Freda kam schwankend auf die Füße, bereit für den nächsten Angriff.

Noricus schoss herum.

»Du!«, knurrte er. Weißer Dampf drang aus seinem geöffneten Rachen, floss über seine hechelnde Zunge und bildete eine dichte Wolke.

Freda wich vor dem lähmenden Eisnebel zurück, bis sie Rücken an Rücken mit Serafin und Jonker stand.

»Bewegt euch, wir dürfen nicht einschlafen!«, rief sie.

Inzwischen drängten noch mehr Perchten, Hygges Julenisse und die restlichen Wintergeister aus den Gassen, sogar die merkwürdigen Tannenwesen und das vertrocknete Zwetschgenmännlein.

»IS-KA-LOTT! IS-KA-LOTT!«, schrien sie ihren Gefangenen ins Gesicht, dabei schüttelten sie ihre Glocken und Ketten. Die Kinder hoben den Kater stolz wie einen Pokal in die Höhe.

Mitten in der rasenden Siegesfeier kroch Hygge durch die Beine der Größeren in die Mitte. Er hatte seine alte Gestalt inzwischen wiedererlangt – bis auf ein weißes Hasenohr, das auf seinem Kopf wippte. Triumphierend schwenkte er vor Jonker seine flache Handtrommel.

»Das wirst du bereuen!«, schrie er rachsüchtig.

Der Jubel wurde noch lauter, als fünfzig Julenisse einen gewaltigen eisernen Kessel aus einem Schuppen heranrollten. Auf Befehl von Hygge stellten sie ihn auf den brennenden Müllhaufen und füllten ihn mit Schnee. Eifrig begannen sie das Feuer zu schüren.

Freda umklammerte den Bootshaken. Das Engelchen zitterte am ganzen Körper.

»Was wird das?«, spottete Jonker mit blauen Lippen. »Euer jährlicher Badetag?«

Hygges Apfelbäckchengesicht zeigte keine Regung.

Ernst schlug er einen monotonen Rhythmus auf das Instrument. Die Jubelschreie verstummten, tiefschwarze Dunkelheit senkte sich auf den Platz. Das Meereis rund um Iskalott rumpelte lauter, die Schiffsplanken der Vega im nahen Fjord barsten wie Pistolenschüsse. Aber noch andere seltsame Geräusche erfüllten die Luft: Knattern und Wummern.

Und dann, im Takt des Trommelschlags, zog Grýla mit ihren Söhnen zum Kessel.

Serafin fasste nach Fredas Hand. Grýla hatte nur das hässliche Gesicht an ihre Kinder vererbt. Ihr Körper erinnerte an ein Fabeltier. Die Beine unter dem merkwürdigen zipfeligen Fellrock, den sie trug, endeten in Pferdehufen. Auf der Stirn saßen zwei Bockshörner und sie schleifte ein schmutziges Kuhschwanzbündel hinterher. Doch am schauerlichsten war das riesige Reptilienauge, das aus dem borstigen Haar am Hinterkopf die Menge beobachtete. Nichts und niemand konnte sich heimlich an Grýla heranschleichen.

Zwischen den Müllhaufen blieb sie stehen und scharte ihre Söhne um sich. Neben ihr sahen sie direkt nett aus. Zuletzt, mit hängendem Kopf und von den größeren Brüdern geboxt und gekniffen, trottete Stúfur auf den Platz.

»Ich habs euch ja gesagt. Er *ist* ein fieser Spion«, sagte Jonker verbittert.

Das Trommeln endete.

Grýla riss Stúfur am Ohr.

»Ausreißer!« Die Worte kamen schwerfällig, aber verständlich zwischen den gelben Zähnen hervor. Ein Stoß schleuderte den Kleinen zu Mr Livingstone hinüber, der schlaff in den Händen der Julenisse-Kinder hing. »Hol meinen *jolaköttur* zurück!«

Freda, Jonker und Serafin sahen sich verblüfft an.

Hygge lachte sich scheckig über ihre dummen Gesichter.

»Da staunt ihr, was?«, krähte er. »Ja, der vornehme Mr Livingstone ist eigentlich Grýlas Zauberkater! Neunundneunzig Jahre lebte er mit den Trollen in einer Berghöhle neben dem Vulkan

Snæfellsjökull. In der Weihnachtszeit wanderten sie in die Städte, spielten den Leuten böse Streiche und steckten den Kindern Geschenke oder Kartoffeln in die Schuhe.«

»Kartoffeln!«, sagte Freda, der ein Licht aufging. Ihr Gesicht brannte vor Kälte.

Jonker wischte die Eiskruste von seinen Lippen.

»Unser Hundefutter … und das Pemmikan …«

»Haben Grýlas Söhne geklaut«, bestätigte Hygge stolz. »Isländische Trolle wissen eben noch, wie man Spaß hat. Euer feiner Mr L. war früher auch ein richtig schlimmer Finger. Ich meine, bevor er eines Tages die Seiten wechselte und Grýlas wertvollsten Schatz für den Weihnachtsmann mitnahm.«

»Schatz? Welchen Schatz?«, fragte Jonker verständnislos.

Ein paar bucklige weißhaarige Julenisse schoben sich neben Hygge.

»Tja, davon hast du Grünschnabel natürlich keinen Schimmer«, nuschelte ein zahnloser Alter. »Thors magischen Wunderhammer meint er! Hättest damals lieber öfter unseren alten Geschichten zuhören sollen.«

»Genau, dann wüsstest du, dass der Kater ihn zum Weihnachtsmann gebracht hat!«, rief sein Nebenmann, dessen Bart wie vertrocknetes Moos über das spitze Kinn wucherte. »Den hatte eigentlich Grýla gefunden und in ihrer Höhle versteckt, als die alten Wikingergötter untergingen und nach und nach die Erde verließen. So fing der ganze Ärger an.«

Jonker riss die Augen auf. »Wikingergötter …«, flüsterte er.

Das Engelchen bewegte matt die eingefrorenen Flügel. »Das muss ein Irrtum sein«, wisperte sie.

Der Moosbart pikste ihr wütend seinen krummen Zeigefinger in den Bauch.

»Irrtum? Nein, junges Gemüse, da gibt es keinen Zweifel«, belehrte er sie. »Aus dem Hammer ließ euer Chef die Schnallen der Wunschgürtel schmieden. Was glaubst du, warum er auf der ganzen Welt nun so mächtig ist, wir aber hier elend im letzten Winkel hausen? Nur dieser Kater ist schuld daran. Grýla hat ihm das nie verziehen, ach, was sag ich? Keiner von uns Wintergeistern hat das vergessen. Sie hat ihn quer durch die Arktis gejagt. Weit weg vom Nordpol, bis in die große Menschenstadt ist er geflüchtet, aus Angst, dass Grýlas Strafe ihn einholt.«

»Aber dieses Jahr waren wir alle schlauer als er!«, schrien die jüngeren Julenisse und schwenkten ihre Harpunen. Neuer Jubel stieg auf dem Platz auf. »Wir haben ihn mit einer List aus seinem Versteck gelockt. Die Christmas Company ist tot-tot-tot!«

»Ich glaubs einfach nicht!«, ächzte Jonker. Mühsam wendete er Freda den Kopf zu. »Deshalb sagte Sir Christfield, der Kater ist ein Geschäftsrisiko.«

»Und mit mir hat er wegen meiner paar Kekse geschimpft«, murmelte Serafin.

Eine weitere Nebelwolke aus Noricus' Rachen zog über sie hinweg. Kraftlos schlug Freda die Hände zusammen, um gegen die tödliche Kälte anzukämpfen. Also darum war Mr Livingstone so plötzlich bei ihrer Familie aufgetaucht und hin und wieder verschwunden, darum hatte er sich gegen die Schlittenexpedition gesträubt … Aber egal, jetzt nützte ihr dieses Wissen nichts mehr, sie saßen in der Falle …

Es donnerte in der Ferne.

Freda blickte zu Stúfur hinüber, der Mr Livingstone gerade vorsichtig den Kindern abnahm. Hinter ihm oben am Himmel entdeckte sie den Raben, der sich im Sturzflug dem wilden Haufen näherte. Hatte Myrkur Farandi sein Schiff doch noch verlassen? Schläfrig rieb Freda sich über die Augen. Das Orakel fiel ihr wieder ein: *Alles geschieht nur, weil jemand seinen entlaufenen Kater sucht!*

Krumma hatte auf dem Schiff nicht nur wirren Unsinn geredet. Dann stimmte wohl auch der Rest ihrer Weissagung: Das Ende der Christmas Company stand bevor.

Hygge Svalbart schlug dreimal auf seine Trommel. Der Rabe landete ungeschickt auf dem Trockengestell hinter den Julenisse-Kindern.

»Die Zeit ist gekommen, Grýla!«, kreischte er aufgeregt. »Ich habe meine Aufgabe erfüllt. Nun gib du mir die Gürtel!«

Die Trollfrau beachtete ihren Verbündeten nicht. Mit einem aus knorrigem Treibholz geschnitzten Löffel rührte sie versunken in der wie Lava brodelnden Brühe des Eisentopfes. Das aufflackernde Feuer unter dem schimmernden Metall beleuchtete ihren Zipfelrock. Erst jetzt erkannte Freda, dass die klumpigen Troddeln baumelnde Pfoten waren, und begriff.

»Tut doch etwas!«, stöhnte Jonker neben ihr. Seine zerrissenen Kleider waren unter einer dicken Eisschicht verschwunden.

In diesem Augenblick begann Grýla einen Zaubergesang. Es waren hohle, traurige Töne, mehr eine Totenklage als ein Lied. Serafin weinte stumm. Tränen rollten über ihr Gesicht und fielen als feste Perlen in den Schnee.

Freda dagegen spürte völlige Mutlosigkeit. Sie hatte alles falsch gemacht, sich selbst und ihre Freunde ins Unglück geführt. Ihre Familie würde sie nie wiedersehen. Der Gedanke war schrecklich, genau wie dieses Lied und die trostlose Finsternis um sie herum. Wie in Trance zog sie die Kerze der Lucia aus ihrer Parkatasche, legte die plumpen Handschuhe ab und betätigte ein paarmal das Feuerzeug. Ohne Erfolg.

Und dann geschah tatsächlich ein Weihnachtswunder.

20

Jammernd trug Stúfur Mr Livingstone zum Kessel hinüber.

Warum waren bloß alle so sauer auf ihn? Engelsbrav hatte er in seiner Tonne gewartet, bis plötzlich jemand den Deckel wegriss. Als er herausstieg, schubsten ihn freche Julenisse und rannten davon. Neugierig hatte er in die Hütte nebenan geguckt. Drinnen entdeckte er Jonker und seinen vor Jahren verschwundenen Kater. Doch keiner von beiden freute sich ihn zu sehen, keiner erklärte ihm etwas. Stattdessen gab es nur Geschubse, Geschrei, Gerenne!

Enttäuscht hatte der Troll etwas Leuchtfarbe getrunken und war den anderen hinterhergetrottet. Und nun traf er hier seine ruppige Familie wieder und gleich ging das Ganze von vorne los!

In diesem Moment bemerkte Stúfur in der Menge Freda, die Einzige, die jemals richtig freundlich zu ihm gewesen war. Mit Freudenschreien hopste er zu ihr hinüber. Leider verlor er auf dem letzten Meter die Lederschlappen und den Kater.

»Hjiiiiiecks!!!«, machte er.

Der Feuerstoß aus seinem Mund traf erst Mr Livingstones

Schwanzspitze, danach die Kerze in Fredas Hand. Jaulend sprang der Kater in die Luft, im selben Augenblick zündete der Docht. Eine sonnengelbe Flamme erschien, wuchs zu einer strahlend heißen Säule, die viele Meter senkrecht in den Himmel ragte. Der Wunschgürtel, den Freda völlig vergessen hatte, zog sich straff um ihre Mitte. Erschrocken legte sie ihre freie Hand auf die Schnalle.

»*Fröhliche Weihnachten! Was wirst du wünschen?*«, fragte eine hallende Stimme in ihrem Kopf.

Ein paar Atemzüge lang blieb die Zeit stehen. Freda hob die Kerze in die Höhe und betrachtete den Kreis erstarrter Gestalten um sich herum: Serafin hatte die Hand vor den Mund geschlagen, Jonker staunte sie ehrfürchtig an, hinter Stúfurs Hose hing eine giftgrüne Pupswolke in der Luft, die Julenisse hielten ihre Mützen vor die Augen, alle Krampusse fletschten die Reißzähne, Perchten und Trolle rollten übereinander, Krumma landete zwischen Noricus Hörnern, Grýla leckte den Kochlöffel ab, aber genau vor ihr stand Mr L., mit weit aufgerissenen Augen und gesträubtem Fell.

Freda ließ den Gürtel los und strich ihm über den Kopf.

Augenblicklich lief die Zeit weiter. Alle redeten durcheinander.

»Was fällt euch ein, mir den Schwanz abzufackeln!«, fauchte Mr Livingstone, wieder ganz der Alte. »Los, los, spannt die Hunde an, wir brechen auf!«

Verwirrt schaute er sich um, entdeckte Grýla und zuckte zusammen.

»Bei Thors Hammer!«, keuchte Jonker fasziniert. »Was war das denn?«

»Gebt mir den Gürtel!«, kreischte Krumma außer sich auf Noricus' Kopf. »Er gehört meinem Herrn!«

Freda richtete die Kerzenflamme auf ihn.

»Nein! Lasst mich und meine Freunde gehen!«, rief sie.

Der kleine Troll umklammerte ihre Beine. »Stúfur kommt mit! Stúfur kommt mit!«

Serafin war vor Mr Livingstone auf die Knie gefallen.

»Katerchen, du sprichst ja wieder!«, schluchzte sie. Sie drückte ihm einen nassen Kuss auf die Nase. »Das ist einfach zauberhaft!«

Auf der anderen Platzseite kam Leben in Grýla. Wer war dieser seltsame Kobold mit dem gefährlichen Licht? So hatte sie seit den Urzeiten der Erde noch keiner herausgefordert. Unruhig peitschte sie ihren meterlangen Kuhschwanz hin und her. Das Feuer unter dem Kessel war im schmelzenden Schnee ausgegangen, um ihre Pferdehufe flossen Bäche. Sämtliche Wintergeister schwitzen und japsten in der ungewohnten Hitze. Immer wenn Freda die Flammensäule in ihre Richtung schwenkte, kniffen sie die Augen zusammen.

Grýla schlug den Löffel gegen den Kessel.

»Vorwärts!«, schrie sie ihre Verbündeten an.

Die Perchten schielten auf die Kerze und begannen kräftig mit den Glocken zu läuten. Auch die Krampusse rotteten sich hinter Grýla zusammen.

Jonker riss einem Julenisse die Harpune aus der Hand.

»Kommt nur her!«, brüllte er. Wasser tropfte von seiner roten Fleeceunterhose herunter. »Es lebe die Christmas Company! Noch sind wir nicht tot!«

Das stimmte absolut. Weder Freda noch Jonker oder Serafin hatten weiter an die zwei Heiligen Könige gedacht, die von Kap Fortryll aufgebrochen waren, um Verstärkung zu holen. Doch der junge Melchior hatte sein Bestes gegeben und die Christmas Company tatsächlich erreicht. In diesem Augenblick kam seine eilig zusammengetrommelte Hilfsmannschaft endlich angebraust: Mit ohrenbetäubendem Krach donnerte im Tiefflug eine Propellermaschine über die Angreifer hinweg. Haarscharf rasierte sie Grýla mit den Kufen den Kopf, sodass sie auf den Rücken fiel, exakt auf ihr unheimliches drittes Auge. Wie umgestupste Dominosteine purzelten die Julenisse in den Schneematsch. Hinter den Scheiben des Cockpits drängten sich Weihnachtsmänner, der Pilot machte mit zwei Fingern das Victoryzeichen. An der Tür flatterte ein eingeklemmter rot-weißer Schal.

»Es ist der kanadische Delegierte!«, jubelte Serafin. »Da sind John Santa, Bubu Caspar … oh, und Sir Christfield! Wir sind gerettet!«

Freda drehte sich um. An der Terrorbucht stieg das Flugzeug höher, machte kehrt und kam zurück. Aus der Ausstiegsluke hüpften kleine Fallschirmspringer heraus.

»Du meine Güte!«, sagte Mr Livingstone, der überhaupt nichts mehr verstand. »Sind das Weihnachtsengel?«

Ganz und gar nicht. Die gesamte Mannschaft der Lagerkobolde griff ein, komplett eingekleidet in Bertils allerneuste Hightech-Fledermausanzüge.

Jetzt gab es für Jonker kein Halten mehr.

»Tuf-te! Tuf-te!«, feuerte er sie an. Die Lagerkobolde bildeten eine Art fliegende Speerspitze über Iskalott. Hundert Meter stürzten sie im freien Fall nach unten. Dann breiteten sie ihre mit Stoff bespannten Arme aus und segelten auf die Erde.

»Wow«, sagte Jonker beeindruckt. »Krasse Tannenbaumformation.«

Das Team setzte punktgenau auf dem Platz auf. Jeder trug einen schwarzen Helm mit Gesichtschutz und glatte Handschuhe.

»Weg da!«, riefen sie.

Freda rannte mit Jonker, Mr L. und Stúfur zwischen zwei Hütten, Serafin flog auf einen Dachfirst.

Sofort zogen die Kobolde Katapultschleudern hervor und pfefferten kleine klebrige Bälle auf den Feind. Unter den Julenisse brach Panik aus. Die Krampusse versuchten noch die Geschosse aus ihren Fellen zu reißen. Aber was mit der Masse einmal in Berührung kam, hielt daran bombenfest. In Nullkommanichts bildete sich ein unlösbares Knäuel aus Händen, Füßen, Glocken und Ketten. Auf der Suche nach dem Gürtel taumelte Krumma im Zickzackflug durch den dichten Kugelhagel.

»Angsthase!«, schrie er Hygge hinterher, der mit wippendem Ohr davonsauste. »Bleib hier und kämpfe!«

In diesem Moment trafen auch ihn mehrere der pfeilschnellen roten Bälle. Wie ein Stein stürzte er mit ihnen nach unten in die noch kochend heiße Brühe des Kessels.

Das Engelchen oben auf dem Dach klatschte in die Hände.

»Ha, wer ist nun das dumme Huhn?«, schrie es.

Freda presste ihren Rücken an einen Holzhaufen. Ihr hochgereckter linker Arm war inzwischen schwer wie Blei, der stramme Wunschgürtel schnürte ihr die Luft ab, dass sie nicht mehr klar denken konnte. Aber immer noch brannte die zerstörerische

Flamme, immer noch schmolz in unglaublicher Geschwindigkeit das Eis an Land und in der Terrorbucht, schneller und härter wurden die Schüsse.

»Dreißig zu null für die Christmas Company!«, zählte Jonker jeden Treffer. »Einunddreißig! – Zweiunddreißig!«

Unablässig kreiste im erleuchteten Himmel das Flugzeug.

Das Engelchen auf dem Dachfirst richtete sich auf und zeigte auf den Fjord hinaus.

»Die Vega versinkt!«, schrie es in die Menge.

Niemand kam zu Hilfe, denn in Iskalott regierte inzwischen blankes Entsetzen. Julenisse und Unholde wateten geblendet durch Müll, Barackenteile und steigendes Wasser, trampelten sich dabei fast zu Tode. Keiner achtete mehr auf den anderen. Die Julenisse-Kinder hatten Rabenfederabzeichen und Spielzeugwaffen verloren. Hals über Kopf kletterten sie auf das morsche Trockengestell. Nicht alle schafften es den senkrechten Balken hinauf. Hilflos rutschten sie wieder hinunter in die eisige dunkle Flut.

»Papa!«, rief der Kleinste verzweifelt. »Papaaa!«

Fredas ließ unwillkürlich die Kerze sinken. Was geschah da gerade vor ihren Augen? Das war nicht richtig!

Sie kickte Stúfur mit dem Knie beiseite und lief ins Getümmel.

»Hört auf!«, schrie sie Tufte und seine Kobolde an. »Es ist genug!«

Ihr Ruf ging im Lärm unter, fast schlug der Fausthieb eines heranstürzenden Krampus' sie zu Boden. Verzweifelt blieb Freda zwischen den Gegnern stehen und betrachtete die vor Schmerz, Wut und Angst verzerrten Gesichter. Die vorbeiströmende Flut trieb das kaputte hässliche Tannenbaumgerippe an ihr vorüber.

Plötzlich wusste sie, was zu tun war. Entschlossen legte sie ihre freie Hand mit der Innenfläche fest auf die eckige Gürtelschnalle.

Der Kampf kam zum Stillstand.

»*Fröhliche Weihnachten! Was wirst du wünschen?*«, erkundigte sich die von fern kommende Stimme ein zweites Mal.

Fredas Lippen waren staubtrocken vor Durst.

»Ich möchte, dass sich alle hier vertragen!«, stieß sie hervor.

»*Greif in das Licht!*«, befahl die Stimme.

Freda zögerte. Der Schein der sonnenheißen Glut waberte über ihr Gesicht. Langsam streckte sie die Hand, gezeichnet von dem frischen Schnitt von Farandis Messer, tief in die Flamme.

Sie fühlte – nichts. Im selben Augenblick erlosch die Kerze der Lucia. Der stramme Gürtel um Fredas Bauch lockerte sich. Aus der Terrorbucht jedoch ertönte ein langer hoffnungsloser Schmerzensschrei, der von den spitzen schwarzen Felsen widerhallte.

Und dann lief Tufte zum Trockengestell hinüber und hob das weinende Julenisse-Kind aus dem gurgelnden Wasser.

Freda wurde schwarz vor Augen. Mit einem tiefen Seufzer sackte sie zusammen.

Sie verschlief, was danach in Iskalott passierte.

Weder die Landung des Flugzeugs sah sie, noch wie Jonker die zwei tropfnassen isländischen Trolle aus dem Fjord fischte, die einzigen Überlebenden der untergegangenen Vega. Denn die Flamme der Luciakerze hatte nicht nur den Blutspakt zwischen Freda und Myrkur Farandi beendet. In dem Moment, als Freda ihre Hand in das Feuer gestreckt hatte, war auch der unheimliche Kapitän vernichtet worden.

»Schluss mit Schrecken und Schwert«, sagte Serafin froh, die gemeinsam mit Jonker den toten Raben am Strand unter einem großen Steinhaufen begrub. »Schade, dass Freda das nicht sieht.«

Der Kobold nickte glücklich und machte sich auf den Weg, um das verwirrte Gespann einzuladen.

Aber selbst vom aufgeregten Geheul der Schlittenhunde wurde Freda nicht geweckt. Erst als das Flugzeug längst in der Luft war, schlug sie die Augen auf.

Sie lag fest zugedeckt auf einer Pritsche, in ihrer Kniekehle schnurrte Mr Livingstone. Am Fußende, neben ihren Rucksäcken und dem Bootshaken, hockten ihre zwei Freunde, in den Händen dicke Sandwiches. Ringsherum aber saßen fast alle Delegierten und strahlten um die Wette.

»Gut gemacht!«, sagten sie im Chor.

Großes Glück hüpfte plötzlich in Fredas Bauch. Es kribbelte in allen Fingerspitzen. Dies war kein Traum. Sie hatten es wirklich und wahrhaftig geschafft! Sie wickelte sich aus der knisternden Erste-Hilfe-Folie und sah an sich hinunter. Ihr Parka war schmutzig und zerfetzt, in einer Seitentasche steckte die halb heruntergebrannte Kerze. Doch den Wunschgürtel trug nun wieder Melchior über seinem goldenen Kaftan. Der junge Heilige König warf Freda dankbar eine Kusshand zu.

Sir Christfield reichte ihr einen dampfenden Teebecher.

»Schön, dass du heil und gesund bist. Wobei ich das von mir nicht sagen kann.« Er schniefte in sein kariertes Taschentuch.

Freda trank in einem Zug den Tee aus.

John Santa klopfte begeistert auf ihre Schulter.

»Du hast Mr L. das Leben gerettet!«

»Uns allen«, sagte Serafin heiser. Sie hatte stundenlang Mr Livingstone und den Delegierten Fragen beantwortet. Jonker, mit vollen Hamsterbacken, nickte andächtig.

Bubu Caspar raffte seine pludrige Haremshose und zerbiss krachend ein paar gebrannte Mandeln.

»Das Passwort heißt *Schweinswale?*«, fragte er ungläubig. »Der Rabe muss echt ein schräger Vogel gewesen sein.«

»Uh, sein einäugiger Herr noch viel mehr!«, rief Père Noël, der sich schaudernd die Stirn mit seinem Spitzentuch abtupfte. »Aber die Lösung stimmt wirklich: *Zwei Wesen sinds, eine Gestalt*«.

»*Und Käpt'n Ahab lässt das kalt.* – Logisch, es interessiert ihn nicht, weil er ja einen Pottwal jagt«, ergänzte Freda und hielt Sir Christfield noch mal die Tasse hin. »So stands im Buch.«

Bubu Caspar legte die Handflächen zusammen und verbeugte sich, so gut es im Flugzeugsitz ging. »Die harte Nuss hätten wir nie geknackt«, sagte er bewundernd.

Freda bekam einen roten Kopf bei so viel Lob.

»Nein, nein, das … das war ich nicht allein«, stotterte sie. Zum Beweis zog sie den weißen Kerzenrest heraus.

Serafin und Jonker duckten sich sofort.

»*Mon dieu!*«, rief Père Noël erstaunt.

John Santa setzte seine Sonnenbrille ab und pfiff anerkennend durch die Zähne.

»Die schenkt die Lucia nicht jedem.« Er kratzte ausgiebig seinen dünnen Ziegenbart. »Moment mal, wann hast du Geburtstag?«, fragte er schließlich.

Freda musste tatsächlich richtig lange überlegen, so viel war in der Zwischenzeit geschehen.

»2. Februar«, sagte sie. Ein Raunen ging durchs Flugzeug.

Sir Christfield bekam einen Niesanfall.

»Ein *Candlemas-Kind*!«, keuchte er, als er wieder reden konnte. »Geboren am Tag des ersten Frühlingslichts. Das erklärt natürlich alles. Obwohl dein *Wunsch* dem Chef nicht sehr gefallen wird.«

Er zeigte mit dem Daumen in den überfüllten Frachtraum. Mindestens zwanzig neugierige Wintergeister, zwei Tannenwesen und viele alte und junge Julenisse quetschten sich neben die Lagerkobolde. Freda erkannte Hygge wieder und Finn, ihren Bewacher aus dem Iglu. Gegenüber zeigte Tufte Stúfur gerade, wie die Schleuder funktionierte. Mit einem coolen Helm auf dem Kopf winkte der kleine Troll Freda fröhlich zu. Dann sackte das Flugzeug in ein Luftloch und er wurde grün im Gesicht.

Jonker grinste, als er Fredas Miene sah.

»Er ließ sich einfach nicht abwimmeln«, erzählte er mit vollem Mund. »Grýla wollte mit den anderen gleich wieder nach Island zurück.« Er rollte mit den Augen. »Sie hat mir, zum Dank für die Rettung ihrer Söhne, *übers Haar* gestrichen! Ich weiß nicht, was ich schlimmer finde: wenn sie wütend oder wenn sie nett ist.«

Das Engelchen zupfte den Kater am Schwanz.

»Wie hast du's bloß so lange bei ihr ausgehalten?« Sie kicherte. »Neunundneunzig Jahre!«

Mr Livingstone hatte bisher zu allem geschwiegen. Bei Grýlas Namen legte er sofort die Ohren an.

»Schhh!«, machte er verlegen. »Können wir da nicht irgendwann später drüber reden?« Er schien sich schrecklich zu schämen, besonders vor Freda, denn er wagte ihr kaum in die Augen zu sehen.

Die tippte energisch an seine Stirn.

»Glaub nicht, dass du uns wieder vertrösten kannst«, sagte sie streng. »Raus mit der Sprache!«

»Genau, hab dich nicht so, Alter! Wir mögen dich, auch wenn du mal ein diebischer Trollkater warst«, sagte John Santa und alle lachten.

Mr Livingstone holte empört Luft.

»Verehrte Gäste, bitte verstauen Sie die Geschenksäcke unter den Sitzen«, meldete sich da der kanadische Delegierte aus dem Cockpit. »In wenigen Minuten beginnen wir mit der Landung.«

Augenblicklich senkte das Flugzeug seine Nase und raste steil in die Tiefe.

»Aaaaaaah!«, kreischten Freda, Jonker und Serafin.

Sämtliches Frachtgut rutschte über den Boden.

Weihnachtsmänner und Wintergeister klammerten sich an die Sitze. Der mexikanische Delegierte zupfte ein paar Akkorde auf seiner Gitarre: »Vom Himmel hoch, da komm ich her …«

Nach ein paar Minuten hob sich die Maschine wieder in die Waagerechte und ging langsamer in den Sinkflug.

Jonker und Serafin pressten ihre Nasen an die winzige Fensterscheibe.

»Seht mal. Dort haben wir uns entlanggequält«, sagte Jonker leise. Auch Freda warf einen Blick hinaus. Unten zog rasch das endlose zerklüftete Eis vorbei, schön und gefährlich zugleich. Keine einzige Spur verriet, dass sie tatsächlich tagelang unter großen Mühen unterwegs gewesen waren. Im Flugzeug schnurrte die weite Strecke nun zu einem Katzensprung zusammen. Am Horizont tauchten schon die Lichterketten der Christmas Company auf. Alle Delegierten hatten sich dem kleinen Mexikaner zugewandt und sangen Weihnachtslieder.

Freda lehnte sich in die Polster zurück.

Mr Livingstone, der noch immer auf ihren Knien lag, hatte mit gesenktem Kopf stumm vor sich hin gebrütet. Plötzlich räusperte er sich laut.

Serafin und Jonker drehten sich überrascht um.

»Glaubt mir, ich bin nicht gern all die Zeit bei Grýla in Island gewesen«, gestand der Kater mit fester Stimme. »Anfangs haben mir die dummen Trollstreiche tatsächlich noch Spaß gemacht, das gebe ich zu. Ich fühlte mich stark, wenn wir nachts vom Vulkan herab zu den Häusern zogen, Wurst und Kekse stahlen und Unfug anstellten.«

Jonker grinste wissend. Auch Mr L. lächelte, aber nur kurz.

»Doch als Grýla Thors Hammer gefunden hatte, stieg ihr die Macht zu Kopf«, fuhr er mit ernster Stimme fort. »Die harmlosen Streiche reichten ihr nicht mehr. Sie wurde auf einmal grausamer, böser, selbst zu ihren eigenen Kindern. Sie hasste jetzt die Menschen, alles, was sie in der Welt veränderten, auch die Art, wie sie Weihnachten feierten. Ich versuchte, sie umzustimmen, wehrte mich, vergeblich. Der Hammer gab ihr schreckliche Zauberkraft über mich.« Er machte eine Pause, die Erzählung schien ihm schwerzufallen.

Freda zog die Decke enger um ihre Schultern. Serafin biss auf ihren Nägeln herum. Im Hintergrund schmetterten die Delegierten ein hawaiianisches Weihnachtslied.

»Und irgendwann«, sagte Jonker gespannt, »hast du von der Christmas Company erfahren, oder?«

Der Kater nickte, seine Ohren zuckten nervös.

»Was ich hörte, gefiel mir«, sagte er. »Ich überlegte, wie ich dorthin entkommen konnte. Eines Abends zwang mich Grýla, drei Kinder, die auf dem Nachhauseweg waren, so zu erschrecken, dass sie blind vor Angst davonstürmten und sich in den Bergen verliefen. Das halbe Dorf machte sich auf die Suche, die Eltern waren verrückt vor Sorge. Erst viele Stunden später wurden die drei gefunden. Ich schwor mir, dass das nie wieder passieren sollte. In der nächsten Nacht stahl ich Grýla den Hammer und verließ Island, um ihn in andere, bessere Hände zu geben.«

Mr Livingstone sah Fredas entsetztes, blasses Gesicht und schluckte.

»Vielleicht verstehst du nun, warum ich während der Reise geschwiegen habe«, sagte er rau. »Nur der Chef und Sir Christfield kannten meine ganze Geschichte. Glaub mir, ich wollte dich nie in Gefahr bringen. Ich wurde getäuscht! Die Figur unter dem Flugzeug war eine falsche Fährte, damit wir keinen Verdacht schöpften. Die Julenisse hofften, dass ich sorglos die Christmas Company verlasse, so wie ich es schon früher getan hatte, wenn sie es zu doll trieben. Hätte ich vermutet, dass Grýla dahintersteckt, wäre ich nicht mit dir losgefahren. Ich bin voll darauf reingefallen.«

Seine Stimme schwankte, alle Schnurrhaare zitterten.

Serafin rieb sich plötzlich die Augen. Jonker brummte und zupfte an seiner roten Fleecehose herum. So geknickt hatten sie den Kater noch nie erlebt.

Freda guckte ihn einige Sekunden streng an, bevor sie ihn fest umarmte.

»Ich bin dir nicht böse«, sagte sie leise. »Höchstens ein klitzekleines bisschen.«

Mit lautem Gerumpel klappte der Pilot das Fahrwerk des Flugzeugs aus.

Das Engelchen zog die Nase hoch.

»Wie hättest du das denn auch ahnen sollen, Katerchen?«, tröstete sie ihn. »Keiner von uns ist auf die Idee gekommen, dass die Wintergeister jemals gemeinsame Sache machen könnten.«

Mr L. seufzte tief.

»Ja, sie brauchten einander«, sagte er. »Grýla wusste: Nur Krumma war schlau und wortgewandt genug, ein unlösbares Rätsel und den Brief zu verfassen, um mich auf diese Weise aus der Menschenwelt zu locken. Daher bat sie seinen Herrn um Hilfe. Dafür verlangte Farandi allerdings einen hohen Preis: Wunschgürtel.«

»Die Hygge und die restlichen Wintergeister wiederum euren herumreisenden Delegierten abnehmen sollten«, ergänzte Freda.

Serafin fächelte mit den Flügeln.

»Und Noricus musste dich danach nur noch am *Cairn* überwältigen und am Kap Fortryll an Grýla übergeben«, sagte sie zu Mr L.

»Ein ausgefuchster Plan. Dass alles ganz anders ausging, weil du eben Freda mitbrachtest und wir mit dem Schlitten zu Farandi aufbrachen und unterwegs Stúfur und die Lucia trafen und die Christmas Company nun nicht untergeht, tja, damit müssen sie in Zukunft wohl irgendwie klarkommen.«

Sie zeigte auf die Krampusse und Perchten, die sich während des Landeanflugs ängstlich die Augen zuhielten.

Holprig und schief setzte die Maschine auf, schlitterte mit den Kufen über die unebene Landepiste, bis sie endlich vor der Stadtmauer zum Stehen kam. Ein letztes Aufröhren, dann erstarben die Motoren. Die Expedition nach Iskalott war zu Ende.

21

Mit einem Zischen öffneten sich die Flugzeugtüren. Alle drängten ungeordnet aufs Schneefeld. Jonker kettete die glücklich herumspringenden Hunde neben dem Tower fest. Die Wintergeister schüttelten ihre Glocken und Ketten, erleichtert, dass sie wieder festen Boden unter den Füßen hatten.

Sir Christfield ächzte und streckte sich.

»Gleich geben wir das Passwort in die Geschenkeliste ein, dann hat der Spuk ein Ende«, murmelte er, während er seine Pfeife anzündete. »Morgen reiche ich meinen Pensionsantrag ein.«

Freda, den Rucksack über der Schulter, überholte zwei bockshufige Perchten und eins der Tannenwesen, die langsam durch die breite Eisallee wanderten. Mr Livingstones Geständnis rumorte in ihrem Kopf.

»Eine Sache versteh ich immer noch nicht«, sagte sie zu Jonker, der es in seinen zerrissenen Hosen eilig hatte, ins Warme zu kommen. »Welcher Wintergeist hat den Computer gehackt? Etwa einer von denen da?«

»Ist doch egal.« Jonker zuckte mit den Schultern und rannte weiter zum Eingang.

Freda schüttelte ärgerlich den Kopf. Nein, das war nicht egal! Ein Puzzlestein fehlte noch. Vor dem Tor versperrte ihnen die Armee aus Schneemännern den Weg.

»Was ist denn mit der Kalten Garde los?«, fragte Mr Livingstone verdutzt.

Jonker schwang grimmig seine Eisaxt.

Eingeschüchtert rollten die Schneemänner beiseite. Nacheinander traten sie durch den geschnitzten Bogen, erwarteten Vanilleduft, Musik und Motorengeknatter. Doch kein Kobold oder Engel empfing sie. Die Straßen lagen still und leer im Schein der bunten Lichterketten. Auch in der Bäckerei, in den Werkstätten und Lagerhallen arbeitete niemand, überall das gleiche. Die Wintergeister tuschelten unruhig miteinander.

Vor der verlassenen Villa Lametta hoppelte ein Schneehase von der geschmückten Veranda und machte vor ihnen Männchen. Aus den hinteren Reihen der Julenisse war unterdrücktes Gekicher zu hören.

»Da gibt es gar nix zu lachen, Finn Pebernødder!«, sagte Hygge Svalbart würdevoll.

Der Schneehase hoppelte hastig zurück. Die Krampusse begannen nämlich hungrig zu knurren.

»Wenn die nur nicht auf dumme Gedanken kommen«, murmelte Sir Christfield besorgt. Er paffte heftig Rauchwolken in die Luft.

»Vielleicht sind sie alle beim Essen!«, rief Serafin und setzte sich an die Spitze des Zugs. Aber die Küche der Cantina war kalt, als Freda den schweren Ledervorhang beiseiteschob. Die Julenisse verschwanden sofort wieder enttäuscht nach draußen. Serafin flatterte zum Tresen hinüber. Auf der verschmierten Platte stapelte sich nichts als tonnenweise schmutziges Geschirr.

»Hier siehts ja schlimm aus!«, stöhnte das Engelchen. »Ich werde Monate brauchen, um das aufzuräumen.«

»Schade, wir hatten uns schon so auf deine Peperonipizza gefreut«, murrten John Santa und Bubu Caspar.

»Und auf den Nachtisch«, maulten die Lagerkobolde. »Die letzten Tage war das Essen grässlich. Nur roher Fisch, Obst und Gemüse. Deine Kantinenkobolde können überhaupt nicht kochen.«

Freda schlenderte zu einem Sechsertisch mit bekleckstem rot kariertem Tischtuch. Dort in der Ecke hatte sie am ersten Abend mit Mr L. gesessen – und gehört, wie ein paar Delegierte und die Silberengel ziemlich hässlich über den Chef lästerten. Die sich auch später immer wieder komisch benommen hatten …

Sie wandte sich Sir Christfield zu, der sein kariertes Taschentuch auseinanderfaltete.

»Was war eigentlich der Grund für den Stromausfall?«, fragte sie.

»Ein gekapptes Kabel in der Hauptleitung«, schniefte der britische Delegierte. »Pom-Pom und Feli haben es vorgestern neben der Tür des Konferenzsaals entdeckt. Wir haben es im Eiltempo geflickt.«

»Ja, seitdem war die Stimmung hier noch mieser«, brummte Tufte und ließ seinen Helm lässig am Finger kreisen. »Viele reden von Sabotage.«

»Sabotage!«, wiederholten Jonker und Mr Livingstone erschrocken. »Einer von uns …«

Freda spürte, wie sich ihre Nackenhaare aufstellten. Genau das hatte sie befürchtet. Es musste einen Verräter innerhalb der Christmas Company geben. Jemanden, der auch Zugang zum Hauptcomputer hatte.

Sie zog die Stirn in nachdenkliche Falten. Ein Satzfetzen segelte schillernd und leicht wie eine Seifenblase durch ihren Kopf … eine gekappte Leitung … gleich fiel es ihr wieder ein …«

Jonker sah sie aufmerksam an. Den Gesichtsausdruck kannte er inzwischen.

»Na?«, fragte er gespannt.

Freda zuckte mit den Schultern. Der Moment war vorbei, der Gedanke weg.

»Nichts«, sagte sie. »Los, lass uns zur Zentrale laufen, damit der Chef endlich die guten Nachrichten hört.«

Holterdiepolter stürzten sie aus der Cantina hinaus, an der Riesentanne vorbei und trampelten in die große Eingangshalle hinein. Und da waren sie endlich: Alea mit einem schlafenden Hasen im Arm, Bertil, der alte Heilige König Balthasar, die asiatischen Delegierten, Père Noëls Modelfreundin, Feli und Pom-Pom und sämtliche Weihnachtsengel, einfach jeder, der nicht mehr ins Flugzeug gepasst hatte. Mit müden Gesichtern umstanden sie mehrere riesige unverpackte Geschenkeberge.

»Feli, Pom-Pom, wir sind wieder da! Wir kennen das Passwort!«, rief Serafin, die wie eine Rakete durch die Halle schoss.

Die ganze Gruppe hob überrascht die Köpfe.

»Ja, der Feind ist besiegt!«, brüllte Jonker und reckte die Arme hoch wie ein Fußballprofi. »Bertil, deine Fledermausanzüge sind der Hammer. Ich will unbedingt auch so einen!«

Auf der Stelle brach in der Zentrale ein Tumult aus. Alle redeten durcheinander, lachten und jubelten, dass man sein eigenes Wort nicht mehr verstand.

Alea quietschte vor Freude, pflanzte dem überraschten alten Balthasar ihren Hasen auf den Schoß und küsste Freda auf beide Wangen.

»Ich wusste, dass du es schaffst«, sagte sie mit strahlendem Lächeln und wandte sich an die ganze Runde. »Sie ist ein *Candlemas*-Kind! Mr L. hat mir ihren Geburtstag verraten.«

»Na so was«, brummte Bruno, dabei legte er vorsichtig seine pelzigen Tatzen um Freda. Hinter ihr drängten sich die asiatischen Delegierten heran. Ungläubig betrachteten sie die zerfetzte Kleidung der drei, Fredas Bootshaken und den Rucksack.

»Ihr lebt tatsächlich noch«, stammelten sie verwundert. »Wir haben nicht mehr daran geglaubt. Es hieß, ihr seid am Kap Fortryll umgekommen, alles sei verloren. Wir haben euch natürlich trotzdem noch Hilfe geschickt, aber keiner konnte sich vorstellen …«

»Verloren? Wer sagt das?«, unterbrach sie Mr Livingstone in scharfem Ton.

Die Gruppe zog verschüchtert die Köpfe ein und umklammerte ihre Fotoapparate.

»Hans-Niklas«, flüsterte ein Delegierter schließlich kaum hörbar. »Er läuft schon einige Tage herum und gibt komische Befehle. Dabei ist er doch eigentlich nur der Hausmeister. Dem Chef haben wir lieber nichts davon erzählt, er regt sich immer so schrecklich auf.«

Freda kniff die Augen zusammen. Ein Bild der ersten Delegiertenversammlung erschien vor ihren Augen, mittendrin Hans-Niklas, mit einem Schlüsselbund an seiner Arbeitshose, stinksauer auf sie, weil sein Werkzeug zu Boden gefallen war: eine große Kneifzange …

Ruckartig befreite Freda sich aus Brunos Umarmung und rannte zum Treppenaufgang.

In diesem Augenblick knackte es im Lautsprecher über ihnen.

»*Achtung, Achtung!*«, knatterte Hans-Niklas' Stimme durch die Zentrale. »*Der Weihnachtsmann ist leider erkrankt. Daher übernehme ich die Leitung der Christmas Company. Die Stadttore bleiben geschlossen. Alle Engel und Kobolde, ich wiederhole, ALLE Engel und Kobolde arbeiten weiter wie bisher! Ende der Durchsage.*«

»Hat der noch alle Nadeln an der Tanne?«, blaffte Tufte überrascht. »So ein Unsinn! Der Chef wird nie krank. Und wenn, macht er garantiert nicht Hans-Niklas zu seinem Vertreter.«

Jonker und Mr L. hetzten Freda hinterher.

»Glaubst du, Hans-Niklas ist der Saboteur?«, keuchte der Kobold.

Freda nahm drei Stufen auf einmal.

»Jedenfalls traue ich ihm zu, eine Stromleitung zu kappen. Am ersten Tag, vor dem Konferenzsaal, habe ich ihn mit jeder Menge Werkzeug und einer großen Kneifzange gesehen. Damit kriegt man so eine Leitung bestimmt durch«, schnaufte sie. »Für seine Freundinnen, die Silberengel aus der Retourenabteilung, ist es ein Klacks, den Computer zu hacken.«

Mr Livingstone fauchte zornig.

»Gut möglich. Und Grýla hatte es sicher nicht schwer, Hans-Niklas zu ködern. Er ist schon seit Jahren scharf auf den Posten des Chefs.«

Schlingernd rutschte er um die Kurve, hinter ihm folgte ein Rattenschwanz an Delegierten, Engeln, Kobolden und Julenissen. Nur die Wintergeister blieben verwirrt zurück.

Der lange Gang im ersten Stock wollte kein Ende nehmen.

Endlich hatte Freda die letzte Tür erreicht. Voller Sorge riss sie an der Türklinke und stürmte ins *Head Office.* Dann hielt sie verblüfft inne. Die drei Silberengel balancierten vor dem Kamin auf einer wackligen Klappleiter, das schwere abgehängte Porträt des Weihnachtsmanns in den manikürten Händen. Statt des Chefs saß Hans-Niklas auf dem fahrbaren Bürosessel, wippte vor und zurück und putzte die Computertastatur auf dem Schreibtisch. Erschrocken drehte er sich um.

Wütend stapfte Freda auf ihn zu und rollte ihn mit einem gezielten Fußtritt gegen den Bürostuhl vom Computer weg.

»Dein falsches Spiel ist aus!«, rief sie.

»Das Mopsgesicht ist zurück!«, ächzten die Silberengel. Das Bild fiel krachend aus ihren Händen.

»Ja, allerdings!«, zischte Mr Livingstone. Seine Augen blitzten. »Wir leben alle.« Er sah sich im Zimmer um. »Wo ist der Chef?«

Die Engel waren blass geworden. Schweigend sahen sie zu Boden. Auch Hans-Niklas hatte plötzlich Schweißperlen auf der Stirn, denn alle Delegierten vor der Bürotür musterten ihn feindselig. »Er ... hmm ... im Bett wahrscheinlich ...«, stotterte er.

In diesem Moment drang aus der Ecke am Fenster, hinter dem breiten gepolsterten Ecksofa, ein ersticktes Grunzen. Freda rannte hinüber und guckte über die Lehne. Dort auf dem dicken Teppichboden lag der Weihnachtsmann. Sie hatten ihm einen Jutesack über den Kopf gestülpt und ihn mit breitem Paketband hastig verschnürt. Nur seine unbedeckten Füße in den grün-roten Weihnachtssocken schauten unten heraus.

Freda winkte ein paar Delegierte heran.

»Schnell, nehmt dem Chef die Fesseln ab!«

Kaum hatten John Santa und Bubu Caspar den Sack abgestreift und den Knebel aus seinem Mund entfernt, stapfte der Weihnachtsmann auf Hans-Niklas zu. Er sah ein bisschen komisch aus, so ohne Stiefel und Mütze, doch sein Temperament hatte er nicht verloren.

»Schaff ihn raus!«, befahl er Bruno. »Für Verräter ist kein Platz in der Christmas Company. Außerdem hat er mich während meines Nickerchens gestört.«

Gehetzt sah sich Hans-Niklas um. In keinem Gesicht entdeckte er Mitleid. Schnell griff er nach seiner Gürtelschnalle. Alle Weihnachtsmänner, Engel, Kobolde und Julenisse hielten die Luft an.

Jetzt kam Stúfurs großer Moment. Voll konzentriert, die Zunge zwischen den schiefen Zähnen, trat er einen Schritt vor und spannte Tuftes Schleuder. *Wummpp* – landete ein klebriger roter Ball auf Hans-Niklas' gestreifter Sicherheitsweste.

»Wer war das? Das ist verboten!«, schrie der Delegierte weiß vor Zorn und ließ die Schnalle los. Auf der Stelle überwältigten ihn Bruno und die Lagerkobolde, rissen ihm den Gürtel ab und zerrten ihn und die drei Silberengel aus dem Zimmer. Sofort nahm der Chef den Wunschgürtel an sich, um ihn in einer schweren Truhe neben dem Kamin wegzuschließen. Ächzend bückte er sich dann nach seinen unter dem Couchtisch liegenden Stiefeln und begann sie anzuziehen. Der Kater war währenddessen schon auf den Schreibtisch gesprungen. Wie wild tippte er auf der Computertastatur herum.

»Was macht er da an dem hellen Kasten?«, piepste eins von den Julenisse-Kindern neugierig aus dem Hintergrund.

Ein sanfter Harfenton erklang. Auf dem Bildschirm öffnete sich vor einem sternverzierten Hintergrund die dringend gebrauchte Geschenkliste.

»Bingo!«, schnurrte Mr Livingstone erleichtert. »Jetzt kann Weihnachten kommen.«

Der Chef zog seine Mütze zurecht und stand vom Sofa auf. Mit gerunzelten Brauen musterte er Freda, Jonker und Serafin und den bunten Haufen, der ihm da ins Haus geschneit war. Dann sagte er nur ein einziges Wort: »Krisensitzung!«

Die Zentrale der Christmas Company summte vor Aufregung. Die Nachricht von dem Vorfall im Chefbüro verbreitete sich wie ein Computervirus. Innerhalb kurzer Zeit versammelte sich eine aufgeregte Menge vor den schwarzen Flügeltüren des Konferenzsaals. Selbst Crumble, der dicke Oberkonditor, war die vielen Stufen in den obersten Stock hinaufgestiegen, denn der Aufzug war hoffungslos überfüllt.

»Das hätte ich von Hans-Niklas nie gedacht«, brummte Bruno, der die Verschwörer in die kalte Schlittenwerkstatt gesperrt hatte. Dreißig bewaffnete Lagerkobolde bewachten das Gebäude.

»Ich schon«, sagte Crumble. Nachlässig fegte er Puderzucker von seiner Jacke. »Er hat meine Zimtsterne nicht gemocht.«

»Diese hochnäsigen Silberengel«, seufzte Alea kopfschüttelnd. »Sie glaubten tatsächlich, sie könnten den Chef ersetzen. Das ist so was von peinlich!«

Bekümmert zupfte sie Feli und Pom-Pom an den Flügeln, die ab und zu einen Blick durchs Schlüsselloch riskierten.

Drinnen saßen wie beim letzten Mal alle Delegierten unter der leuchtenden Kuppel. Es dauerte, bis der Weihnachtsmann auf dem neuesten Stand war. Abwechselnd berichteten Serafin, Freda, der Kater und der Kobold die gefährlichsten Etappen ihrer Reise und ließen auch die dunkle Weihnachtszauberei nicht aus.

Jonkers Schneehasentrick, Serafins *Carbone*-Kekse, der Drachenflug mit Stúfur und der missglückte Henkeltopfzauber, Mr Livingstones Dauerschlaf und Grýlas Kochtopfgesang, alles kam zur Sprache. Denn auf der polierten schwarzen Platte des langen Konferenztisches hatte Freda außer dem Bootshaken und der Lucia-Kerze auch die Reste des Gummikrokodils, Serafins Ohrring und Lederbeutel und den *Calenigg*, das Weihnachtsgesteck aus Äpfeln, ausgebreitet. Als sie zum Schluss vom letzten Kampf in Iskalott erzählte und wie sie dabei den Wunschgürtel benutzt hatte, war es totenstill im Saal. Nicht einmal Sir Christfield hustete.

»Tja, und dann bin ich umgekippt und im Flugzeug wieder aufgewacht, und das wars.«, beendete Freda ihren Bericht.

»Genau!«, rief Jonker. »Sie hat die Christmas Company gerettet!«

Mr L. auf der anderen Tischseite strich über seine Schnurrhaare. Er sah rundum glücklich und zufrieden aus. Serafin winkte fröhlich Feli und Pom-Pom zu, die leise die Flügeltüren geöffnet hatten.

Der Chef klopfte mit der Hand auf den Tisch. Eine steile senkrechte Falte stand auf seiner Stirn. Jeder im Saal verstummte.

Der Weihnachtsmann nahm seine runde Goldrandbrille ab, putzte sie gründlich und setzte sie wieder auf.

»Christfield, leg die stinkende Pfeife weg!«, sagte er energisch. »Du übernimmst das Protokoll. Hiermit erkläre ich den Ausnahmezustand der Christmas Company für beendet. In sieben Tagen ist Weihnachten. Also keine Fehler und Faxen mehr. Alle verfügbaren Kräfte werden gebraucht.«

Sir Christfield kritzelte hastig Stichworte auf seinen Block.

Der Chef wedelte mit einer Hand zu den Expeditionsteilnehmern hinüber und diktierte weiter: »Vier Personen müssen uns sofort verlassen.«

Serafin stöhnte auf, Mr L. sträubte sich das Fell. Die Delegierten sprangen auf die Füße.

»Das kann nicht wahr sein«, jammerte Sir Christfield mit verstopfter Nase.

Der Weihnachtsmann lächelte verschmitzt in die Runde.

»Kleiner Scherz«, sagte er augenzwinkernd.

»Ich meine natürlich Hans-Niklas und die drei Silberengel. Bruno wird sie nach Island bringen, vielleicht kann Grýla sie gebrauchen. Dort können sie sich überlegen, ob sie es hier nicht besser haben.«

Er klatschte in die Hände.

»Für heute ist Schluss mit der Arbeit! Wir haben wirklich Grund zu feiern. Hiermit gebe ich die Mitarbeiter des Jahres bekannt: Mr Livingstone, Jonker, Serafin und Freda. Die Sitzung ist geschlossen!«

Sämtliche Weihnachtsmänner brachen in gewaltiges Jubelgeschrei aus. Alle, die vor dem Saal gewartet hatten, stürmten herein. Serafin fiel Freda um den Hals.

John Santa gab Père Noël einen High Five und dessen Modelfreundin einen langen Kuss. Die Heiligen Drei Könige warfen Orangen und gebrannte Mandeln in die Menge.

Der kleine Mexikaner ließ sich nicht lange bitten, sondern schleuderte seinen weißen Sombrero in die Luft, griff in die Gitarrensaiten und schon begann ganz ohne Vorbereitung eine lustige, wilde Party. Auch Freda machte mit, sie wurde von zehn Teenagerengeln einfach mit auf die Tanzfläche gezogen. Sogar der Chef wiegte sich in den Hüften.

Währenddessen schleppte Crumble mit vielen Helfern seine Vorräte herbei und reihte sie auf dem Konferenztisch auf: körbeweise Kekse, köstliche Pralinen und Platten voller schokoüberzogener Lebkuchen. Sogar eine dreistöckige mit brennenden Wunderkerzen bestückte Torte trug er schließlich herein. Die oberste Schicht krönten vier Marzipanfiguren: Mr Livingstone, Serafin, Freda und Jonker.

»Ich hab sie gleich nach eurer Abreise gemacht.«, verriet der dicke Oberkonditor und nahm stolz den Applaus für sein süßes Kunstwerk entgegen.

Inzwischen standen Becher und riesige Kannen Früchtetee bereit, daneben heißer Kakao und endlose Flaschenreihen mit Koboldlimonade, Wildkräutersaft und schwarzer Lakritzbrause.

»Trink die bloß nicht«, warnte Jonker, der sah, wie sie nach einer Stunde völlig verschwitzt vom Herumhopsen eine Flasche an den Mund setzen wollte. »Davon muss man dauernd rül…«

Mehr erfuhr Freda nicht, denn die Lagerkobolde nahmen Jonker auf die Schultern und trugen ihn die Treppen hinauf und hinunter durch die Zentrale. Auf jedem Treppenabsatz vollführten sie ein kleines Breakdance-Battle, dazu grölten sie einen selbstverfassten Rap:

»Wir Kobolde sind megatoll,
wir machen coole Sachen.
Besiegen jeden Weihnachtstroll
und lassen es jetzt krachen.
Ho, ho, ho, in der Christmas Company.
Ho, ho, ho, in der Christmas Company.«

Ein paar sehr alte Julenisse summten tatsächlich den Refrain mit.

»Gar nicht übel«, sagte einer zu Hygge, der zwei große Tortenstücke auf einem Teller vorbeitrug.

Hygge rümpfte die Nase.

»Na ja. Aber warum müssen sie dabei so komisch herumzappeln …?«

Freda grinste und biss in einen saftigen großen Lebkuchen. Der Lärm im Konferenzsaal war inzwischen ohrenbetäubend. Sie setzte sich auf einen leeren Stuhl. Jemand tippte ihr auf die Schulter. Als sie sich umdrehte, stand Sir Christfield vor ihr. Statt der üblichen Sherlock-Holmes-Mütze trug er ein gestreiftes Papierhütchen. Fröhlich hielt er ihr ein rosafarbenes Knallbonbon hin.

»Zieh!« rief er. Überrascht zerrte Freda am gekräuselten Bandende.

»*Paff!*«, machte es. Sir Christfield schüttete ein kleines Stück Papier aus der Papprolle in ihre Hand, nahm sich ein Glas Früchtetee und bummelte zu den asiatischen Delegierten weiter.

Neugierig entfaltete Freda den zusammengerollten Zettel.

»*Was kriegt ein Schneemann, der stolpert? Frostbeulen!*«, las sie laut den aufgedruckten Spruch.

Serafin plumpste kichernd aus der Luft vor ihr auf den Tisch.

»Typisch Sir Christfield. Seine Witze sind voll grässlich.«

Sie rieb sich über die Augen.

»Gefällts dir?«, fragte sie Freda. »Ich hätte nie gedacht, dass ich das mal sage, aber mir reichts für heute.« Sie schnüffelte an ihrem Ärmel und verzog das Gesicht. »Außerdem möchte ich meine eigenen Klamotten zurück. Wir stinken alle mächtig nach Trollfurz.«

Das war Freda auch schon aufgefallen. Verlegen strich sie durch ihr zerzaustes Haar. Eine Dusche und ein echtes Bett waren nach der langen Zeit im Zelt ziemlich verlockend. In dem ganzen Trubel würde sowieso keiner bemerken, dass sie fehlten. Sie stand auf und beide verließen den Konferenzsaal.

Auf der untersten Treppenstufe im Erdgeschoss trafen sie Jonker mit mehreren Tüten Proviant unter dem Arm.

»Hast du eigentlich Stúfur und die Wintergeister irgendwo gesehen?«, fragte Serafin.

Jonker stopfte vier von Crumbles Pralinen auf einmal in den Mund.

»In Tuftes Sportartikellager«, sagte er. »Sie springen dort schon ewig Trampolin. Ich geh später auch rüber.«

Mit düsterer Miene betrachtete er die schiefen Geschenkeberge in der Eingangshalle: Puppenküchen, Werkzeugbänke, Mountainbikes, Kugelbahnen, Tischkicker, Bastelsets und Spielkonsolen lagen kreuz und quer übereinander.

»Es wird die Hölle werden, das bis zum 24. Dezember zu verschicken«, stöhnte er lustlos. »Bei Thors Hammer, ich wünsch mir manchmal, alle würden ein bisschen weniger wünschen. Vor allem kein unnützes Zeug …«

Freda dachte an die Müllhaufen in Iskalott. Selbst im ewigen Eis hatte Plastik herumgelegen.

»Stimmt«, sagte sie nachdenklich.

Serafin gähnte und zog sie zum Ausgang.

»Dann bis morgen!«, rief sie Jonker zu, der schon weitergegangen war und jetzt drei Engel zu einer Partie Tischkicker überredete. »Ich hab den Julenisse versprochen, Milchreis zu kochen. In der Cantina gibt es keinen einzigen sauberen Löffel mehr. Aber wir sind wieder zu Hause.«

Zu Hause! Freda packte plötzlich heftiges Heimweh nach ihrer Familie.

»Ihr habts gut«, murmelte sie leise. »Ich hoffe, DIE TÜR öffnet sich wirklich wieder.«

Serafin drehte sich um.

»Keine Sorge«, sagte sie. »Der Chef wird sich bald darum kümmern.«

Etwas enttäuscht zog Freda ihre Mütze tiefer und stieg die Stufen zum Vorplatz hinunter. Wenn sie Pech hatte, musste sie also noch ein paar Tage warten, und das fiel ihr mit einem Mal schrecklich schwer. Langsam folgte sie dem Engelchen bis zur Villa Lametta. Direkt über dem Dach des Gästehauses stand strahlend der Polarstern. Alea wartete in der offenen Tür.

»Gute Nacht!«, sagte Serafin, während Freda die Verandastufen hinaufstolperte. »Und – danke noch mal!«

»Wofür denn?«, murmelte Freda. Sie erhielt keine Antwort. Das Engelchen war schon davongeflattert. Eine halbe Stunde später lag Freda unter einer fluffigen dicken Decke und schlief.

22

Am nächsten Morgen waren die zerrissenen schmutzigen Outdoor-Klamotten vor Fredas Bett verschwunden. Ihre eigene normale Kleidung lag sauber auf dem Stuhl bereit. Aufgeregt schwang Freda die Füße aus dem Bett. Hieß das etwa, sie würde heute zurückkehren? Es war ein komisches Gefühl, wieder Jeans und Sweatshirt zu tragen, auch wenn sie darüber noch einen neuen dicken Parka zog. Sogar an Stiefel hatte Alea gedacht und ihr zum Frühstück Waffeln gebacken. Lange drückte sie Freda noch einmal an sich, bevor sie sie hinausschickte, so als ahne sie den Abschied.

Warm eingepackt, ausgeschlafen und satt machte sich Freda auf die Suche nach den anderen. Die Christmas Company war nicht wiederzuerkennen. Die Straßen und Werkstätten waren brechend voll, überall wurde gearbeitet. Genau wie bei Fredas Ankunft knatterten Dutzende Motorschlitten herum, aus den Lautsprechern tönte Musik und jeder, der sie sah, rief ihr eine nette Begrüßung zu.

»Wirklich schade, dass du uns wieder verlassen wirst«, sagte Bertil, den sie vor der Schlittenwerkstatt traf. »Ich hätte gern gewusst, was du von meinem neuen schnurlosen Jojo hältst.«

»Bleib doch hier und hilf uns!«, neckten die Kobolde sie, die in einer riesigen Halle hinter der Bäckerei Geschenke verpackten.

»Komm bald wieder!«, schlug Tufte im Spielzeuglager vor.

Auch der freundliche Kobold, der eigentlich im Rentierstall die Zugtiere versorgte und sich nun auch um die Schlittenhunde kümmerte, begrüßte Freda ehrfürchtig und führte sie überall herum.

»Sie werden es hier gut haben«, versprach er eifrig.

Freda verabschiedete sich von Karnak und jedem einzelnen anderen Hund, besonders aber von der kleinen True.

Dann überquerte sie einmal den großen Platz mit der Riesentanne. Die hatte in der letzten Nacht Gesellschaft bekommen. Zwei der seltsamen Tannenwesen standen wie festgewachsen rechts und links neben ihr und schienen sich dort sehr wohlzufühlen.

In der Cantina war der Tresen wieder sauber und leer. Serafin in schwarzen zerrissenen Leggins und kaputten Schuhen, den Hipster-Hut auf dem Kopf, füllte aus einem großen Topf Milchreis in kleine Schalen. Eine Schar Julenisse saß an einem Ecktisch, baumelte mit den Beinen und beobachtete aufmerksam jeden Handgriff.

Als Freda näher trat, fegte plötzlich Jonker zur Tür herein. Heftig packte er sie am Arm.

»Hier bist du, der Chef sucht dich überall!«, rief er. »Es ist so weit, Zeit zur Abreise!«

Fredas Herz begann, wild zu klopfen. Hin- und hergerissen sah sie erst Serafin, dann Jonker an.

Das Engelchen warf den Löffel in den Topf und flog zur Tür. »Los, ab zur Zentrale!«

In einem Höllentempo legten die drei die bekannte Strecke zurück. Vor den vierundzwanzig Stufen parkte tatsächlich der Rentierschlitten, auf der Rückbank lag auch das Gepäck, sogar der Bootshaken. Daneben warteten ungeduldig die Delegierten, Mr Livingstone und der Chef. Bruno saß schon auf dem Bock, die Zügel in den breiten Tatzen.

»Jetzt aber *presto*, meine Liebe!«, rief der Weihnachtsmann, als die drei heranrasten. »Wir haben dich schon viel zu lange hierbehalten!«

Freda stoppte und drehte sich um. Jonker und Serafin standen still vor ihr im Schnee, der kalte Nordwind spielte mit ihren Haaren. Freda fühlte einen schmerzhaften Stich. Wortlos umarmte sie die zwei. Anschließend gab sie jedem Weihnachtsmann die Hand, zuletzt auch dem Chef. Lächelnd beugte er sich zu ihr hinab.

»Dein Wunschzettel«, murmelte er dicht an ihrem Ohr. »Ich werde sehen, was sich machen lässt …«

Freda blinzelte. Nur Dummköpfe weinten in der Arktis.

»Passt auf euch auf«, sagte sie mit rauer Stimme.

Der Chef drehte sich um und stupste Serafin leicht auf die Nase.

»Du hast noch etwas vergessen«, sagte er schmunzelnd.

Das Engelchen schlug die Hand vor den Mund und murmelte ein paar Worte. Freda spürte wie mit einem Kribbeln die spitzen

Fellohren verschwanden. Schnell, als könne sie es keine Minute länger aushalten, drückte ihr Serafin einen kleinen Gegenstand in die Hand und flog Richtung Cantina davon.

Jonker grinste breit und formte einen Schneeball.

»Vorher hast du mir besser gefallen!«, rief er und schleuderte ihn in die Luft. »Hey, ich sag dir Bescheid, wenn Trues Pfote heil ist! Oder ich schick dir mal Stúfur vorbei.«

Freda kletterte hinter Mr Livingstone auf die Sitzbank. Bruno knallte mit der Peitsche. Die sechs Rentiere zogen maulend an. Sir Christfield schwenkte sein kariertes Taschentuch.

»Good bye, my dear!«, rief er. *»And Merry Christmas!«*

»Feliz Navidad!«, sang Bubu Caspar mit tiefer Stimme. Die restlichen Delegierten stimmten in sein Lied ein.

Freda winkte, bis keiner mehr zu sehen war. Dann öffnete sie neugierig die Faust. In ihrer Hand lag Serafins Mistelzweigohrring. Vorsichtig verstaute sie ihn im Rucksack bei den anderen Souvenirs. Wie im Film zog die Stadt noch einmal an ihr vorbei. Ein Rudel Krampusse schlich um die Villa Lametta herum. Auf die würde Bruno ein Auge haben müssen …

»Oh-oh! Wir sollten besser nicht so herumtrödeln«, sagte Mr Livingstone plötzlich unruhig und klopfte dem Eisbären von hinten auf die Schulter.

»Beeilung, Bruno! Die Tür öffnet sich. Schnell zum Treffpunkt!«

Die Rentiere streckten sich, galoppierten wie rasend durch das Stadttor, hoben auf dem Flugfeld ab und schossen durch die dunkle Polarnacht, höher und höher, dass die Sterne ganz nah rückten. Fest klammerte sich Freda an die Schlittenwand. Bald erkannte sie in der Ferne einen hohen spitzen Turm: der Schneehaufen mit dem hölzernen Wegweiser.

»Langsamer!«, schrie Mr Livingstone. »Langsamer! Wir verpassen sie sonst!«

»Na, was denn nun?«, maulten die Rentiere und stiegen auf die Bremse. Zehn Meter vor den verwitterten Holzschildern setzte der Schlitten krachend auf und stand. Im hohen Bogen flog Freda in den Schnee.

Verstimmt sammelte sie ihre verstreuten Sachen auf. Mit einem Mal stutzte sie. Neben dem Rucksack, vom Wind halb zugeweht, standen wirklich noch ihre alten Sneakers.

»Zieh sie an!«, drängte Mr L. und starrte dabei angestrengt in eine bestimmte Richtung.

Hastig stellte sich Freda neben Brunos Schlittenlaterne und zog die dicke Winterkleidung der Christmas Company aus. Der eisige peitschende Wind zerrte an ihrem Sweatshirt, nahm jedes bisschen Wärme. Als Letztes gab sie Bruno die Fäustlinge zurück. Einen Moment sah sie auf ihre rechte Hand, aber von den frostigen Blasen und Myrkur Farandis Schnitt war nichts mehr zu sehen.

Ernst schüttelte sie Brunos Pfote.

»Auf Wiedersehen!«, sagte sie, obwohl sie wusste, dass es wohl nie wieder dazu kommen würde. »Danke für die Fahrt!«

Der riesige Eisbär reichte ihr ein Tüte Hustenbonbons.

»Hier. Damit du manchmal an mich denkst.«

Freda verstaute die Tüte, stieg in die ausgelatschten Sommerschuhe und schlitterte zum Schneeturm hinüber, wo sie ihren Rucksack ablegte.

»Und nun?«, fragte sie bibbernd.

Der Kater hob die Pfote an die Schnauze.

Ein Sturmwind erhob sich, trieb den schweren Rucksack spielerisch ein Stück davon. Freda rannte hinterher. Gerade rechtzeitig: Ein blauer gezackter Blitz zerriss den dunklen Himmel und schlug in den Wegweiser ein. Ohrenbetäubender Donner krachte. Schnaubend wichen die Rentiere zurück, dass Bruno in die Zügel greifen musste.

Mr Livingstones Fell sprühte Funken. Seine gelben Augen leuchteten und einen Moment sah er wirklich gefährlich aus.

»DA! DIE TÜR!«, schrie er gegen den heulenden Wind.

Freda wirbelte herum. Neben dem brennenden Wegweiser zeichnete sich in der Luft ein grauer Umriss ab, der sich langsam vergrößerte.

»Komm!«, rief Mr L. und sprang auf die Öffnung zu. »JETZT!«

Freda winkte ein letztes Mal Bruno zu, der seine blinkende Kappe schwenkte, packte Bootshaken und Rucksack und warf sich in das leuchtende Viereck hinein.

Krachend landete sie auf dem harten Betonboden des muffigen Kellerraums.

»Autsch!«, sagte sie leise und rappelte sich auf.

Mr Livingstone neben ihr lachte leise. »Willkommen daheim!«, maunzte er.

Als sie durch den schmalen Gang in die Schusterwerkstatt traten, hatte Herr Öskurut auch den zweiten Damenstiefel repariert.

»Na, habt ihr euer kleines Problem geregelt?«, fragte er Freda und Mr L. zerstreut.

Freda unterdrückte ein Kichern. *Kleines Problem*, er hatte ja keine Ahnung.

»Ähm, ja, ich glaub schon«, sagte sie und quetschte sich mit dem Rucksack am Tresen vorbei. »Schönen Abend noch!« Scheppernd fiel die Ladentür hinter ihnen zu.

Draußen regnete es. Auf dem Weihnachtsmarkt dudelte wie vorher die Musik, es roch nach Zuckerwatte und schlechtem Punsch. Zwischen den Buden schoben sich mürrische Leute aneinander vorbei.

»Am Nikolaustag ist es hier immer so voll!«, stöhnte eine Mutter mit Zwillingen an der Hand. »Was für ein Stress!«

»Entschuldigung!«, sagte Freda alle paar Meter, weil der Bootshaken im Weg war. Immer schneller marschierte sie mit dem Kater die bekannten Straßen entlang, zum Schluss rannten sie über die mit Bussen und hupenden Autos verstopfte Kreuzung.

Außer Atem stiegen sie im Treppenhaus nach oben, an Frau Potzendieks kitschigem Türkranz vorbei, bis zu ihrem eigenen Eingang. Dort fiel Freda der Schlüssel wieder ein. Enttäuscht blieb sie stehen.

»Wir sind ausgesperrt«, sagte sie zu Mr Livingstone. »Ich hab den Schlüssel auf dem Schreibtisch vergessen.«

»Nein, sieh doch!«, sagte der Kater. Er zeigte mit der Pfote auf die angelehnte Tür.

Zögernd trat Freda in den dunklen Flur und nahm den Rucksack ab. Niemand war da, nur im Wohnzimmer brannte wie zuvor die einsame Lichterkette, beleuchtete die Reisesouvenirs an den Wänden. Vorsichtig lehnte sie den Bootshaken in eine Ecke. Papa würde sich freuen über dieses besondere Weihnachtsgeschenk, auch wenn er nie erfahren würde, woher es stammte. Sie setzte sich zwischen die vielen Kissen aufs Sofa. Doch statt ihr zu folgen sprang der Kater zur alten Schiffsuhr an der Wand. Freda schaute hinüber. Wieder liefen die Zeiger rasend schnell, diesmal aber vorwärts!

»Mist. Was bedeutet das?«, fragte sie unruhig.

Langsam wandte Mr L. den Kopf. Seine bernsteinfarbenen Augen leuchteten, während er sie ohne zu blinzeln ansah. Dann blieben die Zeiger stehen. Nur noch regelmäßiges Ticken war zu hören. Der Kater drehte sich dreimal um sich selbst und begann ausgiebig sein Fell zu putzen.

Freda beugte sich vor.

»Mr L.? Stimmt etwas nicht?«

Ein ganz normales *Miau* antwortete ihr.

Da verstand sie, was geschehen war. Sie hatte ihr Haustier zurück. Das Abenteuer war endgültig vorbei.

Traurig stand sie auf und schleppte den Rucksack aus dem Flur in ihr Zimmer. Alles sah aus wie gewohnt und gleichzeitig merkwürdig fremd. Hinter ihr auf dem Schreibtisch piepte ihr Handy. Sie beugte sich über das Display: zwei Anrufe in Abwesenheit und eine Nachricht von Mama: *Komme um sechs.*

Freda schlug sich an die Stirn. Oh nein! Die Hausaufgaben! Die hatte sie total vergessen! Ihr Blick fiel auf das darunterliegende Arbeitsblatt. Und da, unter der harmlosen Überschrift *Tiere im Wattenmeer*, in einer Liste von zwanzig anderen Tierarten, hatte das gesuchte Passwort die ganze Zeit gestanden: *Schweinswale.*

Die zwölf Buchstaben verschwammen vor Fredas Augen. In ihrem Kopf drehte sich alles. Wie war das möglich? Ein letzter gemeiner Gruß von Krumma?

Einen Moment lang saß sie still am Tisch.

Im Flur schrillte die Türklingel und riss sie aus ihren Grübeleien. Der junge Mann, der auf dem Treppenabsatz stand, nahm den Finger von der Klingel.

»Paket für Asmussen«, sagte er, während er ihr das elektronische Lesegerät zum Unterschreiben hinhielt.

Freda kritzelte nachlässig ihren Namen darauf. Erst dann schaute sie den großen, rot eingewickelten Karton an, den der Mann ihr mit dem Fuß entgegenschob. Sofort entdeckte sie den bunten Aufkleber mit den zwei gekreuzten Tannenbäumen:

CHRISTMAS COMPANY –
ERST AM 24.12. ÖFFNEN!

Der Zusteller trampelte die Treppen hinunter. Aufgeregt warf Freda die Haustür zu und schleppte den Karton in ihr Zimmer. Etwas klingelte und schepperte leise darin. Immer stärker stieg ein wunderbarer Duft nach Gewürzen, Orangen und Tannennadeln aus den Ritzen. Freda hopste aufs Bett, hob die schwere Kiste auf ihre Knie und legte das Ohr an die Pappe.

»Nicht schütteln!«, schrien leise Stimmen aus dem Innern. »Uns wird soooo schnell schlecht! Los geht's: *Al-le Jah-re wie-der …*«

Freda atmete tief durch und lehnte sich mit einem glücklichen Lächeln zurück.

Weihnachten würde dieses Jahr einfach zauberhaft werden.

Winterfiguren und Weihnachtsbräuche

Die fantastischen Abenteuer der Christmas Company *ist eine erdachte Geschichte. Der Roman berührt zwar an vielen Stellen bekannte Weihnachtstraditionen und Winterbräuche verschiedener europäischer Länder, garantiert hierbei aber keine Vollständigkeit oder historische Genauigkeit. Traditionelle Figuren gehen hier ihren ganz eigenen Weg, so wie es die Handlung dieses Romans erforderte.*

SANKT NIKOLAUS Die Weihnachtsfigur des Nikolaus geht ursprünglich auf den im 4. Jahrhundert lebenden christlichen Bischof der Stadt Myra (in der heutigen Türkei) zurück. Der Legende nach soll er vielen Menschen, besonders jedoch drei armen Mädchen, mit einer freigiebigen Spende geholfen haben. Deshalb begann man, an seinem Todestag den Kindern Geschenke zu machen. Daraus entstand später der Brauch, am Vorabend des 6. Dezembers Schuhe hinauszustellen oder leere Socken aufzuhängen, damit der Nikolaus seine Gaben hineinlegen konnte.

Die Nikolaustradition gelangte auch in die Vereinigen Staaten von Amerika. Dort entwickelte sich die Figur des fröhlichen Weihnachtsmanns *Santa Claus*. Sein Bild im typischen roten Anzug erschien auf Weihnachtskarten und Werbetafeln. Es war so erfolgreich, dass er in ziemlich kurzer Zeit weltweit der bekannteste Gabenbringer am 24. Dezember wurde.

KNECHT RUPRECHT Der Nikolaus zieht selten allein herum, wenn er Geschenke verteilt. An einigen Orten kommt er mit dem Pferd, meistens aber ist er zu Fuß unterwegs. Fast überall hat er neben einigen Engeln auch unheimliche Gestalten als Begleiter, die mit Sack und Ruten bewaffnet in der dunklen Winternacht ihr Unwesen treiben und gerne Kinder erschrecken. Knecht Ruprecht in seiner rauen Sackleinenkutte ist einer von ihnen, man kennt ihn vor allem in Nord- und Mitteldeutschland.

KRAMPUS Im süddeutschen bzw. alpenländischen Raum heißt der böse Begleiter des Nikolaus Krampus. Er ist eine wilde, oft mehrfach gehörnte Gestalt in zottigem Pelz, hat ein schauriges Gesicht, oft schwere rasselnde Ketten um den Bauch geschlungen und veranstaltet schon am 5. Dezember abends gewaltigen Lärm.
Krampusse tauchen in Rudeln auf (als sogenannter Pass) und schwärmen dann streitlustig durch Straßen und Gassen (Krampuslauf). Man sollte ihnen nicht zu nahe kommen.

SCHMUTZLI So heißt der wilde Begleiter des Nikolaus in der Schweiz. Der Schmutzli ist lange nicht so gruselig wie ein Krampus, aber mit seinem geschwärzten Gesicht und dem dunklen Umhang auch niemand zum Liebhaben.

PERCHTEN Die Perchten sind die rätselhaftesten der Weihnachtsgestalten aus dem Alpenraum. Es gibt sie in Österreich, Südtirol, der Schweiz und im Süden Deutschlands. Ihren Namen kann man bis heute nicht eindeutig erklären. Sie treten erst in der Zeit zwischen Weihnachten und dem 6. Januar (in den sogenannten Rauhnächten) in großen Gruppen auf.
Man unterscheidet Schiachperchten (hässliche Perchten) und Schönperchten. Schiachperchten tragen oft einen Pferdeschweif, Zottelfell, gewaltige Steinbock- oder Gamshörner und läuten immer laute Glocken. Wenn sie an die Tür klopfen, sollte man besser etwas Gutes zu essen anbieten …

LUCIA Der Name Lucia stammt vom lateinischen Lux, das bedeutet Licht. Lucia war der Legende nach eine Christin, die aus Syracus auf der italienischen Insel Sizilien stammte. Ihr Gedenktag ist der 13. Dezember, in früherer Zeitrechnung galt dieser Tag als der kürzeste und dunkelste im Jahr. In vielen skandinavischen Ländern, vor allem aber in Schweden, wird deshalb der Luciatag ausgiebig gefeiert. In den Familien, aber auch in den Kindergärten und Schulen erscheinen morgens als Lucia verkleidete Mädchen. Sie tragen lange weiße Gewänder mit einem roten Band um die Taille, auf dem Kopf einen Kranz aus Immergrün, besteckt mit brennenden Kerzen. Man isst an diesem Tag *Lussekatter*, ein leckeres Safrangebäck.

JULENISSE Julenisse sind untrennbar verbunden mit der skandinavischen Weihnachtstradition. Sie werden als kleine freundliche Kobolde dargestellt, die ähnlich wie der Weihnachtsmann eine rote Zipfelmütze tragen und in Dänemark, Schweden, Norwegen und Grönland bei den Geschenken helfen und sie manchmal auch überbringen. Der Überlieferung nach leben sie bei den Menschen irgendwo versteckt in einem Winkel und sorgen für Haus, Hof und Tiere. In der Weihnachtsnacht bekommen sie für ihre Dienste ein Schüsselchen Reisbrei hingestellt. Wehe, sie werden vergessen! Dann kann solch ein Kobold furchtbaren Unfug anrichten.

ZWETSCHGENMÄNNLEIN Das Zwetschgenmännlein (oder österreichisch Zwetschgenkrampus) ist keine unheimliche Weihnachtsgestalt, sondern ein beliebtes Mitbringsel von süddeutschen oder alpenländischen Weihnachtsmärkten. Dabei handelt es sich um eine etwa fünfzehn Zentimeter große, aus getrockneten Pflaumen, Feigen, Walnüssen und Draht hergestellte und sehr fantasievoll dekorierte Figur. Selbstverständlich verkauft man dort inzwischen auch Zwetschgenweiblein.

BEFANA Das gibt es nur in Italien: eine richtige Hexe, die am 6. Januar, dem Tag der Heiligen Drei Könige, die Kinder beschenkt! Netten Kindern steckt sie *Carbone* in die Schuhe, süßes Naschzeug, das wie Kohlestückchen aussieht. Wer frech war, bekommt nur echte Kohle. Die Befana (vom lateinischen Begriff epiphania = Dreikönigsfest) wird üblicherweise als alte hässliche Frau mit Spitzhut und auffällig kaputten Schuhen dargestellt. Sie ist auf einem Reisigbesen unterwegs und verteilt auf einigen italienischen Marktplätzen inzwischen sogar hoch aus der Luft ihre Geschenke. Wo genau dieser Volksglauben seine Wurzeln hat, ist nicht genau bekannt.

LORD OF MISRULE Der Lord of Misrule stammt aus Großbritannien. Dort gab es im Mittelalter die Tradition, zum Jahresende Narrenfeste abzuhalten, bei denen die übliche allgemeine Ordnung auf den Kopf gestellt wurde: Für kurze Zeit hatten diejenigen das Sagen, die sonst Befehle entgegennahmen. Der Lord of Misrule war ihr Anführer.

GRÝLA, DIE DREIZEHN WEIHNACHTSTROLLE UND IHRE WEIHNACHTSKATZE Nach Island haben Nikolaus und Weihnachtsmann es nicht geschafft. Dort bringen schon immer Trolle, die sogenannten Jólasveinar, den Kindern Geschenke. Dreizehn ewig hungrige, Schabernack treibende Trolle leben mit ihrer Mutter Grýla tief in den Bergen und wandern, einer pro Tag, vom 12. bis zum 24. Dezember in die Städte und Dörfer hinunter. Nette Kinder bekommen kleine Geschenke in den Schuh, frechen Kindern hinterlassen sie eine Kartoffel oder Ähnliches. Dann kehren die dreizehn großen und kleinen Unholde wieder zu ihrer garstigen Trollmutter zurück. Grýlas Zauberkatze ist tatsächlich genauso unheimlich wie sie: Sie frisst angeblich jedes Kind, das nicht zu Weihnachten ein neues Kleidungsstück bekommt!

DIE HEILIGEN DREI KÖNIGE Die Heiligen Könige Caspar, Melchior und Balthasar werden auch die drei Weisen oder Magier aus dem Morgenland genannt. Laut christlicher Überlieferung folgten sie auf einer weiten Reise dem Weihnachtsstern bis nach Bethlehem, um dem neugeborenen Jesuskind in der Krippe wertvolle Kostbarkeiten wie Gold, Weihrauch und Myrrhe zu übergeben. In vielen südlichen Ländern, wie zum Beispiel Spanien, bringen daher immer noch sie den Kindern die Weihnachtsgeschenke und nicht der Weihnachtsmann. Die Bescherung findet deshalb auch nicht am 24. Dezember statt, sondern erst am 6. Januar, dem Dreikönigstag.

TUPILAQ Als Tupilaq bezeichnen die grönländischen Ureinwohner, die Inuit, eine kleine, grotesk aussehende, geschnitzte Dämonenfigur. Der Mythologie zufolge waren früher zauberkundige Schamanen in der Lage, diesen Tupilaq durch geheime Zeremonien zum Leben zu erwecken und loszuschicken, um einem Feind gezielt Schaden zuzufügen. Heute werden die Figuren meist aus Walrosszähnen oder Rentiergeweih hergestellt und sind beliebte Sammlerstücke.

CALENIGG Der Calenigg ist ein auf drei dürren Stöckchen stehender roter Apfel, der am Stängel mit immergrünen Zweigen dekoriert und manchmal auch rundum mit Mandelkernen gespickt ist. In Wales verschenkte man diese Bastelei früher zu Neujahr als Glücksbringer. Angeblich geht diese Sitte auf die alten Römer zurück, die vor mehr als tausend Jahren einmal England besetzt hielten.

DIE NORDISCHEN GÖTTER Sie haben tatsächlich auch etwas mit Weihnachten zu tun: In früheren Zeiten glaubte man, dass in der Advents- und Weihnachtszeit nachts der Kriegsgott Odin (auch Wotan genannt) als dämonische *Wilde Jagd* mit Pferd, Hunden und einem Totenheer über den Himmel raste.

Vieles, was über die nordisch-germanische Götterwelt bekannt ist, stammt aus altisländischen Sagen. Einige der berühmtesten wurden im 13. Jahrhundert von dem isländischen Poeten Snorri Sturluson niedergeschrieben (die sogenannte Snorra-Edda). Eine zweite Sammlung von Götter- und Heldensagen, die von mehreren unbekannten Verfassern zusammengetragen wurde, nennt man Lieder-Edda.

In diesen beiden Werken erfährt man eine Menge über die zahlreichen Göttinnen und Götter, ihre Erzfeinde, die Riesen, Trolle und Zwerge und die rätselhafte Gegend, in der jede dieser Gruppen lebt. Es herrscht Kampf und Krieg dort. Sonderbare Fabelwesen bedrohen die Götter, wie zum Beispiel der gefährliche Drache *Nidhögg*. Er wohnt unter dem Weltenbaum, einer gigantischen Esche, die sich über die gesamte Götterwelt ausbreitet, und nagt zerstörerisch an deren Wurzeln.

Aber auch über die kleinen Eigenarten der Götter erfährt man etwas, liest von Angebereien und Streitereien, mystischen Wunderwaffen und fantastischen Abenteuern. Selbst die Erschaffung von Himmel, Meer, Erde und Menschen wird beschrieben und wie es dazu kommt, dass am Tag des sogenannten *Ragnarok* diese ganze Sagenwelt am Ende in einer furchtbaren Schlacht doch untergeht.

Hauptgott und Herrscher über alle Bewohner ist der zauberkundige einäugige Odin. Er gehört zum Geschlecht der Asen, kann in die Zukunft sehen, ist unheimlicher Kriegs- und Totengott. Neben Wölfen und dem blitzschnellen achtbeinigen Pferd Sleipnir sind zwei Raben seine wichtigsten Begleiter: Hugin (Gedanke) und Munin (Erinnerung). Sie berichten ihm alle Neuigkeiten, die in der Welt passieren, und beraten ihn.

Odins Sohn Thor, der starke Donnergott, stammt ebenfalls von den Asen ab. Sein Hammer *Mjölnir* ist eine mächtige magische Waffe, mit der er jeden Kampf gewinnt.

Danksagung

Auch einen Roman zu schreiben, ist eine Art Expedition. Ohne sorgfältige Planung, moderne Ausrüstung, aber vor allem ohne Unterstützung *während* des Abenteuers findet es kein gutes Ende. Deshalb möchte ich vielen Leuten danken:

Meiner Freundin Gitti für den Anstoß zu dieser Weihnachtsgeschichte – deine Karikaturen waren toll!
Meiner Kollegin M. Arold für das positive Feedback auf die erste, viel zu lange Fassung und ihre Ermutigung weiterzumachen.
Meinen Freunden und Familienangehörigen, die mir gemeinsam eine faszinierende Islandreise schenkten. Sie hat mich unglaublich inspiriert.
Allen, die mir während der Schlussphase bei Haus, Hund und Pony halfen.
Und natürlich A., L., E., M. und G., die nie am guten Ausgang zweifelten.

Mein ganz besonderer Dank gilt Markus Niesen und Malin Wegner vom Hummelburg Verlag, sowie dem Illustrator Max Meinzold. Ohne sie wäre diese Geschichte niemals so gedruckt worden, wie sie nun hier erschienen ist.